图雅的复活

马悲鸣

方舟子在《怀图雅》中说他“是网上绝无仅有的‘语言大师’，文章用语极富个人特色，光读文章不看署名也可猜出是他的手笔，别人也无法假冒。”但这位图雅却于1996年7月没有任何前兆地突然失踪，以至于国内出版社擅自出版了他的网上“遗著”《图雅的涂鸦》后还发了寻找作者的启事，存下稿费候其认领。方舟子因此感慨“但愿他现在就正躲在地球的哪个角落闭门谢客创作巨著。”国内杂文家张远山读罢图雅叹道：“如果说王小波是‘文坛外高手’，那么旅居美国的网上中文作家图雅可称为‘纸媒外高手’。图雅的成就丝毫不逊色于王小波。”

碰巧的是，王小波正好是我的大学同学，而这位图雅也曾和我有过联系。因我曾在草原深处插队，知道图雅是个很浪漫的蒙古族女孩常用的名字，意思是霞光，故曾问图雅是否蒙族女性。他回信否认。

图雅的文路别具一格，很有看头。在他临失踪前，我曾指出过他有一处用典不准；以至于看到那么多人呼唤他时不免有些内疚：我是不是犯了过失杀人罪？

王小波临终最后一个电子邮件是发给我的；难不成图雅失踪前的最后一个电子邮件也是发给我的？我岂不成了白额入嘴的“的卢”?!

图雅和方舟子、唐散宜、魏亚桂、奕豹、哑姐、双叶一干人马最早借助互联网结识时，微机还在用DOS系统，发E-mail还要通过跑Unix或IBM main frame的中心机。我上网比他们晚；芦笛比我更晚。图雅被说成祖师级网络写手不为过也。

“春花秋月何时了，网战知多少”，随着上网的人越来越多，尤其海外网站不受网管制约，更是蜚短流长。我因不肯随大溜，不时成为众矢之的，被多家网站封名，不得不打一枪换一个地方；但随着年深日久，也和一些网友渐成知交。

不料上周末忽然接到一个E-mail探我口风，问是否肯给对方将要出版的书“大笔一挥”写篇序。

我回复说：“我得看了才行。应该可以吧。我还从没给谁写过序呢，不妨尝试一回。”

等我下载了对方发过来的文稿一看，题目竟然是“图雅文集”四字！

着实吓了我一大跳！

立刻质问：“怎么会是《图雅文集》?!”

对方准确地说出了当年我给他指出的用典之误。

没错，就是图雅！——我的过失杀人负罪感登时一扫而光。

基督教的信仰不在《创世纪》，而在耶稣的复活。今陡见图雅复活，真希望有一天能忽然接到王小波从天堂里发来的E-mail。

打开《图雅文集》细品，仍和当年一样，边读边引得我暗自发笑。图雅惜字如金，文章短小精悍，读之颇有韵律；如听单口相声，包袱抖得嘎嘣脆。“语言大师”一词已被方舟子用过了。我还真找不出什么合适的词来形容。想来想去，他那些每篇一个人物的小品，大概只有《世说新语》差强相似。但《世说》是刘宋人说魏晋事；图雅大多把自己当成个旁观者写进故事里去；尤其在留学生宿舍，仿佛巴尔扎克《高老头》里投宿的大学生拉斯蒂涅。《高老头》是长篇。如今已是速食时代，大家都忙，没工夫细读大部头的《人间喜剧》，唯有小品不浪费读者时间。

国内网上名家“魔鬼教官”在《各领风骚一两年，当年“高手”大都寻常网虫耳》的网帖中痛贬了一通包括本人在内的网上写手之后说：「只有图雅，文章全凭才气胜，不妄对非熟悉领域置喙，所以今日其地位依旧不可动摇，自成网上真正经得起历史考验的英雄。兼以其突然消失不复“视事”，平添传奇色彩。不然，谁敢断言，图雅继续写到今天，早已江郎才尽泯然众人呢?」

其实不然。十六年过去，图雅仍是一如既往的诙谐和低姿态；貌似贫嘴的俏皮深藏着已臻化境的内功。他的散文随笔和小说往往区分不开，看得你彷佛中了催眠术，不由你不跟着他的笔端游走；而作者的立场、情感和人品臧否皆已暗喻其中矣。

读者还是自己打开这本文集细读吧；保证物有所值，不会亏了您的买书钱。

蒙图雅特邀作序，与有荣焉。

2013年11月22日，满山秋色

目录 CONTENTS

天方鱼话 留学篇

社会篇 天方鱼话

目录 CONTENTS

天方鱼话 谈吃篇

目录
CONTENTS

谈玩篇 天方鱼话

天方鱼话 思考篇

目录 CONTENTS

留学篇

引言 那赫儿

我在美国之音学英语时可以公开听。早上听半个钟，晚上听半个钟。我在那个波段上做了一个记号。

美国之音有几个节目，一个是《汤姆索耶历险记》，一个是《时事经纬》，一个是田纳西州一个小地方的乡村音乐，那个地名叫做“那是为耳”（Nashville），确实是为耳。最后是特别英语，一共教两句话，一句是“你好”，另一句是“再见”。

美国之音也不知从哪里找了个地道北平口音的女播音员，好像叫何丽达，其口音比中央人民广播电台的播音员还标准。比如她说“那”，不但会加上儿音，变成“那儿”，而且居然会说“那赫儿”。不是北京土著根本说不出来。

她播音既没有台湾敌台那种九姨太似的细软，也没有样板戏江水英同志的生硬。她是不紧不慢，娓娓而谈。让你好像坐拥一位温文尔雅的美人，樱桃小口，齿如编贝，吐气如兰。因此，我对美国的印象不错。想到这么厉害的人都会被美国网罗，可见美国有他的办法。

冲着何丽达的口音，我决定到美国看看。到了美国，前来接机的美国人特意开车带我到市中心转了一下。只见四五所低矮的建筑，三两个无聊的行人，一个巴掌大的街心花园，开着七八朵寂寞的花。

真够没劲的哈，我想。我们中国“那赫儿”，一个小集镇也比这热闹多了，何丽达当年从人文荟萃的北平，到了如此乡村的“这赫儿”，不知是什么感觉？我嘀咕着，开始了在美国的生活。

急爷

1. 打死他

出国的苦恼首先体现在语言方面。说不通了就得打手势，靠表情，总之必须用一千的词汇说一万的事。

虽然语言有些困难，我们几个同学还是雄心万丈，合伙倒腾起了汽车生意。这生意倒也简单，天天在报纸上看，一有便宜车马上去买。转手就在同一份报纸上登广告，加几百块卖，赚一个差价。这一天我们看到报纸上登着一辆德国甲壳虫，要价一千。一般这种都得卖到两千以上。我们立刻奔赴卖主家，看了看那车，蓝色的，卖相不错，开了一下，也很好，于是买了回来。不料回来才发现，这车只会往前走，不能倒车。于是打电话退。卖主坚决不退。我朋友抢过话筒，说你不退也行，我去告你。

过了一会，有人敲门。开门是几个全副武装的警察。说，听说你因为买车的事要杀人？我说，哪有此事？卖主欺骗我们，我们不过说要诉(sue)他么。警察说，卖主说了，你们要打死（shoot)他。

买了辆破车还落了个不是，我们心里这个气啊。大家说，妈的不就是骗么。他能骗，我们就不能么？没过两天又把那车卖出去了。卖的时候，也不告诉买主这车不能倒着走。那买主倒比我们识相，没诉我们也不 shoot 我们。让我们把命留着，讲甲壳虫的故事。

2. 急爷

刚来美国在走廊碰到同学，问我："急一爷"？一句话，两个音节，愣听不懂。心说什么急爷，爷不急啊。说不急还是急。两个字的话都听不懂，怎么在美国混啊。后来弄明白了，那是 did you eat yet?（吃了没有）的快速讲法。四个字变成两个，ZIP 效率为百分之五十。

写英文会好点，不用瞬时反应也不急爷。过一阵子，该写学位论文了。写完了给老师看，他说写得太快，又说英文有问题。我觉得奇怪，早先我的英文论文曾经参加过国际会议，不应该太差吧。

说是这么说，心里也不是很确定。正好有个洋朋友是教授。平常一起喝酒，常夸我英文好。我就把论文拿给他，说司地窝特，你看看有什么问题。

过几天司地窝特说看完了。我看他笑眯眯地，心说，得，又该接受恭维了。如何应付恭维也是个麻烦。如果他说 Your English's good（你英语不错）。不能回 That's an overstatement（过奖）。那让他觉得你骂他撒谎。但同时也不能不撒谎，说 That's true（确实）。得说 Thank you（谢谢）。

话得说得像瑞芙祥的布，"经拉又经踹，经打又经拽"。完全无懈可击。

也绝，老司第一句话，还真是 Your English's good。我心里一乐把瑞芙祥给忘了。一句"Where"（哪里）冲口而出。老司一愣，说 Here，一叠纸就放桌子上了。

我给他的是刚打印出来的论文，整整齐齐。他放桌子上那一叠，脏了吧唧的还有点卷边儿。颜色也不对，瞧着血迹斑斑。好像进过日本宪兵队似的。那的确是我的大作，只不过加了老司的御笔朱批。差不多每句都有错。有些当了戊戌六君子，被他直接斩首。还有一些李斯，被腰斩咸阳市。枪决的也不少。大笔把整个句子划掉，在边上重新写。唯一没挂彩的是数学推导。不过这并不能让我觉得舒服,老司的本行是美国史。

这可又有点急爷了。暗忖这厮是不是存心恶心我啊?可一想吧,又觉得他没作案动机。看他表情,居然还带着点洋洋得意。只得说:这,这,你看看你,啊?让你随便看看,你搞得这么认真干嘛?改成这德性,我脸上挂得住吗?哈哈哈……

老司惊道,没改多少啊。你看,改完了的稿子,你还能看懂。我自己的改完之后除了我没人能看懂。我说,哦,你觉得我应该感到好过点?他说,太应该了。你比我强啊。又说,本校校长,大作家约翰博尔思教授说过:把文章写好的唯一办法,是修改十七遍。我暗暗心惊。问他修改了多少遍。他说十二遍。我只得乘势埋怨:你自己的改十七遍,我的只改十二遍。不够朋友么。

回去后我把老司的修改仔细琢磨了一遍。不得不承认,改得都有理。我这些错误,有的是不规范的说法和用词。有些是读起来不通顺。另外还有很多是英语习惯,没什么道理可讲,他不给你改一下,你自己可能到死都悟不出来。简单说,咱这英语差距还是大,太大。从此我写论文就按十七遍改了。改还上瘾,往往收不住手,有时候能改三十多遍。衣带渐宽终不悔,为伊消得人憔悴。前几遍改动很大,能大幅缩短论文篇幅,越往后缩得越少。最后一遍改的境界是:改前和改后意思没区别,长度基本不变。

有一次,我把一篇论文的初稿给一台湾的朋友看了。改了十七遍后又给她看。她说,这是美国人改的吧?我说 where?明明是我自己改的么。她又看了一遍,还是不信。

这些年最急爷的,是时不时的总听说一些中国人得了什么什么国际奖。反躬自问,都是搞科研的,他能得奖,你怎么就不能呢?理由也不少,列出 N 条再加一条:其实大家水平都差不多,不过爷的论文最少改十七遍。爷是把他们做文章的时间,都用来改文章了。

3. 骚瑞

近来有些网友写了不少英文文章,用英文写小说写政论还笔调流畅,真邪了门了。不禁回忆起我刚到美国,最大的尴尬之一就是英语。倒也不是听不懂或不会说,在国内还客串过翻译。可到了外国,照样犯傻。

最简单的,常碰到人对我说"Thank you,"我一般都不知道怎么对付。当然知道标准答案是"You are welcome",只是觉得被他道谢的事,往往出人意料。得想想为什么。一想往往就延误了回答的最佳时机。这天办公室秘书问可否给我往公寓打电话,我说可以。她马上就"三克油"。我正在琢磨为什么,她已经走了。好像还有点不高兴。后来我一想,安了电话不就是为的互相联络的吗?联络一下又不是跟我举债,这也谢?真怪。

谢也还罢了,更糟的是"Sorry"。这天乘地铁,到站上来一人,一照面就一声"骚瑞"。我略微有点恼火,谁也不认识谁,没事骚的什么瑞啊?本想问他一句是不是撑的,他却把头一扬,两眼朝天,不理我了。我性子温和,一般不在小事上跟人计较,当时就没说什么。不一会儿,当啷一声,车到站了,这哥们扭过脸来,又是一句"骚瑞",扬长而去。我又没来得及说什么。

我越琢磨越不是味,这骚瑞照字典上就是对不起你。我一大国国民,银行有存款,写字楼有生意,走街上虽然没家丁喝道,可也威风凛凛,怎么这些人个个都好像刚抽了我一嘴巴,特抱歉似的?

这就是在国外生活的艰难了,不明白他们丫的到底什么意思。

后来一个印度同事莫罕什跟我抱怨,说美国人经常会夸他们英语说得好。我表示不解:说你英语好是歧视你,莫非说你英语不好才受用?这里我忽略了一个文化因素。中国大陆没当过殖民地,而印度当过。他们跟某些港民一样,已经有了殖民心态。英国人不把他们当人看,他们却把自己当英国人看。觉得英语就是自己的母语。

印度人觉得,一个人被夸奖说母语好,等于夸奖一个人会说人话,是受侮辱。

不过,印度人有智慧。后来,一高人想出了一个应对办法。如果哪个美国人说,You speak very good English(你英语很好)。你就回敬:You too(你的也不错)。美国人肯定一愣。然后明白你不高兴。采用了该政策后,身边的美国人果然再也不敢恭维他们英语好了。

我受印度人的启发,也发明了一个办法:Do as romans do(入乡随俗),他说什么我就说什么。他说 Thank you,我也来句 Thank you。他骚瑞过来,我便骚瑞过去,以牙还牙。我发现,这个办法在多数情况下都管用。

常言道“人不犯我,我不犯人。人若犯我,我必犯人”。

我国跟菲律宾争黄岩岛,也可以采取类似的政策。阿基诺三世骂我们,我们就说 You too。他客气点说谈判,我们也说谈判。最后他急了,说要打我们。我们再大喜,说 All right, let's fight(行啊,开打吧)。拿他的外交政策当我们的外交政策,不失为一个不错的应对。

4. 漂亮英语

我见过的比较漂亮的英语,是华侨创造的唐人街英文。语言以达意为第一目的。用最少的语音达意,是语言的最高境界。英语中有很多啰里啰嗦的规矩,给句子增加了不必要的附加成分,在传达信息上并没有意义。

第三人称动词加 S 有什么意义?纯粹是画蛇添足么。唐人街的老华侨,说 He runs 必说成 He run。省掉一个 S 无所谓,去掉英文一个没用的规则很重要。

动词根据时态变形,其实也没太大意义。因为上下文往往已经提供了动作发生的时间,动词变形成为多余。唐人街的英语老手最讨厌动词变形。美国人说 We went to school yesterday。他们说 We go to school yesterday。中国话动词就没有时态变化,纯粹靠加时间状语来指明时间。没发生过什么问题。

冠词 the 在绝大多数情况下没什么意义。老华侨讲英文绝不肯用。

在主语 + 表语的结构中，系词其实没用。唐人街统统省略。例如 He is smart，唐人说，He smart，意思完全一样。在发音上，唐人街一样删繁就简。Park the car 说成 Par car，省略 K，省略 the，有问题么？

老华侨对英文的天才改进，实际是根据老祖宗传下来的财富——中文，进行的。上面举的几个例子都是中文习惯。很显然，中文比英文更经济，更简练，优化程度更高。

读博士

读博士一般要三到五年。美国人生活困难，勤工俭学，拖到五年以上的也不少，不过不少学校都规定一个总的年限，过时不候。有个学生都65岁了，听说他老人家以前立过志，不拿博士此生誓不罢休。因此在这么大的岁数上，仍然前来挣命。

中国有云，读万卷书不如行万里路。他当过兵，做过工，经过商，本来就是“万里博士”了。还孜孜地挣此虚名，可见世人为浮名所累，到了什么程度。杜甫写诗成千上万，却说：“名岂文章著，官应老病休。飘飘何所似，天地一沙鸥。”今天上哪去找这么洒脱的人。

有些学校里，读博士读得快的人两年多就完事了。原因是规定的三年是按学期算的，九个学期。如果你暑期也读，那就能赶两个学期，第三个年头再修一个学期就行了。

学校有个家伙，就是这么读完的。他的毕业论文一共有十来页，而且没有列任何参考书目。因为他在图书馆的耗子窝里找到了一个19世纪的冷僻问题，根本就没人研究，他研究找到了答案。博士是拜耗子之赐，也算学界之怪现状。

一般博士课程，都得读几门功课，搞点小研究，考个资格考试，甚至教几门课，最后都完了，到研究生管理部门验证，通过之后，就考个资格考试。资格考试也是五花八门。有的连考几天，甚是疲倦。如果通不过，有时可以再考，再通不过，可就得降格了。往往给个硕士，把你打发了了事。

如果一个家伙读七八年还没考资格考试，这就悬了。要么他学不通那几门功课，要么他钱快花完了，总之他的博士梦要完蛋了。通过之后叫ABD，也称博士候选人。一篇论文写完，答辩一下就戴上博士帽了。

写论文和答辩都是丑态百出的。为此可以写一本《学场现形记》。有些家伙是读书好手,写文章却要他的命。他只会学别人,不会自己写。一篇论文他写死也写不出来,眼看同学一个个毕业,赚钱或者执教,他却还在那里涂了写,写了涂,纸团子扔一地。可怜白发生,仍然博士生。心中的沮丧,简直无以名状。

有的人论文写得顶呱呱,却不会答辩。这也很不好受,因为答辩的时候,答辩委员会的委员们秃着头,一人抱一尺厚的纸往桌子上一放,旁听的坐了一屋子,咳嗽一声,清清楚楚,气氛有一触即发之势。任你多么英雄了得,锐气先就杀了一半去。不少没上过阵的就开始紧张,喉头发紧,说话痉挛,虽然已经在家排练了N遍,真答辩时却连自己说什么都不知道。到结结巴巴说完,已经汗流浃背,接近半死了。

我参加的一次答辩,有委员提问,连问六遍,答辩的少年英才却好像忽然丧失了听的能力,完全无法张口回答。估计他脑子里轰隆隆的有如跑火车,已经无法思维了。

当时空气浓得可以用刀割。最后还是那个人的老师出来替他答了。这本来是不合乎规则的,但是该老师是美国科学院的院士,德高望重,手握系里教授的升级大权,几个年轻成员都伪装没看到,让其溜过去了。

其实这个朋友的能力非常高,他的论文也是一流的。他的问题跟咱们中国的足球队类似,临门一脚过不了关。

按照民主朋友们的术语,这些是“体制内”的问题。有些时候,也会出现“体制外”的问题。有一位朋友,来自伟大的阿拉斯加。他每次回乡探亲回来,必带数条熏三文鱼献给老师。我知道孔子时代,不拿工资,老师拿的叫“束修”,也就是干肉条。心中暗想,杀鸡杀屁股各有各的杀法,这个朋友没准还有点中文造诣。

从另一个方面来看,老师也不是没有问题。我就听到不少的学生抱怨说他们辛苦写的论文,被署上了老师的名字。以我的观点,老师有如欧洲中世纪的作坊主。实验室有如作坊。学生则有如学徒，即便智慧如伊索，仍然是一个奴隶，用他每日的辛劳，写着他寓言般的博士梦。

有一个家伙，自从来到了美国进了实验室，简直丧失了公民权。他不投票，不出门，不玩，不休息，没礼拜天，整天就研究一个计算机存储器，这不但是公民权，连他的人权都剩不了几条了。不管谁统治，人民总要有礼拜天么。可是这个伙计仍然甘之如饴地干着。我似乎看到他的血肉化成了分子，然后搭出了一个个的存储单元。

认识了他，才知道人类有多大的受虐潜力。

在中世纪的黑暗作坊里，老板的学术鞭子之下，被敲骨吸髓的压榨之后，这些形销骨立的圣徒终于得到了“博士”的虚名。得到了毕业典礼上的痛哭权。有趣的是，他们中有的人不旋踵就进入了另一个作坊。作坊的名字是某某 CORP。他们的面前是漫漫长路，这一场哭才刚刚开始。

种大麻

我上学时认得几个种大麻的美国人。一个跟我同租一所房子，每到星期天出去，说是勘踏森林。一开始我也深信不疑。但是后来，我发现每次他考察完毕，总要邀请房东大爷到他屋子里坐一坐，不一会便传出大麻燃烧的味。次数多了，我知道他是个“麻将”。到森林是去种大麻了。

他跟我说，他到中国去过。那时中国喜欢带老外参观大寨。他在大寨参观到某处，发现田埂上生长大量的大麻。欣喜若狂。可惜咱中国人不知道那对很多美国人来说，那玩艺比黄金还值钱。那时大麻是十块钱一克，我不大明白他一个穷光蛋如何抽得起。有一天，我从电视上看到警察用直升机巡查森林，发现了大片的大麻田，这才知道原来这主礼拜天是种“田”去了。

我估计他这块自留地规模很不小，除了自用之外，还能供应本地的其他吸毒者，否则没法解释他靠什么生活。这以后我一直琢磨如何能破获他的自留地，假设他种了一亩大麻，亩产十斤，被我找到地点，收割一下，那可是五万块。

我试探过，但是他口风很严。到底儿也没露点蛛丝马迹。不过，后来我发现并不需要这么费事。那时我认得了一个美国同学，一次到他的宿舍去。他很得意地告诉我他在宿舍里自酿啤酒。我笑笑说，这算什么，我们中国学生都讲究在宿舍酿白酒。第二天我就酿了一锅，几天之后就成了。

他又把我带到了他的地下室。那里有几棵绿色植物，叶子像蓖麻。他跟我说，他这种的是大麻。我说你怎么解决光合作用问题，他打开一个开关，是几盏热度很高的灯，直射在碧绿的大麻上，温度和光照问题一起解决。原来大麻也不难种，跟冬天在温室里种西红柿也差不多。照说，农业就是八个字“水、肥、土、种、密、保、工、管”么。种大麻再加个“贩”字就齐了。

这事我想了好几天。我小时候也喜欢挖地种东西。当时心想，如果租一块场地，种上几亩，拉动一下本城内需，让这位同学担任行销经理，有了资本再向其他美国城市推广，这要干起来，没准还真能发财。我马上找这同学去谈。不料他正在发愁，说他的家庭大麻种植业被房东发现了，不由分说就把他轰出去了。他流离失所，已经成了本城的难民。说着说着眼泪就要掉下来，我仅存的一点无产阶级同情心，差点儿都给他掏出来。若非我忽然想起他的爸爸是个殷实的房产商，我那唯一的一床被子就是他的了。

事业还没办先折大将，我也心灰意懒了。看来做生意还是得有本儿。租别人的房子种大麻，等于把中国的安全寄托给赫鲁晓夫，终究还是靠不住。于是又想起了我国先贤。当年中国太穷，要搞两弹，说什么的都有。有的说搞一个蛋就行了，有的简直是太监，说没蛋最好。幸亏领导人决策说，有弹是“硬”道理，坚决地搞了两个。从这一点看，中国还得感谢赫秃子。否则今天怎么跟鬼子争钓鱼岛。

克莱登逸事

1. 方鸿渐求婚

我上的大学比较克莱登。大家觉得反正也克莱登了,干脆自暴自弃,随便些吧。

一天课上到半截,忽从窗户跳进来方鸿渐一名——我那个教室可在二楼。方同学手捧鲜花一束,恭恭敬敬地走到前排一妞面前,半跪道,I LOVE U,WILL YOU MARRY ME,PLS(我爱你,向你求婚)?然后站起来献花。全班登时响起暴风雨般的热烈鼓掌。

那小妞嫣然一笑,站起来搂住方鸿渐,很大方地吻了一下,然后说,Thank you, but no thank you(谢谢但是不)。全班发出失望的 Oh, no。老师则同情地对鸿渐同学说,Sorry man. You got to leave. And if I were you,I'd use the door(很抱歉,朋友。你得离开。不过如果我是你,会从门走)。

全班又哄堂大笑,气氛为之一变。

2. 东方红

我跟导师是在一次讲座上认识的。我是主讲人。讲完了大家提问。导师临走时给我一张名片,要我给他打个电话。事后我依照约定打电话过去,我们聊了一次,就敲定了跟他读学位的事。

我记得导师的第一句话,就是我听到过你们中国从卫星上播放的音乐,非常优美。但我不知道曲子是什么名。我随口翻译说,东方红,The east becomes red。导师听了哈哈大笑。其实这翻译有毛病,但是它双关,所以导师笑了。

从政治上,The east becomes red 意思是东方已经赤化,导师因此而笑。到底怎么翻译,大家可以讨论。但我这里要说的是,中国卫星上天是几十年前的事,导师仍然记得,可见中国航天在世界上给人怎样深刻的印象。

3. 领救济

刚到美国住学生宿舍。有一次东头聚集了一些人,几乎清一色都是中国学生,都提着口袋,水桶,有说有笑的格外活泼。不知道的说中国人要开会。知道的说教会的美国老太太又发放救济粮了。

规定是一个门牌领一份,但本宿舍老大老于同志下达的任务是三份,三个人分开领。他打头阵,太太倩如跟我随后。我问会不会给人认出来。他沉吟一下,说,外国人分不清中国面孔,何况发救济的都是老太太,眼神和记性必定很差。又说,"行船走路三分险,就这么定了吧,记住,排队时,咱们之间不要互相打招呼。"

于是大家一起去排队。老于排到了,老太太们笑容可掬地把奶酪、肉罐头、大米和意大利面条装在他的桶里。他不失尊严地表示了感谢,提着沉甸甸的小桶,踏着稳重的步子走回去了。经过倩如和我,果然目不斜视。

倩如的镇定功夫也很了得,领粮时居然还用英语咕噜了一句玩笑,把老太太都逗笑了。我暗下决心,将来要娶就娶这种女中豪杰。

轮到我当然也不能给咱们"家"丢脸。我踏前一步,毕恭毕敬地把小桶放在老太太面前,自我介绍说:小的来此打工,初来贵地,请多关照,然后很灿烂地笑了一下。

"啊,可怜的孩子,背井离乡,就为混口饭……你难道不想念你的父母吗?"一个很胖的老太太从眼镜的上面看着我,老妈似地说,"我是玛丽",说着往我的桶里放了一大块奶酪,往我的小桶里塞各式各样的吃食,塞满了说,孩子,下次早来,拿个大点的桶。

我那个桶比较小,大的让老于使了。

刚要走,玛丽又把我叫住了。“辛西亚”,她对一个更胖的老太太说,“给这孩子拿一包白糖来”。辛西亚在一个大纸盒子里摸了一下,报告说“白糖没了。”

“没了?刚才还有呢”,玛丽惊讶地说。

“那是最后两包。你呀,发了于一包,又发了他太太一包”,辛老太太不无责备地说。

玛丽惊奇了,“啊,是么?”又笑呵呵地说,“哈,你看我这个老糊涂,发了先生又发太太,以前每次我都记得不给他们发重样的……”

我听了这话,叫得一声“惭愧”,就在地上找了一条缝,钻了进去。

4. 普罗米修斯

我上学时住的那个美国兵营改建的学生宿舍,按照中国的标准来说条件也不错了。两室一厅,有个带烤箱的炉子,四个炉头还带抽风机,一个冰箱,一个厕所,带有一个淋浴。我住其中一个房间,想到八人合住一间的弟兄,顿生恻隐之心。

奇怪的是美帝国主义样样都提供,就是不提供床。我刚到的头一个礼拜都睡在地板上,那时正过圣诞节,天气奇冷。我身上覆盖了箱子里所有的纤维制品,加上一张大红被面,有如在国旗下长眠的烈士。

那个被面是出国前我娘到集上,卖掉攒了一个月的鸡蛋换的。她老人家抹着眼泪,让我把被面送给美国工头,干活的时候兴许能派些轻的。她没想到的是美国竟然这样艰苦,若不是那个被面,我来到学校的当晚也许就为国捐躯了。

需要是探索的母亲。在哆嗦了一整夜之后,我发现屋里的暖气温度还可以调高,因此第二天,状况就得到了大幅的改进。不幸的是,到了周末,同住的老于夫妇就把过度使用能源不利于环保的问题摆到桌面上来了。我带他们参观了烈士墓，老于说床可以到大街上去拣，过早的为国捐躯完全是没有必要的。

我按照老于的指点，来到第四街和华盛顿街的交界处，果然有一个大垃圾场。一个衣着华丽，但面目肮脏的美国老大爷手拿一个口袋，正在全神贯注地搜索着垃圾堆。弄明白了我的来意之后，他很快就帮助我找到了一个床垫。床垫有七成新，上面有可疑的痕迹。

临走时老大爷请我给其他中国学生带好。他不但跟老于是老熟人，还能如数家珍地叫出不少人的名字。不用说，那几位弟兄是这里的常客。

为国捐躯的问题解决之后，我对房子做了进一步的观察。发现住房的设备，用的最苦的就是那个炉子。据统计美国人有十种烹调手段，而中国光大手段就有二十六种，这还是粗分，假如细分，光炸就有酥炸、软炸等八种之多。我做一道贵妃鸡，通常要折磨那个炉子达两个钟头之久。如果轮到老于太太做饭，她一个卤煮豆腐就能折腾四个钟头。她那时陪读，左右没事，把我国的烹调艺术发挥到了极致。后来凭这个手艺，到一家饭店当了大厨，一把锅铲炒出了一所房子。

当然，她对于炉子的虐待也是无以复加的。我们的炉子三天两头就坏，给美帝国主义房管当局增加了不少头疼。

从来不麻烦美帝的设备也有，比如厕所里往上套手纸卷的那个转轴。我在那住了一年，这个轴一次没转过。我们用的手纸都是老于和他太太从公共厕所里“窃”来的，一张张细心地折好，放在一个盒子里，所以不论卷，也不用转轴。有一次我跟老于下工回家，他上了公共汽车又下去了，后来我才知道他临时想起要把手解在公厕，节省家里的手纸。

这和我们村是截然不同的。我村都讲究有肥积在家里。咱们中国的公厕，也跟美国相反。绝不会找到一张手纸。可见中美两国的国情，实质上大有不同。

有风险的事当然不好老让人家干。后来我也开始往家拿手纸了。一天我悍然走进学校图书馆的公厕,把一卷还没怎么用的手纸放书包里拿回家了。老于见到我的战利品,孩子似地笑了。口中一边数落:呵呵,哈哈……你看你看,啊?万一让人发现就不好了。他的高兴冲去了我心中对那马桶间下一使用者的歉疚。那空白被普罗米修斯的快乐给填补了。

可惜的是好景不长。随着越来越多的中国学生来此上学,学校厕所的手纸架,就配上了带锁的透明罩啦。

上学时的事,很多都记不大清了。但偷手纸的紧张和兴奋仍然没有忘掉。现在走进厕所,还会偶然想起那些雪山草地和狼狈为奸的日子。

5. 考试

期末要到了,然而我们班却弥漫着悲观和受难的气氛。教授威尔逊宣布这次考试在他家举行。他有着徐鹏飞的肿眼泡,平日考核给分极其苛刻。这次到他家,不用说是嫌平日折磨学生还不够,准备给大家上私刑了。

头天晚上各人都交待了后事。老戴跟我说他的车子两年新,要作为遗产留给老婆,这次就不开去了,又说我无牵无挂,要坐我的车。我说我车虽破,但卖几文钱,还可以寄给我妹妹。要不咱们还是腿儿着去吧。他说这都什么时候了你还争这些破事儿?就这么定了。

老戴是老蹲班生,在本校已经呆了六年,故在中国学生中享有崇高的威望。不过系里对他颇有微辞,说再有一门不及格就得取消资助。因此这次考试对他有终审的意味。想到这一层我也不争了。

第二天我去找他,他还在跟老婆话别。他夫妻感情好是事实。上次上超市,就几分钟功夫他俩还搂着亲了一次呢。上车时,我发现他腰里鼓鼓的。心里觉得好笑。哪有临刑前往腰里揣书的?

老师家门口静静地,一群倒霉蛋不声不响地等着。好像要给谁送葬。半空忽然“哇”地一声飞过一只乌鸦,有几个人吓得一哆嗦。

凡事有征兆,众人落到这步田地,确实应该报丧了。

一个厄瓜多尔来的女同学小声抽泣起来。正在这时门伊呀一声开了,肿眼泡露出来,抽泣声嘎然而止。眼泡把大家让进屋,示意大家围着桌子坐定。

众人见那桌子上放着俩巨大的盒子,都估计那就是刑具了。谁也没料到,教授打开盒子,却从里头抓出一块披萨。自己先咬了一口,然后示意大家,“吃啊吃啊,都别客气。谁先来?”

大家面面相觑,老戴很镇静地站起来,说“就我吧。”说着上前,毅然决然地抓了一块。真不愧是老蹲班生,如果这是在戏园子里,我就大声喝彩了。教授似笑非笑地哼了一声,说:“嘿嘿,还有谁想吃?”

真是沧海横流方显出英雄本色。小马一个女流,平日不声不响,这时居然也上去抓了一块。我心里忽然拱出一股子凛然正气,说,我也饿了!美帝国主义从清朝起就欺负咱们,死也得死出个人样。

不小会,所有的人都手拿一块大嚼了起来。我估计其他文化里未必有鸿门宴的故事,但是“我死后哪管洪水滔滔”的概念,大抵还是有的。徐鹏飞一声不吭地看着,我心想汹涌的群众性场面他大概还是头一次领教吧。要不是班里有几个烈士级的中国公民,他还没这个眼福。

马小姐吃相斯文,细心地舔手指头,充分显示了上海人士的精细。老戴关东大汉,三口吃完一块,一声不吭坐着。我打不定主意要不要再糟践教授一罐可乐。今生来世这些事情我想的不多,等会到了奈何桥,还得有一碗孟婆汤,如果现在喝多了……

“都吃完了?”教授开口了。

没人吭气。送行酒都喝了,下一步自然就得行刑了。

“那今天就到这,大家都回去吧,”教授和蔼地说。

嗯,这是什么意思?全体琢磨话外音,但没人动弹。

“考试——”厄瓜多尔的女生傻傻的问,脸上的泪痕在灯下闪闪发光。

“考完了。”老威摊开手,看看大家,又补充说,“平日对大家过于严厉。现在圣诞节要到了,请大家吃个披萨,算道个歉。”

众人面面相觑,对死敌的爱心无法适应。事情没明朗之前,应该持保留的态度。

“那么分数……”老戴直指问题的核心。

“凡是今天吃了披萨的一律得A。第一个吃的得A+,”教授的口气并没有让人怀疑的余地。

短暂的静场之后是热烈的欢呼。厄瓜多尔的眼泪终于流了下来。老戴则茫然不知所措。好像一件泥塑,象征着所有被先生收拾过的傻蛋。

最后还有一插曲,当天晚上我跟老戴开了一瓶茅台,他老婆煮了贵妃鸡。酒过三巡之后,我问他早上去考试时,腰里藏的到底是什么书。

“你自己看吧”,老戴直着舌头把一个包扔桌子上。我打开一看,是一把甑光瓦亮,子弹上膛的点四五勃朗宁手枪。

6. 入教

本地大学的学生宿舍是二战时的美国兵营。自从中国学生进驻这兵营,教会就活跃了起来。一方面,中国学生中信教的少,是一片尚未开发的处女地。另一方面,中国学生穷,信教潜力似乎较大。不过,基督教本身也分成几派,所以常会发生争夺教徒的现象。在此形势下,中国学生都成了香饽饽。

在兵营出没的教会人士主要分成两派,一派有教堂,以老太太玛丽为首,也许是因为有教堂做后盾,这派财力大,能组织大规模的活动,能定期请中国学生聚餐。另一派叫耶和华见证人,没有教堂。这派没教堂也请不起饭,但是妙龄少女多,特别是领头的琳达,漂亮得光芒四射,在中国男生中享有很高的知名度。

玛丽老太太是世代传教之家,出生于中国,能讲低水平的中文。本宿舍的老于和倩如领救济粮时,假扮单身领双份,就是因为玛丽能听懂中文而暴露的。两位书呆子很少看电视剧,不懂地下工作者在公共场合说话时,应采用暗语。

玛丽曾经请我在学校旁边的中餐馆吃过几次咖哩鸡饭。她不提信教的事,只拉一下家常。她是一位心战专家,用天街小雨润桃酥的办法溶化我的心灵。但她没有估计到,对一个穷人来说,能经常吃免费的咖哩鸡饭,也许正是不入教的理由。

琳达的风格则是果断明快。每次上来就提主,几句话之后,塞给你一个宣传教义的小册子,匆忙走人。她的小册子封面上都有一个灯塔。我读过一篇纯推理的,上头说,如果你见到一只手表,感叹于它的精密,必然能够推出这是一个有设计者的物件。人的精密和复杂,远超过手表,你为什么不承认有一个设计者呢?而人的设计者就是上帝。因此,信科学者就应该信上帝。我想了半天,找不到这个推理的漏洞。但我觉得造物的存在,和造物主的存在还是不一样的。

我最喜欢的宗教活动是跟琳达促膝谈心。人还就是比手表复杂。美女坐在身边,秀发偶然掠过我的面颊,春天般的的呼吸吹拂着,如同微量的电击。有时,我觉得快顶不住这热辣辣的攻势了。但是想到入了教,秀发和春天就要让给别人,只好又咬牙说,美女,容我再考虑考虑。

这天美女又进了门,而且带了一个盆。宣布今天给 XXXX,YYY,和 ZZZ“洗了”。这三位我都知道,不但名字是字母表中的最后三个,学习和人品大致也排在那个位置。想到美女给这仨中国土老帽“洗”的香艳情形,一时心如刀割。美女看出我的嫉妒,说,干脆今天也给你洗了。我正犹豫,已经被她按到床上了。

美女跪下来脱我的鞋。我闭上眼睛,把自己交给上帝。从隐约的臭味,可以知道鞋已经被脱下来了。脸上不禁发红。这么快就上床我没想到,心说下一步她会脱什么呢?直到温柔的小手抓住我的脚,轻轻按入盆中,我才明白。原来洗礼就是洗脚啊?她轻轻搓着,我想上帝啊,如果每天都这样……可 XXXX,YYY,ZZZ 三位,也被这双小手搓过……我不敢再往下想了。

脚心传来一阵痒。我闪电般缩了一下。美女说别乱动，又用纤纤小手按了一下我的脚心，一阵钻心的痒直刺我的左心房右心室。我忍不住笑出声来。我脚心特别怕痒。据说小时我哭的时候大人从来不哄。按一下脚心我马上就破涕为笑。后来我也发现，脚心除了自己任何人不能摸。一摸浑身发软，大笑不止。

美女被我的笑惊呆，手上不觉使了一下劲，正捏在脚心。我彻底崩溃了，笑得上气不接下气。想解释又一个字都说不出来。美女的表情，从惊异错愕，到失望恐惧，终于跳起来逃了出去。那盆水被带翻。脸盆叮啷哐当地翻了一阵，终于静止。在袅袅的余音中，我透过笑出的眼泪，似看着一地鸡毛。知道入教的事就这么黄了。

我脚心跟手表的不同，是有痒的感觉。如果追究责任，还是得怪上帝把人造得太复杂，太精密了。

7. 老姜的辣度

我小学一年级就知道抄袭不对。因为有一次沈老师讲作文。说，现在学生作文写我的一天，普遍以“东方露出鱼肚白”开始，一看就是抄袭。因为，某篇得了第一名的范文就这么开始的。

我立刻明白了抄袭是受鄙视的。所以我这辈子就没抄袭过。相反倒被别人抄袭过几次。有冤都没地儿伸。比如我写过一篇买车记。被人全文抄袭，登载在国内的一家著名杂志上。又比如，这本书中的短文“那赫儿”也被一位网 V 部分抄袭，登载在国外一家大中文网站上。有人说，抄袭是最好的恭维。但我从来没想到用这种方法去恭维谁。我做论文自然更不可能抄袭。但我却真的被一位美国导师指责抄袭了。整个过程很有趣。这里仅仅讲讲“抄袭”这部分。

我入学是按博士生录取的。拿硕士只是一个选项，所以我没怎么在意，觉得尽快拿了就完了。第一个学期我读了二十一个学分（研究生标准九到十六学分）。到第三个学期就几乎没什么课可上了。只是在做一个毕业设计项目，或者做一篇论文二者之中选一个而已。

这个选项值九学分。

多数美国学生选择做项目。我正相反，喜欢做论文。选什么题目呢？当时一位美国学者提出了一个新理论，被主流排斥。不得已到日本去兜售，结果大受日本工业界欢迎，结出了丰硕的成果，他本人也成了日本的名人。我出国前就研究过这个理论。于是，我打算玩点开创，把这个理论应用于我那个专业。

正好当时我跟人约好了要去外州打鱼。所以没几天就把论文初稿拿出来了。给指导小组三位教授一人发了一份。很快，指导小组就叫我去开会了。我觉得几位老先生无非是表扬一下，意思意思而已吧。谁知一进门气氛不对，几个老头子同仇敌忾地望住了我。接着，那位姓霹雳的教授开始指责我抄袭。

原来，我在论文回顾部分引了一批文献，但并没有一一读这些文献。只读了一位学者发表在本专业权威刊物上对这些论文的综述论文，把他总结的精要部分，用我自己的话说了一遍。并且把他引用的文献抄到了我的参考文献部分。在这个领域中还没人用过我要用的这个理论。我的货色跟过去工作关系不大。所以，我认为只要说几句，意思意思就行了。

但霹雳老师认为这不对。他老先生显然也读过我“抄袭”的那篇文章。他说，如果没读过文献，仅仅读综述，哪怕是巧妙地复述综述，也是偷懒，甚至是 plagirism（抄袭）。

他这么严谨，我也没话说了。我承认并没有一一读过全部文献，表态说回顾部分我会完全重写。几个老头子，这才收回了严厉的表情。这之后，我一头扎进了图书馆。花了整三天，把那几十篇文献一一拜读一遍。一一指出以前各位学者的成绩和不足，把这个总结当做了我论文的回顾部分。

说实在的我心里并不服气：读一遍的结果，跟我当初预料的完全没有不同么。不过，有一点我承认，一一指出前面工作的成绩和不足之处，似乎垫高了我的工作，使得它显得更加必要了。

钓鱼计划自然告吹了。不过也有点收获，论文不久就被那个杂志发表了。仔细想想，这审稿的人士当中，八成就有被我"回顾"过的文章作者。而中肯地指出他们的成绩和不足，没准也是我论文得以发表的原因之一。

我大致似乎仿佛有点明白老头子们的用意了。老姜的辣度，就是要高一些。

8. 立太子

一开始住学生宿舍，三个人住二室一厅。我住了一间，另外一间住老于夫妻，夜里常来风雨之声，久之则习以为常。屋子以前是美国兵营，后来二战结束，美国裁军，把营房赠送给了大学。大学就以低价出租给穷学生。不是谁都能住，必须收入在一定水平之下。穷人太多，造成争抢，就用排队解决，队太长，有时一排两年，等闲白了少年头，还是空悲切。

不过少白头难不倒中国学生。主要采用两个办法，一个是继承制。前面学生要走了，并不通知房管当局，只告诉后面的中国朋友。他悄悄地走，他悄悄地来，他轻轻地一挥手，不带走一丝云彩。还一个办法是挤住，凡在中国上过大学的都是这方面的专家。有一间住了八位，可以唱"住在上下铺的弟兄"，同时打两桌麻将。其中有仨女的，刚来的时候都是羞答答的清纯少女，到毕业的时候，全学会了叼着烟卷，眯缝着眼睛打麻将，张口就是他妈的，跟老流氓差不多了。

贫民窟里，人堕落的就是快。

美国房管当局很久都没有发现中国人在住房上玩的花样，他们眼中，中国人长的都差不多，房主已经唐宋元明清地换了好几代，他仍然以为是秦始皇在主政。

后来有一个生物系的博士生快毕业了，他的朋友们知道他要走，围绕王位继承发生了一次宫廷战。本来他有意立计算机系的一个年轻朋友——也是北大的——做太子，可这个企图被他无意中泄露出去了，其他几个候选人不服。于是围绕此事发生了很多勾心斗角和造谣诽谤，其激烈程度，可以写一出大约三十集的清宫戏。

老皇上左右为难，本来想写个“传位于第十四子”，放在“光明正大”匾之后。又觉得这么做对不起其余的麻友。“满头大汗，抽了几只烟”之后，他出钱在本城最豪华的中国饭店“海皇酒楼”请了一次客，所有的皇储一一请到，宣布把王位传给东亚系的刘博士后夫妇。刘夫妇岁数大了，拉扯两个孩子，刘太太又是个家庭妇女，找不到工作。按照我党一贯的照顾困难户政策，房子传给他们。

这一下得罪了皇太子。“天下唯有德者居之”，传位要看才干，跟困难不困难有什么关系？他也“吃了几只烟”，决定宁赠友邦，不予家奴，径奔房管当局告发去了。

房管当局收到线报后，小朝廷都享受了犁庭扫穴的待遇。太子也被扫地出门，跟大伙儿一样，走进街上刺骨的寒风里。

我尽可能地收容了几位。大家喝着棒子面粥，把这事说开了。最后太子总结说，我觉得吧，这事也是两难，按美国规矩办就住不上房。按咱们中国的规矩办吧，起码还能住上。但是又会分赃不均。到底怎么好，我也不知道。

第一次休克

来自某个文化氛围的人进到另一个文化氛围，对一些现象感到震惊，这就是所谓的文化休克。

一次在乡下，老乡请抽烟。那烟是直接用烟叶卷的，直径有半寸，长度为二尺半。俺两只手举着，一口进去，饶俺做足了准备，仍然差点被呛一后滚翻。这应该算是农村和城市间的文化休克。

台湾和大陆之间相隔久了，也有文化休克。俺在美国认识一台湾同学，这一天俺告诉她，大陆很长时间内没有妓女。她绝不肯信。俺素知她是一位通情达理，脑筋灵活的现代知识女性。但俺的报告，令她经历了文化休克。而她的反应，又令俺经历了一次文化休克。又有一天，俺提到共产党抗战。她又大吃一惊，说哪有此事？俺从小接受大陆教育，但俺相信国民党打过抗战。可台湾的教育，已经令有头脑、有独立判断能力的知识分子不承认平型关战斗的发生了。

这说明，长期谎言教育的积累，也可以造成休克。

俺到美国的第一次休克，是过马路时发生的。俺要过马路，看见打右边开过来一辆车，于是俺停下来等车。可那车开到不远即缓缓停下，不再开动。俺等待良久，看那车不动，于是径直过了马路。可回头一看，那车施施然开走了。俺这才知道，这车原来是在等俺。

西点军校之梦

我上学的时候最羡慕特务马丁。马丁是我的同学。但我上的并非间谍学校,而是普通的美国大学,不过老马也不是普通的人,他是西点军校教官,军衔上尉。教的是通讯,负责培养间谍和情报工作人员。被西点送到我们学校培训。

我们中国同学都打活。但马丁的学费则由西点军校出。非但他的学费,而且他的生活费,以及他老婆和俩孩子的生活费都由美国军方负担。

学生贵族马丁穿着干净整洁的衣服,小分头贼亮,吹着口哨,像幸福的小鸟一样轻快地穿过系大楼的走廊。班上开报告会,马丁走上台去,报告美军如何在伊拉克战争中采用尖端干扰技术把阿拉丁们的耳朵打聋,眼睛打瞎,嘴巴打哑,神灯打灭,然后押送回石器时代。然后是经久不息的掌声和欢呼声,鲜花和少女。我的想法,人活到这份上就差不多了。

这一天放了学,我像往常一样穿过校园去打活,忽见广场上多了几尊雕像。那个地方本来有几尊不穿衣服的女人,长年在绿油油的草地中接受目光浴。我刚到美国时,尚记得非礼勿视。故只乘夜色前往观赏数次,是以记得总尊数约等于三。今天陡然增加到六,不能不引起我的高度关注。

走到近前,才发现多出的几尊竟然是美国军人,全部军礼服笔挺,在草地上以典型的背手姿势昂首挺立。其中一位,见我前来咧嘴一笑,露出两排雪白的牙,于是我跟美国军方的试探性接触就开始了。

“三位爷,最近似乎没听说本校发生学运。”

“啊,哈哈,我们不是来镇压你们的。是奉美国海军之命,前来招募壮丁的。先生,您看去神采奕奕,倒像一块军人材料。”

“不瞒您说,我来到这个世界就是扛活的。您看这二头肌——。您是说我有机会到美国军中效命?”

“爷死,阿夫阔儿死!”军爷大喜。我们学校反战势力太强,几位八成已经在草地上站了好几天了:“先到佛吉尼亚训练半年,然后分配工作。来吧,填表了您内。”

于是填表。填到一半,我忽然想起一事:“噢对了,军饷每月几块?”

“吃穿住全包,另发一千!”军方回答得很痛快。

吃住算一千,还外加一千。等于每小时收入十二块半。扛麻包每小时6块,岂不是多了一倍有余么。但我还有问题:“半年训练完毕,可否拒绝派遣?”

“啊,借个借个,到时再说……”对方狡猾地笑了。

“我要去西点,”我想起了马丁,学费,鲜花和少女。

“不要急,机会总有的。哦对了,这一页还要填一下,”军爷环顾左右。

“当到上尉需要多少年?”我的性格叫执着。

“呃,三年吧……这里还有几栏,”军爷用胡萝卜似的手指戳了一下表格。

我掐指一算,三年生俩儿子,时间是紧点,可大致也够了,万一双胞时间还可以提前。马丁能弄到钱养家,我为什么做不到?提笔把剩下的都填了。军爷把表接过去。双方又就某些具体问题磋商了一下,我提出能否把每月的薪水加到四千五左右。军方的意见是刚参加工作,不便过于享受。对将来朝上尉方向发展也不利。我从大局着眼,也就接受了。按照报纸的说法,这次会晤“在坦率的气氛中进行,双方就共同关心的问题交换了意见,取得了满意的成果”。

第二天下课,我拍了一下马丁的肩膀:走,喝啤酒去,我请客!老马抽搐了一下,躲开了。这小特务八成还以为我跟以前一样穷呢。

我宽宏大量地笑了。啊，海军！我仿佛感到太平洋海风的吹拂，看到海鸥追逐的舰尾的浪花，左舷和右舷的炮。

我回家打好了背包就开始等，于是电话铃响了。

“我是海军的吉姆。上次给您填表的。”

“当然当然！几点出发？咱们军人讲究准时，这个我懂。”

“哦，礼拜三，下午十四时。不过上次您的国籍填漏了，补一下吧。”

“嗨，这点小事还打什么电话啊。国籍当然是中华人民共和国，你给我填上不就得了。”

“什么？”

“中华人民共和国”。

“靠，开什么玩笑？你一个中国人当什么美军啊？”

以后的故事就简单了：马丁继续当贵族，我继续扛活。

叫花子奖学金

我上学时,曾经在酒吧的门口碰到一位叫花子,俩人乘醉聊了几句。他很激愤地跟我说,我们美国人本来很幸福的。我无家可归,是在香港人占领美国并统治了我们之后。听到这我明白他为什么在大街上流浪了。显然,他每个老板都听过他的政治见解,并且把门指给了他。而这个结果,更使得他相信"香港人统治了我们"。

我们市中心有一个常年要饭的,穿的破军装已经退色了。花坛边上有个位置是他的专座,他就一句台词,请救助一下越战军人。一次我掏出一块钱想给他,被一美国同事给拉住了。他说这人是个骗子。有人问过他多大岁数。他说四十三。掐指一算,越战结束时他才六岁。我听了,又加两块,送给了这位兄弟。同事惊奇,我解释说,这兄弟不会撒谎,生活肯定比会的更艰难。

又有一天我在钓鱼,忽然从后面的草里钻出一个穿着破烂的人来。这人一手拿一瓶威士忌,一手拿一杯子,请我喝酒。边喝边劝,说酒这东西千万别沾,它能让你倾家荡产。他话和行动的矛盾使我对他发生了很大兴趣。又聊几句,了解到他最早是一位电子工程师,后因酗酒失去工作,妻离子散。从此在草丛里搭了一个窝,过上了野营的生活。而我的钓鱼点,正是他的窝门口。他说我一共来过三次,每次钓到了鱼都手忙脚乱。

我对打扰他的野营表示抱歉,又问他既然没工作了,用什么买酒?他说主要靠卖血。我说,啊?那这酒我可喝不下去了。他安慰我说其实卖血挺好,卖惯了不卖还很难受。说着掏出一张二十块美元的票子,一定要塞给我。我说,兄弟,你留着买酒吧。他说没事,明天我又该卖血了。又说,你一个中国穷学生,不远万里来到我们伟大的国度，我们不接济你接济谁。我能力有限，这几个钱就当我给你的奖学金吧。

我说，君子固穷……他打断我说，不用解释了，事情明摆着：你都穷得钓鱼吃了。而我，居然还在天天拿面包喂鱼，于心何忍？不信你看看这个。说着掏出一块面包掰碎了扔到水里。果然有大批的鱼来抢吃。可见，他确实经常在这里喂鱼。

我觉得应该跟他解释解释钓鱼在中国的文化含义。说，中国古代有一位宰相，有一天，想起了家乡的莼菜和鲈鱼……但发现他脸色开始变得难看，只得结束中国文化，把钱收了。

离开时天色已经晚了。我想把钓到的鱼留给他，但他坚决不收。我按照江湖的方式道了珍重（Man, take care of yourself, OK?）后就分手了。

第二天，我回到河边，在草丛后找到了他的窝棚。他不在，我知道应是去卖血了。于是，我把一个信封塞到他的枕头下面就走了。在那信封里，我放了那个月奖学金的一半。

害群之马

我小时候捣乱。老师派班长当同桌。上课时，只要我一拿出弹弓或小人书，她的手就举起来了。结果总是我的宝贝被没收。后来我假装玩些东西，让她告。结果老师搜不出来什么，倒批评了她。下课后我说，怎么样，中了我的奸计吧。她说，你破坏班集体荣誉，是害群之马。我说你懂个屁，这叫独树一帜。她没听过这个词，愣住了。

我到美国后开始也没脱离"集体"。学校有中国学生学者会，也有班干部——会长和委员。也有开会，搞思想教育等节目。不过，我对高屋建瓴的演讲没兴趣。我去参加开会，只为跟人八卦，刺探便宜车保险消息，顺便看看是否来了养眼的新女生。

这天开会，上面干部讲话，我则在下面跟人传会长老陈跟本校艺术学院许美女的八卦。陈会长多次考试不及格，已经在此混了七年，取得了黑道老大的地位。这位采花老手主要目标，是新来的小女生。小女生刚来，普遍都搞不清状况，被他跑前跑后地一忽悠，常常糊里糊涂地进了他的被窝。

正侃到关键处，忽然听到点我的名。我以为听错了，但又被点第二遍了。

"小九，老于犯事你知道吧？"是会长在问。

"老于？……老于不是都走了吗？他犯了什么事？"我仍然晕头转向。

"他跟你一宿舍，你没事就带他去钓鱼！"

"啊，原来我们钓鱼占用了学生会的时间。"我还是不明白发生了什么。

"别装傻，他走时没收拾桌子。老板生气了！"

哦,原来是因为友邦惊诧了。事情是这样。同宿舍的老于拿到学位。被加国多伦少大学聘为助教授走了。走后某天,他的导师(老板)在系休息室喝茶,跟几位老师谈到老于。说这学生学问好,但有才子气,不修边幅。人都到多伦少去了,桌子上还留了个咬了一口的大苹果,想是做论文时到了关键之处,忘了吃了。倒很像乔布斯创立的苹果公司商标。几位老师说到此哈哈大笑。让陈会长听见了。

老陈认为老于走时不收拾桌子,给洋大人留下了恶劣的印象,败坏了全体中国学生的名誉。于是在学生会郑重提出。委员一致认为此风断不可长。又决议老于走了,但是同宿舍的我还在。不妨拿我开刀。

“是不是老于要收拾桌子,你不让,非拉他去钓鱼?”女委员阮教授循循善诱地说。她有个有趣的儿子,每次到我们办公室串门,我们都会丢东西。我到她那里告过一次状,被她骂出来了。有人向系主任反映了她儿子的劣迹。系秘书专门到各办公室查询少了什么。我替这小子辟谣,说什么都没少。这之后她儿子再来,我们都抱住电脑,说,小爷,除了电脑,其余物品,随你拿罢。

“白天打渔,晚上杀鱼,嘿嘿。”接碴儿的这位秃瓢委员在国内就当过学生会主席。听说国内一些民众闹事时,他在本地报纸发表声明退出某党。然后在头上缠了绷带,涂上红色颜料,又写了一个反华标语粘在胸前。站在宿舍前面,用傻瓜机给自己照了个相,连同本地报纸对示威的报导一起,寄到移民局申请政治避难,最先拿到了绿卡。

“小九的恶劣行为,败坏了中国学生,不,中国人的集体形象。”陈会长总结道。他老一贯穿得花里胡哨,头发梳得溜光,一身女用香水味儿。好几位美国老师私下问我他是不是做助教收入不够,还需要业余去做鸭。我说,NO,他是本校第一中国学生,哪能那么无耻。老师不信,说那香水味又是怎么来的呢?我说,这这这,可能他在纱厂打工,接触女工比较多吧。老师摇头走开。嘴里嘟嘟囔囔地说,什么牌子的香水,味儿有点怪啊。

“娘卖X的，到底怎么回事，你说！”粗喉咙来自学生会军事委员。某山地人。一口大金牙金光灿烂。听说他们那的主食是大老鼠，成年男子到婚龄一律把门牙打掉，换上金的。当地风俗，女的为了美容，不断往颈子上加项圈，到二十多岁，成功者像长颈鹿，不成功的也接近螳螂。

“说呀，怎么不吭气？”连女委员的口气也不那么友好了。我感到众人的目光集中在我身上了。所谓众怒难犯，我这是激起了公愤。

“说什么啊？”我问。

“说说你怎么破坏中国人形象。”这是启发式教学。

“我有吗？”我们那最近流行台湾语法。

“还狡辩！”军事委员厉声地打断了我。

“同学们，同志们，我们中国学生，在美国披星戴月地辛勤学习，劳动。好不容易才在美国人心目中建立了美好的形象，可有人要做一颗老鼠屎，破坏了我们整个集体。害群之马啊！”

“是啊，害群之马……”，众生嗡地议论起来了。这个字听起来很熟悉。我拼命想在什么地方听到过。最后终于想起来了……同桌的小班长。

“大家说，这种人应该怎么处理？”老陈发出了致命的一击。

“我能说一句么？”我大声说。

“现在交代是不是晚了点？”

“不行，不许他说！”

群众的想法不怎么一致。

“大家都安静一下……小九，你还有什么要说？”还是会长懂政策。

“老陈，我想问问。你的形象是靠你自己建立，还是靠我建立？”

“你什么意思？”老陈有点不知所措。

“意思是你没雇我当你的化妆师。你的形象得靠自己建立。阮老师的儿子到处偷东西，她的形象就是教唆犯。你骗小女生上床，形象就是采花贼。军事委员欺骗移民局，形象就是个骗子。跟我没什么关系!”我扫了一眼会场,开会的一个不落,都把耳朵竖起来了。

“那谁,小柳,给我弄罐可乐!”我说。话说顺了有点渴,我喝一口可乐,“你们张口就是集体,闭口就是全体中国人。别搞不清状况。这是美国。这讲 Be yourself(做你自己),你们那套拿自己当中国人民总代表的思维早过时了。”

嗡地一声,议论纷纷。

“别拿群众当小女生玩。我为我的形象负责,你们为你们的形象负责。各人管好自己,OK?还有,在座的各位小女生一定要小心,老陈的手段,是很毒辣的。”小女生都瞪怪物一样瞪住了老陈。我简直有点乐滋滋的了。

“本害群之马现在宣布,脱离学生会。不陪你们玩了。88了,班干部们!”我把可乐罐一扔。哐当一声,大老远的,正进垃圾桶。然后推开椅子,走了出去。

第一个感恩节

在美国的第一个感恩节，我清早照常到河里钓一个钟头的鱼。鱼饵用的是黄色奶酪。运气不错，钓到一条三斤多重的鲤鱼。然后我又照常到校工作，发现这儿的黎明静悄悄，我才想起来过节了。既然如此，我索性不干活，在校园里到处走走，就当过节吧。

校园寂静无人，树叶都落光了，这时从旁边呼地驶过一辆车。走了没多远，掉头回来，停到我旁边了。从车里下来一个洋人，一看，却是我们系老教授哈里。哈里不教我课，但我认识他。记得刚来时我应邀给系里教员介绍中国教育，他老也在场，等我讲完了，他老说：你从中国大老远的来这求学多不容易，你看看我们美国学生，有机会还不好好上课，真不知道珍惜。我张了张嘴也不知道说什么好。附和吧怕得罪人太多，不附和吧怕不够礼貌。正在这时，别人提了新的问题，我就蒙混过关了。

哈里下车说了几句，具体什么忘了。大约是“你，过节在这里，什么的干活”之类吧。然后不由分说把我拽上车，直奔他们家而去。到了他家，全家老少都来嘘寒问暖。觉得在感恩节这天在校园游荡，是很悲惨的事。我赶忙说我记性不好，把今天过节忘了，气氛才缓和了一点。

他太太烤火鸡用一个温度计，插到肉里，没事拔出来看看。等到了一定温度就熟了，烤完了大家就坐下开吃。餐桌上就我一外人，太太还特别照顾，一会问一句，你喜不喜欢吃红薯？这肉还合您口味吧？当时没觉得有什么，后来我知道，在美国吃饭，这就是最高的礼遇。太太又问了：你要黑肉还是白肉？我觉得这问题有点种族敏感。于是小心翼翼地说，黑的白的都来点吧。后来知道，腿肉是黑肉，胸脯是白肉。有的人认为白肉更健康些。以我的口味,那火鸡味道淡点。最好吃的是烤出来的火鸡汁,往土豆泥里一拌,很开胃。

欧洲人到美洲,没吃的也没房子,在冰冷的十一月,一家大小愁眉苦脸,饿着肚子蹲树林里发抖。忽然来了一群印第安人,给他们吃热乎乎,喷香的烤火鸡。当时一定很欢乐,为此建立了感恩节。估计从那时起,不少人到了感恩节就喜欢到外边转转,看看能不能找到外国人。如果有,就请他们吃火鸡。

这之后不久,我发现系里我的信箱中放了一个信封,打开是二百块钱。我问系秘书是何人所为。她说不知道。过了一个月,那个神秘的信封又出现了,还是二百块。如是者三个月。我跟秘书说,一定要告诉我。最后她说,这人是哈里。我拿着钱直接到哈里的办公室去还,他坚决不要。经过艰苦谈判,达成协议,以后不放钱了,但以前放的就算了。

德语博士

我当学生的时候,一次参加台湾同学聚会。听一位不修边幅但风度不凡的台湾同学,向大家推荐邓克保的小说《异域》。我的小老板,另一位台湾同胞介绍说,这哥们的父亲是台湾的外交官,他本人精通几国外语,现在攻读德语博士学位。我对学语言的都不太看得起,学校有些学英语的大陆生,在东亚系跟外国人学中文,美其名曰比较文学。其实是在混学位。

过了一阵子,我在学校的图书馆前面又见到了德语博士生。他在一辆开窗口的餐车上出售三明治之类的简易午餐。我要了一个三块钱的烤肉三明治。说,您一个国军高干子弟,还搞勤工俭学?做做样子吧?他说,NO,NO。我这是毕业了找不到工作,临时在学校找个事糊口么。我说找不到慢慢找。心里说,没赶上二战,学德语的找工作是难点。最后我要付钱,他说,开玩笑。要什么钱?在我的坚持下,最终他收了一个两毛五的硬币。

以后我买三明治都按两毛五办理。过了一阵子,听人说他在学校的餐馆升了工头,管一大帮美国学生。又过一阵子。我毕业了。德语博士也变成了三明治博士,在中国同学中成了笑柄。这天我又去买三明治。他很开心地告诉我,终于找到工作了。我说祝贺祝贺,在哪个大学高就?他摇摇头。我说那就是哪个公司?他还是摇头。

不是学校也不是公司,他进了CIA。我心说这是当了中情局的特务了。说什么好呢。“工作一定要小心,出门别忘了带枪,安装窃听器的时候别暴露自己”?好像不怎么合适。“努力工作,多颠覆几个国家”?更不合适了。最后,我说了一句最没劲的“祝你好运”。

那以后我就再也没见过他了。但每次中东,叙利亚什么的动荡,我都能想起他。我好像看见他提着一箱伪币，正坐在飞往大马士革的飞机上。或者在一个中东的地下室，一边啃着羊棒子骨，一边跟当地的阿拉伯阴谋分子，策划怎么暗杀该国一位反美的领袖。不管怎么样，他生活在一个神秘世界里，我想。又想，也许他会成为佐尔格，成为传奇吧。不过，最能使我想起他的，还是两毛五的三明治，和"开玩笑，要什么钱？"

几乎致命的错误

我毕业后就到一个学校教书。系主任A教授出身名门，身材魁梧，声如洪钟。按《水浒》的话，“好一条长大汉子”。从样子看不像学者，倒像个屠夫。

这一天他谈起从大学毕业时，被征了兵。我说你这身材，别说越共狙击手，哪怕是我，也能从一公里之外打中。他说，那没办法，抽中了就得去。他正在打背包，忽接政府通知，说如果他愿意到芝加哥某学区教小学，可以代替兵役。真是喜从天降。他当即决定放弃这次越南远足，去做一名小学教师。我说，这可好了。谁知他连连摇手，说NO NO NO，恰恰相反。我又愕然。

原来他搬到了芝加哥，安顿下来就打电话向小学校长报到。那校长表示欢迎之后，就问他是开车还是坐车来上班。他说开车。那校长说，哦，这里治安有些乱。你放好了车，别忘了采取防范措施。

第二天到学校去。他把车停在教学楼下面。按照校长的嘱咐锁好车，每一个门都拉一下，确认锁好了，才进了教学楼。首先是见校长，校长晚来了几分钟，人倒是彬彬有礼，两个人就开始谈工作。说了一阵，校长忽然说，对了，你停车没碰到什么问题吧？他说，放心很顺利，还锁了。校长跺脚急问，你钱包放车里没有？他莫名其妙，说，没有啊。那校长绝望地说，完了。拉着他就往楼下跑。

眼前是一副惨境，他那辆车已经被撬开，而且被strip了。strip是剥光的意思。把车strip了，就意味着车里的收音机，各种器件，甚至座位，凡是能被拆的都被拆走了。后车窗被砸烂，车身用红漆喷了一个中指。

这车是报废了。

原来,那地方"注意"的意思,跟别处不同。校长嘱咐他注意,意思是让他不锁。这跟金庸的"最危险的往往也是最安全的"逻辑一样。贼打开车门,看里面有没有值钱的东西,最多会啐一口唾沫走掉。但是如果你锁了,他费了劲撬开,又发现里面找不到一分钱,他一生气就把你的车 strip 了。

他又说在那个盗匪横行的学区,随时可能有生命之虞。危险其实远高于越南战场。没经调查就选择教书,是犯了一个几乎致命的错误。

不讲中文的同学

我上学时，有两位同学不跟中国同学讲中文。第一位是一jackass。他不但不理中国人，而且下饭馆都不下中国馆子。据说有一次他要转学，把他的美国女老师急哭了。对外的说法是他被认为是天才，所以老师舍不得，但我看这里头没准有猫腻，一男一女的，谁知道什么玩艺。

但我跟这位并不认识。是同住的一位武大的同学，用崇敬的口气跟我说：ZXD 从来不说中文。我听了就把这孙子打入另册了。在学校见到，一律采用鲁式轻蔑法，视而不见。一次他在商学院前的草地上拦住我，问某中文论坛上的 XXXX 是不是我？我说你问这个干嘛？他说就是你，布拉布拉。我说关你鸟事，滚蛋，然后扬长而去。我在论坛上，常发表些政治不正确言论，照理至今还没被国家某部门请喝茶应该感谢他。不过我觉得这不会是因为他信了佛教，而是因为他对中国人的轻蔑。要他告中国人，他放不下这架子。

我对那武大同学也比较鄙视。对汉奸至于那么崇拜么。所以我给他起了个外号“武大”郎。他倒很欣欣然。可见低阶汉奸还是可教育的。至少还知道常上中文论坛，所以我也没放弃他们。

另一个同学是个结巴磕子，但只限于中文，讲英文比我还流利。对此我们几个同学讨论过，但意见不能统一。政治系的刘大个认为这是借口，实质还是崇洋媚外。学医的林妹妹认为这同学家族有汉奸基因，但他本人是无辜的。公共健康系残疾人专业的朱大姐说他讲英文得算一种理疗，用于治疗脑部和发音器官的残疾。我则举出佛洛伊德，指出这都是因为没娶媳妇儿。力主在下批中国新生中，给丫挑一个出得厅堂，下得厨房，连生八个很寻常的美女。他们又说对新生不能这么残酷。

总之最后没把他归入汉奸类。抓螃蟹钓鱼等集体活动也叫上他，但吃的时候不叫他。倒也不是我们小气，是因为他还另有个要求，每天晚饭必须吃牛排，这可不能用生理缺陷做借口，从小没牛排吃他还不是长了那么大么。他在国内也是大学毕业的。国内的学生食堂也没听说有供应牛排的嘛。

也许因为从小结巴，这哥们性格特腼腆，但非常实事求是。一次一位同学有难题需要他帮忙，请他吃饭，八碟八碗儿的忙乎了一天。吃完了问他感觉如何，他就说了仨字儿，没牛扒。把那请客的气得不善，跟我嘀咕了好几次。

一来二去的，他的婚事就耽误下来了。没人介绍媳妇儿对于他是灾难性的。因为他见了女生就脸红，我曾经面授他一些简易勾女法，他点头称是，但出了门依然故我。毕业之后他去了一家公司。跟我住一城，我每逢做牛扒就叫他。一次我问他我做菲列牛扒味道如何？他说吃不出来。我有些吃惊，又盘问了一会，才确证他真的吃任何东西都吃不出味。对他来说，土豆块和红烧肉块口感都一样。

那你丫为什么每天非要吃牛扒呢？我有些生气了。

营养，吃东西不是为了营养吗？他反问。

要么说汉奸呢。汉奸就这么轴。后来又请他一次，一边吃一边聊，因为非得讲英语，说到 THESE 这个字，我咬了一下舌头。此后吃龙排我都不叫他了。

过了一阵子他买房了。再过一阵子他回国了。他家知道指望他自己找媳妇没戏。在中国给他找了一个。再再过一阵子，他居然有仨孩子了。一个满地跑，一个满炕爬，一个在媳妇肚子里翻跟头，看那趋势还真直奔五个而去了。

人就这么不经活，有时候觉得逝者也太如斯了。

这俩汉奸，一个是学物理的，一个是学电脑的，都是洋学问。都有汉奸的土壤。但从某些国外中文论坛的情况看，还是学电脑的更汉奸，阶数也比较高。

最后实事求是一把。上学时还有俩学国政的，人有点小气，但不汉奸。

龙　脉

一次我到北京某处办事。早上出门就没吃饭，到下午饿坏了。走了好几条街，附近唯一的餐馆还关门整顿。连顿饭都找不到吃，当时着实有些凄凉。这时一出租车停在身边，一人下车，一拍我的肩膀，说大哥还记得我吗。我定睛一看，靠，不认得。

这人说，不记得就对了。你这么大的人物怎么记得我？我可记得在你们宿舍光腚。他这么一说我就想起来了。在一个多事的春夏之际，我在宿舍玩麻将，这位阿光来玩过，好像是地球物理系专业的。一手麻将打得臭不可闻。三个钟头输掉了所有的现金，外加手表和裤子。记得当时我扔了一条浴巾给他。难为他至今还记得。

那时大哥您一定觉得我特傻吧？阿光问。我说没错，在傻的后面，还要加英文的第二个字母。他说当时要没那条浴巾他就回不了家了。虽说特别时期生冷不忌，可光着腚出门也不好看。他从此就记住我了。见我在街上彷徨着，口中似乎在吟咏运交华盖，于是下来问缘由。

他把我领到了他家。弄来了三斤卤肉，十个芝麻火烧，外带半瓶二锅头。当时我喝得高兴，说兄弟，不错么。有什么事想托我办，现在可以开口了。兄弟露出一副惨样，说，谢谢大哥。不过我这事，你不一定能帮上。我说，别介，大哥我怎么也是堂堂的捣蛋工业部的部员啊。导弹都造过几颗，别说你那些小事了。那兄弟说，现在的导弹，有没有专打女朋友的？我说有哇。陆基还是海基的，要多少吨当量？他说现在管不了，能逃命就不错。

原来这厮谈朋友把人肚子搞大了。女朋友的父亲是位高官，威胁说半年内不结婚，就到卫戍区叫一个中队来料理他和他九族的后事。这哥们平日见了居委会大妈都哆嗦,一听这话就尿了裤子。我哈哈大笑,说,兄弟,你算找对人了。大哥下个礼拜就出国。出去了给你一办不就完了吗?这兄弟扑通一声就跪下了。哽咽着说,全仗大哥救命!这句话闹出多大的故事,我当时还真没想到。

不久我飞往美国。酒足饭饱后,想起陈胜吴广的一句话,苟富贵,勿相忘,和把阿光弄到美国的任务。要将他弄到美国,首先得解决钱的问题。上策当然是他考取奖学金或者助教。得学校给他出经济担保。于是我把所有碎银都寄给了阿光,又打电话让他参加托福考试。我记得打麻将时,每次输他都会说一声"靠,又O儿了K了",裹着浴巾逃命之时,也说过"拜拜您内",大家都夸他英文好。我估计,在卫戍区叔叔开碑手的威胁之下,背一本英文字典,弄清楚第三人称单数怎么加S,应该不是问题。

办好了这些事,我又到地质系,约见全理工学院年薪最高(当年年薪十二万四)的教授。说姜孙教授,我的阿光朋友祖上是清廷采矿大臣。天生的地质异人,对多种矿石过敏。若地下有富铁矿,他脑磁会紊乱,不辨东南西北。若有白银,他必浑身不自在,茶饭不思,坐卧不宁,说话有金属声。若有黄金,他能发现重力场异常,迈不开步子。若有金钢石,他必丧失本性,眼睛放射绿光,甚至浑身起包,陷入间断性昏迷之中。

姜孙教授听了,表情惊疑不定,说,此等异人,怎么会愿意来跟我为徒?弄明白之后,他慷慨表示,只要他托福过了五百八,有一份奖学金就是他的。每个月一千生活费,加上免学费。由系里出具经济担保当然也不成问题。告别时他问我,你在哪个系读书,有没有奖学金,如果没有,可以跟我当研究助手。见我神情有些诧异,又解释说,我多少年没见过你这么能口若悬河地现编故事的年轻人了。我听了当时一股暖流涌上心头,原来他早明白我在吹牛,讲座教授的涵养还真是够厚实。

两个月之后,姜孙教授打电话叫我去。说,地质异人的托福考试成绩寄到了,五百四十分。我说,啊!这可怎么办?教授扶我坐下。

说别急,可以再考。我说,考是可以,可是时间来不及了!姜孙教授说,还可以另想办法么。

由于事情涉及了领导干部和卫戍区的解放军,阿光出国问题,现在已经变成了一个救人一命胜造七级浮屠的问题,一个贯彻人道主义,拯救大兵莱恩的行动。姜孙教授指出,他的成绩虽然不足以拿到奖学金,但是足够来此上学。我说,那经济担保呢?要阿光拿几千两纹银,不如直接让卫戍区的武术家们把他办了。

姜孙教授听到武术二字,眼睛一亮,说他是中国“康夫”(功夫)的爱好者,说着还表演了几手。他这“康夫”,是中国的广播体操,太极拳,李小龙的怪叫,和麦克杰克逊凌云步的某种奇异组合。事已至此,我也只好陪练。当时老起脸皮做了几节广播操。教授大喜,说从动作上看,他跟我出自同门。

我心说是啊,广播操都出自 CCTV,能不同门么。说既然是同门我就不客气了。按“康夫”界规矩,同门有通财之义。你拿一笔钱,放在我的账户上,由我为阿光做经济担保。姜孙教授说,我正有此意。说着就掏出支票簿,写了一张两万的支票。支票虽然轻,但我拿着有分量。

出了门,马上请赵小龙同学吃饭。赵同学是附近唯一的中国武馆的馆主。跟我在某次中国同学聚会中结识。他的专业是社会学。博士即将毕业时,他悲伤地发现毕业还不如在学校耗着。在学校起码有奖学金,不至于饿死,而毕业就等于失业。于是写好的博士论文留中不发,日日骑着骡子找马,不停地往各个大学发着石沉大海的简历。也是天无绝人之路,这天他在院子里做广播体操,被美国邻居偶然看到。这位邻居有一个正在青春期,无恶不作的宝贝儿子,夫妇商量,学武功没准能让少年维特过剩的精力得到发泄,不至于因祸害邻家的妙龄少女而招致牢狱之灾。于是重金聘请老赵教儿子武功。老赵一再声明自己不懂武功,却被看成是嫌束修太少。金额不断提高,到了一个无法拒绝的数目,老赵的防线终于崩溃了。

那小恶棍对于中国的广播操表现了强烈的兴趣。不久不但学会了掺杂了若干太极拳的全套中国广播体操，而且，完全自发地在赵氏武功中，加入了麦克杰克逊的步伐和李小龙的怪叫，他的在校行为也急速好转。学业上拿到了平生第一个C。他的父母兴高采烈的程度不亚于中了六合彩。星期天就到教堂感谢上帝给他们送救星。其余教徒的孩子中，也有不少跟那宝贝儿子同一个流氓集团的。各位家长争先恐后地带孩子来拜师。老赵的生意出乎意料地火了起来。又过了几个月，他索性破罐破摔地把博士论文交付了答辩。从此做起武馆生意来了。只是心中觉得费孝通的弟子，学不能致用，有点遗憾。

我跟老赵说，广义地看，社会学是关于利益和人际关系的学问。而人跟人之间的交道，有时候确实也是直接用肢体碰撞来体现的。这么看，您教"康夫"也不算太脱离专业。这句话解开了老赵心中的疙瘩。多年紧锁的眉头终于松开了。我们也成了朋友。我从姜孙教授表演的广播操，看出他是老赵的弟子。所以，这顿饭一定要请。

阿光拿了我的经济担保和姜孙教授提供的入学通知，到美国使馆去签证，被拒绝了，签证官说，你的经济担保人是个大陆学生，他不可能有两万块钱，一定是找人借的。显然，这位官员是把所有大陆学生看成穷光蛋的。我承认自己是个穷光蛋，但我又是个不喜欢被人看做穷光蛋的穷光蛋。美国宪法并没有规定大陆学生不能发财啊。至此这件事的性质又变了。除了拯救大兵莱恩，还加上了消灭偏见。即使不为了阿光，我也要斗出个高低。

我腰里别着一件利器，房东杰克。杰克是建筑师。最早是学法律的。由于一直没机会施展，曾经长期处于心痒难熬的状态。也是天可怜见，意外地得到了一个机会，终于施展了才华。起因是他把自己的住房设计成了一个四面体的金字塔。这个房子没有房顶，或者说房顶就是墙。据他自己说，这是他多年心血的结晶。在稳定、抗震、易于建造，空间利用，和材料节约方面，有着通常的"火柴盒设计"所无法比拟的优势。这个设计震惊了市建筑局的学究。他们只扫了一眼就否定了设计，拒绝理由是四个字：未曾见过。

杰克对此嗤之以鼻,把房子盖出来了。市政当局以违章建筑的罪名起诉他。他在法庭抗辩说本州宪法赋予公民享有居住和掩蔽所得权利,同时反诉市政的规定违宪。这场官司打了十四年。我入住他的金字塔时,他的名字,已经跟阿以冲突一样,成了本城报纸首页的经常性头条,也成了跟政府作对的同义语。市政当局师老兵疲,放弃了治他违章建筑之罪的企图,而只限于追究他没及时完成房子的内部装修就入住的罪行。杰克在长期艰苦和复杂的斗争中,锻炼成了一名通晓法庭程序和法律,懂得合法斗争窍门的老布尔什维克。

他听了案情,立刻指出了行动方向:找美国参议院帮助,由该机构给美国驻华大使施加压力。让他给阿光颁发签证。说实在的,乍一听我觉得这很接近天方夜谭中的故事。那本书说如果你想回家,一定要致力于寻找一位神仙。神仙有一种叫飞毯的设备,如同中国古代的好汉都有一匹马。

我将信将疑地问,美国的议员只对选民负责。我是外国学生,既无绿卡,也非公民。国会能听我使唤么?杰克说没问题。而且拨通了本选区 XXX 参议员办公室的电话。原来美国国会议员们虽然在国会办公,但在他们自己的选区都有办公室,帮助他处理选民事务。当时一位叫林达的助理听了情况,说,好办。我以参议员的名义,给美国驻华大使打一个电报过去。要求他发给你哥们阿光签证。当天下午,林达就给美国驻华大使发了电报,并且把副本传给了我。电报内容大致如下:

美国驻华大使馆,XXXX 大使阁下,

我的选区,一位中国学生为他的朋友阿光作经济担保来美国读书。被贵馆签证人员拒绝签证。引起我的关注。希望阁下能重新考虑此事,批准阿光同学的签证。

A. Q. XXX,

美国参议员

理论上,我知道参议院立法,政府执法。在学生签证问题上这两个部门谁威力更大就不知道了。如果按照阿拉伯的系统,有了飞毯,就能保证你旅行愉快。可如果按照我在国内的经验,这电报等于没发。

等大使阁下的回音用了足足一个礼拜。其间阿光来电话。说要放弃了。这几天他的女友和儿子访问了他两次。之后,他还遭一位便衣拍肩膀和请喝茶。那个自称女友叔叔的人对他表示了极大的关爱。谈话结束时他发现叔叔的后腰别着一个物件。目测很可能是一支黑星手枪。我说,兄弟,不能放弃。你的案子已经不仅仅是你个人的问题,它已经惊动了美国国会,还有姜孙教授、我和杰克的面子。如果你现在放弃,就辜负了所有的人。

阿光问女友和儿子再来怎么办?我说,告诉她你们蒙族习俗是试婚一年。他说他不是蒙族。他祖籍是陕西绥德,正宗汉族。我说,那就说是洋人习俗,书上看的。放下电话就收到了林达转来的美国驻华大使馆的回答。电报是以大使的名义回的:

美国参议院

尊敬的XXX参议员,

根据您的要求,我重新审查了阿光先生的签证材料。我很遗憾地告知您,光先生的确不满足签证条件。我的职员做出的决定是正确的。

根据美国签证法,要到美国学习,申请人必须提供令人满意的经济担保。阿光先生的经济担保人不满足这个条件。假如他能够提供满意的经济担保,我将乐于重新考虑他的签证。

XXX,

美国驻华大使

看了他的回电,我心里终于有底了。事情没办成不意外。美国总统绝不会把一个好相与的角色放到驻华大使的交椅上。如果任何一个议员来一通电报,使馆就发放签证,那还要使馆签证处干吗。所以,阿拉伯飞毯的结局是不可能的。幸运的是,从大使的回应立刻可以看到,阿光本人的被录取和来美学习都不是问题。唯一的问题是我的信用不足以给他提供经济担保。假如一个有足够信用的人,能答应给阿光提供经济担保,使馆就会重新考虑阿光的签证。而其结果,一定是批准。

至此可以说,斗争基本胜利了。另外找个经济担保还不容易?别说老布尔什维克杰克,“康夫”同门姜孙教授,广播操武术家老赵。就是我班里的同学布鲁斯也不会有任何问题。

我是通过帮做作业结识布鲁斯的。开始纯粹是出于同情。他当了葡萄牙语助教,每天忙得脚打后脑勺。我看他辛苦,常常让他抄我的作业。有一天他跟我说,经济上有什么困难可以找他。又拿出一张照片,是从飞机上拍的他家的鸟瞰图。原来他爸是巴西的富翁。拥有一所中央大庄园和十所卫星庄园。中央一所自己盘踞,其余分封给十个太太。当时我并不相信。但后来我发现每隔两三天,他就要买些小礼物,并且寄张卡片回巴西。通常是祝贺他哥哥结婚,妹妹过生日,或者哀悼大姐死掉。最后我问他有多少兄弟姐妹。答案是一百零四位。至此,我才相信了他的家族传奇:不是富翁,养不起一个连的儿女。

找布鲁斯给阿光当经济担保,是一句话的事。不过我觉得这么办不能有效地纠正美国大使馆对中国学生的偏见。怎么办不都是办么?我决定以个人的名义,在地质系建立一个奖学金。然后,把这奖学金发给阿光。这能让阿光体面地来美国读书,同时也可以给那些小看中国学生的美国外交人员一个教训。

姜孙教授认为这主意绝妙,并且提出奖学金可以用于研究地热。我则认为应该研究龙脉,我说中国最有价值的矿脉不是金银铜铁锡,而是龙脉。这是一种关乎国运,能够改朝换代的物质。其机理跟中医的经脉一样说不清。但一次又一次的事实证明,它就是有用。中国建国才一年,就得跟十七国在朝鲜大战。这一战从鸭绿江打到三八线,净所得是半个朝鲜半岛。德国、日本做不到的事,年产三万吨钢的中国做到了。随后又得罪了盟友苏联。中国处于跟美苏两大国对抗的地位。对内经济建设又遇到了麻烦,但是中国却能屹立不动。最终获得了联合国席位,世界所有大国承认它是中国唯一合法政府。

而且，把GDP提高了九百多倍，钢产量提高了八百多倍，同时发展了核武器、人造卫星和宇航事业。这一切奇迹不是偶然的。毛泽东的家乡韶山是一座小山，下面埋着一条龙脉，龙头在韶山，龙尾却在洞庭湖。

我又问，你吃菲列牛扒，喜欢吃半生的，还是彻底煎熟的？他表示喜欢半生的。我说，这就对了，半生的牛扒，放点洋葱，味道远超过煎熟的，但不管半生的还是全熟的，孔夫子都不爱吃，这是因为他经常听毛泽东家乡的韶乐，听完了吃肉就吃不出味儿了。我在电脑上找到了“孔子闻韶，三月不知肉味”的原文。又用谷歌的英文翻译，证实我没有欺骗他。

姜孙教授争辩说龙脉到目前为止仅仅有着民间传说的地位。我说正因为如此，我们才要建立一个科学的描述么。美国为了对付中国，又是洲际导弹，又是航母，又是隐形飞机，对中国的龙脉，却一无所知，这不是笑话么。

最后姜孙教授终于同意“龙脉奖学金”的设想了。该奖学金规定，必须授予中国侯选人。该人必须是学过地球物理专业的异人，目前居住北京，岁数在二十七到三十三岁之间……各项要求“and（而且）”的关系。我计算了一下，除了阿光，别人能满足以上条件的概率，是四百亿分之一。

下面的一切就很顺利了。我们跟系主任开了一个会，理工学院的院长大人也高兴地参加了此次会商。跟他一起来到的，还有本地媒体的代表。会议开始，我申明设立这个奖学金，目的是为了打破美国驻华大使馆歧视性的做法，把一位普通的中国学生弄到美国来。大家对此表示了一致赞许。

龙脉奖学金的消息，上了本地的报纸。广告在北京晚报上发出，一个星期之内，地质系就收到了十多份申请。阿光被顺理成章地授予了奖学金。他拿着获奖通知和学校的经济担保再次走进美国大使馆，官员二话不说就发放了签证。

阿光到达的那天，系主任、院长、赵小龙馆主、杰克、姜孙、林达做陪,在本地的海天楼,为他成功地逃生接风。撒尿时阿光问我千方百计把他弄出来到底是为什么。我说,实情是我在美国太孤独,需要一个钓鱼伙伴。他哆嗦一下,说,大哥,你丫这么狡猾的人我从来没见过。

一年后,他和姜孙教授到中国去研究韶山的古生物和地貌。顺便跟他的女友结了婚,半年后,他办齐了手续,借着到陕西去调查秦始皇陵墓的机会,把老婆和孩子都接到了美国。那时他才知道他的女友是我的小学同学。阿光来美,我跟她是共谋,她的爸爸和妈妈都是坚定的老干部,坚决不许她出国,不是为了儿子,她是不会来吃美帝国主义的残羹冷炙的。

两口子在美国有了渺小的幸福后,都变成了坚定的汉奸。经常在中文论坛发表诋毁中国的言论。我则上网批评他们,久而久之,成了他们在论坛上的死敌。

美梅酱子

这一年我跳船到了美国，因为无以谋生，被迫开始钻营。跟本处一间大学数次交涉之后，搞到了一个为中文课写电视脚本的差使，而计划的主持人，也就是我的老板，是一位台湾师大美术系来美深造的学生。

这老板其实并不老，考证起来还比我小点。这一天给我端来一碗饺子。我问台湾也吃饺子吗。她答双亲都来自大陆，家里常包。我品尝一下，皮薄馅大，一咬一口鲜汤。吃这碗饺子对我是个划时代的事件，我认识到"那边"也不是那么僵化，起码口味上跟我们差不多。

以后似乎关系就不那么紧张了。老板的爹娘到美国来访问，她买了一箱子啤酒，一堆凉菜，叫我去陪着聊天。那可是我第一次看到非被俘的国民党将官，聊起来觉得也不甚凶恶，反倒是博古通今的，气质像文人。

别看老板平常随和，工作可认真，我写剧本用简体，老板必熬夜一一改成繁体方可排练。演员发"妹妹"，她必纠正成"美梅"，演员发"这样"，则必纠正"还是用酱子比较好，口语化"。我虽然不以为然，也不好公然犯上作乱。心想我不就骗俩饭钱吗，何况口音也是小事，将来解放台湾之后，谁再说"酱子"押到功德林关起来，多听 CCTV，保管没两天就纠正过来了。

折腾半年，终于拍出了一部多集电视剧，我看了一遍，觉得特不地道。首先内容极无聊，全是"你好吗，刚吃了"之类的没话找话，还有就是发音乱七八糟，有我的北京土话，口语则一律"美梅酱子"，偶然搀入若干老板她爹传给她的"啧"（浙）江口音。真是越听越别扭，还好不是让老谋子审查，否则非把我给毙了不可。

老美倒是猪八戒吃人参果，热热闹闹开了个首映仪式，院长大人全副披挂亲自主持，致辞之后，突然宣布本课程脚本获得什么什么优秀奖，发给大洋壹仟圆整。我大吃一惊，别看脸皮厚，那次也红了。当然，脸红归脸红，见了银子眼睛还是亮的，一千大洋都不发亮我还算穷人么，差不多一年的伙食费呢。

又过了一年，美眉酱子老板得了博士，学成归国了，她爹给我来信，邀到新竹一游，我想这深入匪巢的事还得扬子荣，何况我一个穷人怎么去，我也没去也没回信。

这一天我照常在街上游荡，碰上了美梅酱子手下的另一员大将，四不像剧组的摄像师，一个叫杰夫的老美，我跟他到酒吧喝了几杯。其间他问我酱子老板跟我关系如何，我说那还用说，同胞关系，共用一根血管么。他呵呵笑了，说你这同胞可好本事，去年你得的那个奖，不就是她到院里运动来的吗。

军迷小胖子

中国有一句话，少不读《水浒》，老不看《三国》。意思是少年气盛，读《水浒》容易闹事；老年多智，读《三国》会过于狡猾。但是，在美国却正好相反，这也有一句话，少参加民主，老搀和共和。意思是民主党比较偏向穷人，年轻人穷但是热血，宜于加入民主党。共和党比较偏向富人但思考比较周到。到岁数大了，有产之后宜偏向守成，加入共和党。可见，美国的文化，是顺着毛捋的。而咱们的文化，则是呛着性子来。这充分表现了我们民族的自省精神。

我在学校时就倾向民主党。学校是著名的自由主义学校。几乎全体学生和教职工都是民主党的拥护者。每次投票，民主党都以绝对多数压倒共和党。因为民主党势大，本校的共和党简直成了地下党。一天，一个同事悄悄跟我说，你知道吗，RICK 是共和党。好像他做了什么见不得人的事。其实 RICK 性格开朗，是很正常的一个人。不过因为政治倾向，已经被大家列入了另册。

与共和党形成鲜明对照的是同性恋。他们不隐瞒身份，还跟做了好人好事似的到处张扬。一次同事 BILL 让我转告头儿，他得接儿子去，下午不能开会了。我说你刚结婚已经有儿子了？他说：儿子是领的。我说，刚结婚就领一个儿子？他说，我是同性恋。我觉得好像碰到他的隐私，有点歉意。谁知没两天他开了一个盛大的宴会，庆祝他家庭的组建。我看到了他三岁的儿子。当时觉得有点别扭，但想不出理由。

回到家才想明白怎么回事，原来儿子是黑的，但双亲都是白的。

在同事家作客。饭桌上最热门的话题就是批评布什和共和党。据他们说，纽约民主党的自由派知识分子圈子聚会，谁要不小心提到了 GOD（上帝）这个字，这辈子就再也别想再接到邀请了，因为在他们看来，基督徒都是死硬的共和党。

其实，他们这些激进，跟咱们中国比都是小打小闹。那最多不过是主张在现有体制中做某些调整。而我们要玩就玩翻天覆地的革命，中国穷是穷在钱上，不穷在好奇心和做社会实验的魄力上。我之倾向民主党，是因为少读过《水浒》，喜欢民主党的大锅饭和均贫富。另外我也很穷，觉得谁都没有理由比我过得更好。

共和党占劣势的情况，后来发生了改变。那年学校政治学院转来了一个学生。来后不久就在校报的读者来信栏发了一封能把民主党人气死的信。其要点是坚决支持布什总统的汉贼不两立声明（You are either with us, or against us），主张用核武把世界上一切意见跟美国不同的国家炸回石器时代，末尾署名是，一个光明正大的青年共和党人。

在热爱环保和坚决反战的民主党人看来，这当然属大逆不道。一时批评信雪片似地飞来，从哲学、历史、政治、环保和人道主义等各种角度反驳。其中最有份量的是我们系 BILL 的信，他从经济入手，指出美国在多大程度上依赖于世界，多少石油来自中东，多少便宜商品来自中国，然后证明，假如这些国家中的任何一个回到石器时代，美国也将茹毛饮血。最后说假如布什要自杀，他绝不拦着——只要别带着美国人民。系里的人看了他的信觉得解气，纷纷向他表示祝贺。

但光明正大的青年共和党人并没接受大家的批评。紧接着又发表了两封更军国主义的信，其中一封声称同性恋反上帝，宜由州政府立法加以取缔。这遭到了更猛烈的回击，但同时也开始有人支持他，主要是校外的中产阶级和杂货店老板，他们岁数大，读过《三国》，逢星期日必去教堂感谢上帝赐福。

两党激辩使得校报空前抢手。先前大叠校报放在各建筑物出口处，主要的读者是穿堂风。现在一印出来就被抢得精光，编辑宣布加印 N 份，同时出一个战争专辑。本州一位共和党议员专程从华盛顿回来,到本镇声援这位学生,老少两代共和党人亲切会晤共进午餐的照片,第二天就在本镇的大报上登了出来。

我在报上看到这位青年才俊的照片,着实有点失望。原以为是美国版的常山赵子龙,谁知却是个长得很糟糕的小胖子,眼睛像两个绿豆,不使劲看很难发现。

大报把小胖子拔高,成了众望所归的共和党代言人。他乘势剃了个秃瓢,在鼻子和嘴唇上穿上环,又穿上美军的迷彩服。并且发表一篇声明,要以身许国,参军到中东去流血。其作风之夸张,不下于芙蓉姐姐。对此民主党人反应强烈,不是因为当兵,是因为他这身打扮。

在美国打扮有文化意义,属行为艺术。剃秃子表示反叛,军服表示铁血和剽悍,可穿鼻环和嘴环是自由主义学生,特别是同性恋的专利。他这么打扮,明摆着是调戏自由知识分子和同性恋,也是公开下战书。

民主党连夜在一间小酒馆开会研究讨逆。一派以新郎 BILL 为首,认为以剃秃瓢为界,小胖子已经沦为一个纳粹党徒。坚决主张民主党支部应该以"仇恨罪"或者"反人类罪"向警方举发,把小胖子清洗了。另一派以心理系一位准博士(ABD)为首,推测小胖子自幼缺乏母爱和家庭温暖,建议找个本分人家,把他收养了,补上家教这一课。按照中国说法,第一派是想按敌我矛盾处理,而第二派还存有幻想。两派争吵激烈,发生了肢体行为。警方紧急干预,第二天 BILL 来上班,头上缝了几针,众人前去慰问,我闻到他身上的酒气。

民主党的分裂使得汉贼之争变成了三国演义。小胖子批评说,民主党的民主就是用酒瓶子砸不同意见的脑袋。民主党人言论上反对布什,但行动却在支持布什。因为布什也主张用暴力解决问题么。有人说,小胖子是在玩政治。我觉得应该把政治二字去掉,单剩一个玩。真玩政治的应该比较稳重,像 RICK 那样。暗地指使激进学生上街示威,自己却穿上竹布长衫,扮成生意人,长年潜在水底。

这期校报还发了一幅漫画,是一只长了个猪脑袋的狗。猪戴钢盔,身上写着军迷发烧友(WANNABE SOLDIER)。讽刺小胖子穿军装挂鼻环的不伦不类。但下一期对方也发表了一幅画。反过来画了一口长了个狗脑袋的猪,嘴上叼着一个砸掉了底部的酒瓶,上头写着:民主发烧友。意思是民主党莫衷一是,自我矛盾,署名是 RICK。虽然没说姓,但我猜是我们系的 RICK。我为他捏了把汗。毕竟这还是民主党的一统天下,日子不是过完今天就算完了。

然而,小胖子又行动了。这次他在胳膊上刺了代表十字军远征的十字盾,秃头画上纳粹的万字符号,组建了一个共和党组成的军迷摩托队。浩浩荡荡奔学校而来。我听到警车的尖叫时,他的部队已经杀进了校园。他戴着头盔,驾摩托一马当先,后座上坐着一位高声尖叫,挥舞着海盗骷髅旗的时髦女性。

在胖子的后面是大约二十辆摩托。轰鸣声响彻了校园。骑者一律着皮背心,缠着义和团式的包头。汗毛很长的粗胳膊上刺着裸体女人和刀枪剑戟。高声叫喊 NUKE“EM (核了他们),乘客则一律为打扮得花枝招展,浓妆艳抹的女性。不时摘下脖子上挂的玩具冲锋枪,在空中挥舞,时不时的快速掀衣,露出胸部,博取观众的口哨和喝彩。

在军迷摩托队的后面跟着大量闪着警灯,发出刺耳尖叫的警车和警摩托。再后就是本地电视台架着天线的电视采访车。车队轰轰烈烈地驶过,总统竞选人来学校演讲也没这么热闹过。小胖子明知在校园开摩托违法,还故意用警车、警灯和警笛做免费广告。这种心计,三国的某些谋臣也不一定比得过。

小胖子被抓了起来,被判监禁一周。

这一暴力和色情意味很浓的准军事行动,显然壮大了校园共和党人的气势。报纸登出了三封支持摩托行动的信,署名一律是青年共和党人。另外还有一封,自称是校啦啦队的女生,要求下次小胖子的摩托化部队游行,把她也叫上。而同一版的民主党信件,只有两封。这是一个标志性的事件,共和党第一次在数量上占了上风。

民主党人再次受挫。但多数人认为小胖子被判入狱一周总是件好事。起码学校能得到几天喘息的功夫。民主党人也能借机舔一下伤口。

可小胖子又似乎学过鲁迅的痛打落水狗，完全没有罢休的意思。他在监狱接受了电视台的专访。这次一反往日的嚣张，把自己定位成一个有思想，有担当，坚持真理，为国牺牲的铁血军人，一个为了民众甘愿把自己钉在十字架上的圣徒。他声音颤抖，目光深沉，深思熟虑地忧国忧民。对民主党酒馆打架事件一字不提。他说跟危难深重的国家相比，这根本不值得讨论。

“现在的问题是在世界的酒馆里，美国被人一瓶子砸了脑袋，已经血流满面，我们是不是应该坐以待毙?”这话让我想起了莎士比亚的 TO BE OR NOT TO BE。觉得这小子不写话剧，真是文坛一个不小的损失。

说到“九一一”死者的痛苦和无辜，他眼泪在眼睛里打转。他说，是他自己叫警察来逮捕自己的，目的是用坐牢来唤起民众。起初警察局长拒绝浪费警力拘捕他们，他最后说假如你不派人来抓我，我就写信给媒体，这才达到了坐牢的目的。最后他用一个沉重的问题结束了访问:一个爱国者不得不用坐牢来爱国，试问，这是他的悲哀，还是国家的悲哀?

不管谁的悲哀，这悲哀打动了不少人。随后探监的人络绎不绝，有本镇退伍军人会长老，赫利摩托协会的理事，还有本校啦啦队的校花。

校花丽萨也是个大名人，曾经入围州小姐竞赛，得过第四。据说要不是因为她坚决不肯穿得太露，第一名肯定是她的。学生中不少帅哥为了她争风吃醋。有人半开玩笑地说校园周围的武馆业发达，跟她有直接关系。在电视台的采访中，她说来探监纯粹是出于对同学的关注，但我猜校报上那封女生来信就是她写的。这说明，小胖子不仅稳定了共和党队伍，而且已经开始拉走中间派。

电视台也采访了 BILL。BILL 是业余喜剧演员，口才极好。他在电视上逐条驳斥了小胖子的观点。但最后一件小事搞砸了。在采访结束时那个记者说，听说你在酒馆事件中受了伤，能否把帽子摘了，让观众朋友们看看你的伤势？BILL脱口说，喂，这样亲痛仇快的事你也让我做？你不会也是“一个青年共和党人”吧？

话语有点过火，但随后引起了激辩。共和党派引用宪法修正案保证的言论自由，认为记者问得很对。验伤是他职责所在，也是对公众负责。有一封信尖锐指出，BILL的伤口其实是民主党的伤口，这伤不是普通外伤，而是虚伪导致的内伤。民主党派立刻反驳说记者才是错的。受伤是个人隐私，不关乎公众知情权，BILL的回应一点也不违宪。这时杀出一个智者，指出这事不关政治，那记者明明是在用计激怒BILL，为的是让被采访的人表现性格，激起公众的好奇心，提高收视率。媒体归根结底是一种生意，你不能不许他赚钱。

一些民主党人认为警察局长没立刻逮捕小胖子的军迷摩托队，放任他们冲入校园是不称职。另一些民主党人认为他做得还不错。小胖子摆明了是拿警察局耍着玩。局长针锋相对，运用出色的判断力拒绝逮捕他，值得称道。还有人说，近年来本镇的税率提高了百分之四十，已经不能容忍。纳税人花钱养警察，不是为了这种无聊的事情。论者声称警察局失职跟市长的放纵有直接关系。应该组织独立的调查小组，对市政开支进行审计。此话一出，立刻得到了大量响应。一时要求审计的呼声甚嚣尘上，政府大有陷入信用危机之势。

既然问题涉及了本地政府的运作和美国制度的基本构思。战场理所当然地从校报扩大到了镇报和电视台。电视台的商业高手马上邀请市长和警察局长，组织他们跟市民进行了数次观点交锋。讨论的问题涉及电视台的定位，国父制定宪法的意图，最高法院关于媒体的判例，本镇税收和政府运作透明度，以及警察介入政治是否明智。

讨论一次比一次火爆。最后一次参加者多达四十几人。BILL和RICK都去了。RICK当场展示了镇里寄给他的地产税账单和周围几座房子的征税数目，令人信服地证明镇里多收了他百分之四十的税。然后质问市长，税收如此混乱，你如何面对市民？市长答应回去查证一下。RICK借题发挥地宣传共和党的小政府哲学，说查我一个人的税收并不能解决民主党高税收政策问题。政府就是一个低效高成本的官僚机构,在你的领导之下尤其如此。

市长开玩笑说这是一个应该在美国国会讨论的问题。你不指望咱们今天在这做出结论吧?BILL 站起来说,RICK,今天你是开车来的。假如没有市长收税修路,你现在也许还在半路上蹒跚而行吧。

在哄笑中站起一人,说我专程从阿拉斯加赶来,就说两句话,说完就回阿拉斯加去。大家静下来。那人说我对本市的市政发表不了意见,但据我所知,市长和警察局长有一层私人关系隐瞒了公众。我希望两位官员自己向公众坦白。说到这他拿出一封信,交给辩论主持人,并表示这封信里有真相,现在交给电视台。三天之后,请向公众公布。这悬念过于巨大,当天的辩论几乎无法正常结束。

而这正是本地电视台期待的。一个礼拜下来,它的收视率已经达到了全国新闻的水平。电视台因势利导,宣布从旧金山特邀一位大众传播专家和一位宪法专家,定于周末黄金时间,跟本校最能言善辩的两党代表 BILL 和 RICK 两位 PK。

我为了看这次对决,从钓鱼胜地连夜开车回家,因为下雨打滑,冲出去撞到了路边的一棵树。在医院时,我听病人和护士议论,说那阿拉斯加之谜已经揭晓。十多年前,市长的前妻离婚之后远赴阿拉斯加,又跟一个当地的警察结了婚。那警察对她拖去的两个油瓶视如己出,太太去世后,一直供他们上到大学。市长心存感激。在前年本镇警察局长出缺,在全国招募时循私任用了这个警察。为此警察局长很可能在最近几天辞职。市议会正准备对市长发起弹劾。两大党和独立人士,已经为争夺市长位置,展开了前期酝酿。参选的估计有 BILL 和 RICK,但小胖子呼声最高。

我正试图消化这些消息,忽听广播说有急症病人需要抢救。医生和护士都奔了出去。不一会消息传来,说这病人就是市长,他在今早开煤气了。我听到这事,一下子感到精疲力尽。

人的承受能力毕竟有限。我出了院就度假去了。度假期间,我一直没停止思考。小胖子是一个人才,按中国话说就是治世之能臣,乱世之奸雄。不知市长位置最终鹿死谁手？假如小胖子当选，我将来跟 BILL 和 RICK 又如何相处。这些还都是小事，小镇全乱了才是大事。在小胖子的领导下，公众也许分裂成几派，从此开始战国时代。也许我应该另找一个地方混饭……这时感到有什么在拽我。才发现一条大鱼已经吞钩，正在猛烈挣扎。

度假回来，我发现学校和小镇都恢复了平静。好像什么都没发生过。问系里的秘书，她说市长其实没开煤气，他是操劳过度，心脏不适。现在仍在原位。警察局长舞弊案呢？那不过是小胖子等人造的一个政治谣言。那小胖子本人呢？已经转学走了。不是说他要到伊拉克洒热血吗？什么伊拉克，招兵的说他有案底，根本就不符合当兵的条件。是这样啊？我有点茫然了。

人家告诉我，小胖子从一开始就没打算当兵。他家是东部富豪，家财万贯。那次被捕时，他只要交五百块钱就不用入狱。但他偏不交钱，坚持坐牢。美其名曰为爱国受难，实际是为了在参军申请表上填上坐牢，堵死当兵的可能。在脑袋上写上纳粹的万字也是一个伏笔。因为他知道美军绝不会收有纳粹思想的士兵。

那他搞这一切仅仅是为了玩？谁说的，他是带着校花丽萨一起走的。据说在前一学校，他是知名的谈朋友困难户。但他并不为女朋友操心。有一天电视上选美，他看到本校的校花丽萨，说这妞还算正——不知道已荤还是未荤。同学说，您真葛，未荤也不会请你去掌勺么。他一笑说，那也难说。此后不久，他就转到我们学校来了。

这些都是街谈巷议，非关正史，真实性也甚可疑。这位青年乱世奸雄带着丽萨远走高飞之后，本镇还是由民主党统治。不过小胖子已经留在人们的记忆中了，他破坏了宝贵的安宁，而且拐走了美丽的校花。

社会篇

引言 …… 做梦

忽然想起做梦。

我做梦常干坏事，比如偷、抢，每次案情不同。接下来就是被当局，或者主持正义者发现，追缉，没命的奔逃。一般是被逼到高墙之下或者悬崖之上。这时绝望和无助达于极致，梦进入高潮。其结局也最富戏剧性，紧急关头我突然醒来，"跳出三界……不在五行中"。追兵固多，其奈我何。

梦是一个伟大的小说家，结局总用神来之笔。一般的说法是日有所思，夜有所梦。细想起来，我白天确实经常琢磨干坏事。走进赌场，听银子叮当响，就琢磨蒙上脸，把轻卡开进去，搬一台老虎机开走。见大亨坐超长卡迪拉克庄严驶过，一句"大丈夫生当如是"简直就要冲口而出。

可见人的境界差距大。同样做梦，马丁路德金就拖长声音，在有回音的苍穹式大厅里说"I have a dream ——"。如果哪天谁发明一个波浪号，我想第一个使用地点，一定是在马丁梦中这个"I"之后，把它的震颤，它的绝望，它的诱惑，和它的绕梁三日，如涛涛江水绵绵不绝地表达一下。

如果把马丁那个洋洋洒洒的演说 I have a dream 浓缩成一个字母，我想应该是I。美国价值观，中心是I。英文那么多字，也唯有I必须大写。中式教育，他人和集体则更重要。跟集体比，个人显得是渺小和微不足道的，随时可以牺牲的。

记得小时候家里会买一些卤猪舌头之类的好东西给我吃。同时总叮嘱一声，别让别人看见，影响不好。给我的感觉是别人的看法很重要。我应该在家吃好东西，到外面则应该跟其他孩子同甘共苦。听起来不错，但也使得生活失去了一些真实，而带上了一些表演。

到美国后，一次在网上偶然说到我喜欢穿拖鞋，立刻遭到一些人的非议。他们似乎认为，自己的舒适并不重要，别人怎么看自己，或者中国人群体更重要。但我还是比较适应“I 式思维”。有人说，人分为两种，真小人和伪君子。这也许有点过分。但我相信，人活着，说不为自己是假的。

又闲扯了半天。我抢了赌场，没被抓进局子抱头蹲墙根。反而在这坐而论道地侃马丁·路德金。这么看，生活和梦待我都还不薄。

惧怕飞行

我在美国打工,总的感觉不错。

(一)我不算人

一次公司叫我跟五位设计人员到加州硅谷开会。上飞机后,发现飞机上只有我,另一位设计师和带队的副总。我问副总,另外四人呢?他解释说公司为了防止智慧财产损失太大,规定同乘一架飞机出差的人不得超过两位。所以,你们六人得分三个航班去。我说,可这里有三个公司的人。他说,我不是设计人员,不算人。

(二)心梗

我曾经在一个十四个人的小公司干活。工人一水儿的博士学位。国籍有美国、越南、俄国、英国、印度、罗马尼亚等。老板是剑桥毕业的苏格兰人。第一次见面就跟我说,有人说苏格兰人吝啬,但我认为节俭是一种美德。我表示,中国人也有类似的品德,并且用我当时足踏的破拖鞋为证。

苏老板喜欢跟我回忆母校的李约瑟教授,还在家举行过一次聚餐。吃饱喝足之后,大家醉眼朦胧地靠沙发上,听他用苏格兰风笛演奏奇异恩典(amazing grace),在想象中到苏格兰高地放一圈儿羊。不过苏格兰的节俭也不含糊。到感恩节,公司一人发一只二十块钱的火鸡,我觉得那火鸡挺胖,那罗马尼亚女生却一撇嘴,说:小气(cheap)。

当时有一项目由主任设计师设计,一美国小伙子协办,几个月没有做出来。老板问为什么,小伙子说主任的构想有漏洞,主任说小伙子没正确理解和实现他的设计。在会上两人争执起来,小伙子寸步不让,把主任闹了个大红脸。

事后主任找到我,说你来干怎么样？这事要搁中国,这种情形下我绝不会接。可美国就不同了,这儿都玩竞争。我二话不说就接了。也是那阵子我印堂亮,一个月干出来了。主任高兴得合不拢嘴,搓着手连说,不错,不错。过了三天,派我到夏威夷去开会。那个会是我们公司的一个合作公司给职工开的。每年在夏威夷举行一次,全体职工参加,开会是幌子,实际是吃喝玩乐。那年这公司为了拉关系,也邀请我们公司派人去。

我制定了一个完整的计划。然后把工装换成休闲服,直飞夏威夷。第二天就上了钓鱼船,钓了没一会,钩住了一条三百多磅的马林鱼。鱼虽然大,但拉上来没费什么事。船长说鱼也得心血管系统疾病,有时大鱼被钩住会心梗。这条显然是心梗了。

同船另一个人钓到一条百十磅的,却费了老鼻子劲才拖上船。那条鱼心脏好得像一匹马,不断上冲,下潜,蹦出水面,折腾了两个多钟头才就范。幸亏船长早用安全带把钓客扣到了椅子上,要不早就被扯到海里去了。

阿拉斯加钓鱼,钓到了都归自己。当场有人给你清好,封装,用快递寄到你家。可夏威夷习俗不同,钓到鱼一律归船长。钓客可以跟船长讨肉,但给不给要看船长心情。每钓到一条鱼,还要在旗杆上挂上一个这种鱼的标志旗条。所以,放眼看去,洋面上都是挂五颜六色的船只。看哪条船挂什么旗条,你就知道钓到鱼的种类和条数了。

回到酒店,苏格兰也飞过来了。我跟他吹钓鱼和钓鱼的习俗,把这老钓鱼家讲得跃跃欲试,连说太有意思了。聊得热火朝天的当口,他好像忽然想到了什么,收住笑容,皱眉倒吸了一口凉气。我问是不是牙疼,他说那倒不是,不过,来开会一个人够了,派两个人来,实在太费钱!

我听了也差点儿心梗。心说:这哥们真够直的,在他手下干活,八成吃不了暗亏。又嘀咕:靠,但是明亏也是亏啊。他会不会为了省几个旅馆钱,今天就要我飞回去啊?

“这样吧,今天晚饭我请。”我说。他的表情和我的心情,这才都恢复了正常。

(三)土话

我在州医院为不良少年做心理辅导。老板警告说,你要小心,他们很顽皮的。

顽童出身的我不怕顽皮。改造顽童的第一步是打破隔阂,跟他们交朋友。第二步,证明你比他们更酷,这时他们就会当你自己人,甚至老大。那时候,你说话甭管有理没理他们都听。

头两天我跟他们混,主要是给他们讲故事,但我发现他们还是拿我当外人。他们中的老大是小比尔,这小子威信高,用土话跟我捣乱。

于是,第二天见到小比尔,我就用顽童们流行的土话打招呼说,What's up,Dude?(怎么着,大少?)顽童们没料到我这样说话,都笑了。小比尔瞪大了眼睛,神色惊异,伶牙俐齿的他一时竟答不出话来。

我说土话的事迅速传开,很快顽童就把我当自己人了。

(四)惧怕飞行

有本美国小说就叫《惧怕飞行》(fear of flying),是女作家讲女性故事的,卖了两千万本。我用这个题目讲一个男人的故事。

这天我找工作,在报上看到一个锯木头的公司花大钱招人。心想这事我行啊。从小就劈柴,对付木头还算有经验,就把简历寄过去应征。过一段时间,对方来电话,说面谈在加拿大进行,让我带好证件，到飞机场碰头。

到那天才发现，面谈的是总裁。他名叫约翰，带我到加拿大是参观锯木头。飞机上，他问我胆量如何。我说胆子以大著称。小时候上房上树，再跳下来。偷邻居贴饼子，抢小孩儿冰棍儿都是经常的。最猛的一次，是八岁那年捅了岗哨旁边的马蜂窝，那哨兵被蜇得鼻青脸肿，还不能离开，端的十分狼狈。他哈哈大笑，说他小时候跟我一样，都不是个好东西。他是捅马棚里的马蜂窝，结果那些马被蜇，在里头暴跳，又出不来。他和哥们在旁边大笑。

又聊到他这几年常跑中国，中国能造微波炉了。我说中国现在还能造人才，中国造儿的大学生，能力巨强。约翰显然上了当，感叹说美国大学生太差劲，他在越南打仗时班里有一个，一打仗就尿裤子。我说中国对这种人有个招叫做“看瓜”，也就是把他裤带松开，头塞到裆里。约翰大感好奇，问了技术细节，最后承认了人外有人，天外有天。我占了上风，颇为得意。

到了加拿大，先是观赏堆积如山的木头，又走进厂房，戴上耳罩，爬到锯木头的车子上，看那司机远距离操纵电锯，锯一根很粗的原木。机器声响震耳欲聋。约翰大声问我感觉怎样？我说晕！他说，我一点不晕，得意地笑了。这次他赢了。

回去约翰就拿出工作合同让我签。我说咱们不是还没面谈么？他说路上不是都面谈过了么。我才明白，原来他这面谈主要是了解雇工的性格，看看是不是投合，这倒也别开生面。看来，他对胆大能侃的主儿有点正面偏见。

我花三十秒扫了一遍合同，内容很标准，但末尾有一句，雇员在离开本公司三年之内，不得在锯木业工作。我犹豫了一下，又想不能显得太胆小了，况且我还没死呢，考虑什么后事啊。当即大笔一挥，签了下去。三天之后，就到公司上班了。

那个活不是太难，我干了一阵就初步弄出来了。开会审查，得到了技术部肯定。约翰在停车场叫住我，说，嘿，伙计(partner)，干得不错么。我说，那是，中国人没有金刚钻不揽瓷器活。他指着一辆车跟我说,你看这辆车怎么样?我看是辆闪闪发亮的红色维多利亚皇冠,说,好车,大点。约翰说,男子汉开车,就得大点,要不压不住场子。等你把这活干完了,这车就是你的。我不大相信自己的耳朵,又问了一句。他说没错。我说,活当然能干出来,车现在就给我得了。他笑着说,那可不行。YOU MUST EARN IT(你得用劳动赚)。

后来听说,约翰每年买一辆新车,换下来的车奖给雇员。

我在皇冠的诱惑下又通过了一次审查。看到约翰就问车什么时候移交。他说,你的活还没干完么。又说,有人说你干活没日没夜,周末也不休息,这不好,非常不好。我说,这问题把车移交给我就解决了。他说,虽然车还不能给,但是这周末我可以驾飞机载你到赌场去玩。

我早听说约翰爱好飞行。他有四架飞机,而且喜欢吃六十英里外的一个赌场的BBQ小牛肋,每个周末,都要驾机到那吃一顿,玩一把钱再飞回来。我心想赌钱好玩,赌命可不好玩,先探探底再说吧。于是问,开飞机好玩么?

"太好玩了,刺激!"约翰满脸的皱纹舒展开来。我问怎么刺激?他说,比如,有一次他为了好玩,把飞机开进了一架波音大飞机卷起的气流,结果飞机失控,差点摔了。

"啊!"我惊诧出声。

"咱们顽童么,不就是个玩么?"他对俺挤一下眼,"最后关头,我还是把它拉起来了!"又补充,"对了,我最小的那架飞机就是中国制造的。咱们就开那架。就这么定了!"

"行……吧!"我嘴里说着硬话。心说,这么开飞机谁敢坐啊。还中国产的?听说中国一直在试制客机,可一直没成功么。距周末还三天,我希望丫到时把这事给忘了。

但是约翰没忘。那天一大早就打电话来提醒我。我只好说昨天忽然病了。医嘱最近不能到高处玩,以防眼晕。他说,你骗我吧?我发誓说不是骗他,医生说连坐过山车和比较高的滑梯都不行。"是么?"他将信将疑。

美国一般不能多问人家的病。要搁中国,可没那么容易脱身。

命虽然保住了,但终究觉得有些理亏。约翰多热情啊,小时候居然跟我一样作恶多端。中国讲舍命陪君子,可我就因为贪生怕死而没跟他一起去玩。还撒了谎。又想万一他再邀请我怎么办?总不好再病一次吧。平常欢蹦乱跳,一说要玩就病,谁信哪?

可我妈也说了,我小时候得过猩红热,出过麻疹,整晚整晚的哇哇大哭,烦得大人直抽我。我这条命是病毒糟害剩下的,巴掌缝里漏出来的。好不容易能挣钱了,结果纯为了玩,在大飞机的气流中翻俩跟头,嘎倍儿——嗝儿了,我对得起谁啊?再说了,我以前还买过一双一块钱的中国拖鞋,是在一块称为鞋底的人造橡胶上挖四个洞,栽入两条塑料带子,可以夹在脚趾头之间,而这个动作的学名就叫穿鞋。我穿上没走出一条街带子就从鞋底脱出来了。万一我国人士把这个技术应用在飞机上怎么办?可能的吧:找两片铁皮,命名为翅膀,一边一个,插汽油桶上。再插一个草标:飞机,五块一架,卖给约翰了。约翰带我飞出几里地之后,为了卖弄美国顽童的胆略和技术,玩一个惊险动作。翅膀像塑料鞋带似地从机身脱出来。飞机分三路,以自由落体的方式直扑大地,那时候要找卖主退货可就晚了。要不就跟约翰直说不敢飞吧,可咱丢不起这个面子啊。当初面谈,我是以胆量过人为标榜的,还说过对胆小鬼要实行看瓜,连飞机都不敢坐,岂不让约翰笑掉大牙?

思来想去,唯一的办法是没办法,只有尽量躲着约翰,可偏偏他的办公室就在过道正中间,每天上班都得路过。我每天只好跟贼似的,先看好他不在,再刺溜一声窜过去。下班时,则先确认他回家了再动身。干活时尽量不弄出大动静,吃午饭时,饭盒别刮得太响。

提心吊胆过了一礼拜。周末开车出门,本想钓个鱼放松放松。谁知还没开出胡同口,就见对面开来一辆维多利亚。不用说,这是约翰亲自找我去跟阎王老子报到了。当时有一种想弃车而逃的冲动,可没等行动,我的车已经砰地一声撞上路边一棵树了。

后来人家说那人不是约翰。是隔壁彼得家的亲戚。

这次修车花了两千多,那棵树也得赔,赔多少得等市府计完了价才知道。幸好我只受轻伤,卧了一天床。不过这倒给了丽同学一个机会。她跟我们几个共租一所房子,以前老跟我来劲。我给她分析:美女,你这么骚。平日媚眼抛得满世界都是。回头你再傍个彪形大汉,那不麻烦了么?她有些困惑:这有什么麻烦的?我说你是没麻烦,可我有啊。我谦谦君子,温润如玉,彪形大汉要宰了我,还不是一举手的事?

见她跃跃欲试地提了个瓦罐进来,我说,姐们儿,不会又是鸡汤吧,你的手艺我可领教过。她说这汤是请楼下在餐馆打工的关嫂做的,正宗的广东靓汤。又自告奋勇,说你把约翰的电话给我,我去跟他谈谈。我说得了吧,约翰已经过了猎物年龄,你还是专攻年轻的吧。以丽同学的能力,上老约翰八成一上一个准。可我已经对不起约翰了,不能再对不起他老婆。

我上网看中国飞机工业的进展。希望能找点信心。谁知没读到信心,倒读到了不少中国试飞员和宇航员的惊险经历。结果适得其反,越读越肝儿颤了。

就这么昏头昏脑,又混了一阵子。这天发现我头天写的技术报告中,无缘无故插入了“飞行”和“恐惧”两个词,想来想去不明白。我研究的明明是木头,不是飞机啊?但报告是我写的,办公室每天我亲自锁,绝无别人插手。莫非,一次也没进行过的飞行已经把我吓出毛病来了?

晚上翻来覆去睡不着,恍惚间,隐约听到叭地一声,脸上一疼,睁眼一看,我站凉台上,丽同学刚抽了我一个耳光。我问怎么回事。她说她刷夜回来,一进门就看到我直不愣登地走出自己的房间,穿过起坐间,走上凉台,瞧意思很可能跳楼。她大喊一声,我直眉瞪眼地不说话,显然是在梦游。

那你丫抽我嘴巴干吗?我问。她理直气壮地说某某电影上就是这么演的。我心说完了,原来这主是生活在电影里,难怪一天搞N次爱情呢。话说回来,要是她不去刷夜,没准我还真蹦到楼下的水泥地上去了。

第二天我去了诊所。跟医生说最近看了报纸上的飞机失事报导,忽然无缘无故会写 fly 和 fear,而且还梦游。医生说糟了,这是神经病的早期,发展下去没准会自杀。我问还有治么。医生说唯一办法就是不上班,在家静养几年。

静养太奢侈。我私下另找了一个公司,面谈了两次,刚好设计完成的时候,我接到了那公司的就职合同。趁约翰到欧洲去谈生意,我把设计和辞呈一起交给了秘书康妮。她说,约翰昨天打了电话回来说,估计因为坐飞机的事情,你会辞职,但请你务必等他回来。他要把他的维多利亚送给你,还有话要跟你说,要不,你等他回来再决定?

约翰早看出我的心思了? 俺觉得面部有点发烧。难怪他这阵子不来找我呢。他会跟我说什么呢? 维多利亚皇冠? 飞行,顽童,胆量? 我有点犹豫。按说我设计工作做完了,弄辆皇冠也是应当的。可另一方面,我跟约翰合作的基础是顽童间的彼此欣赏。我的胆怯让他看穿,而且这么容易就让他看穿,这 TMD 也太没面子了。

胆子虽然不够,气节不能没有。我咬了咬牙说,约翰回来,麻烦你替我告个别吧。

我跟维多利亚皇冠和约翰就这么分手了。回想起来还挺遗憾,多好的车啊。枣红色的车身,轮子镀的铬闪闪发亮,开起来沙沙的。看来什么胆子的人就开什么车。约翰敢开飞机翻跟头,所以敢开公司。而我,也就适合在公司打工。命里只有三合米,走遍天下不满升么,我不能说上帝没给过我机会。

亮点也不是一点没有。起码我最后的壮士一去不复返还是够荆轲的。一辆皇冠,如果能从约翰那换得一声佩服,也值。

话说几年又过去了。这天我发现园子里一棵树长歪,有些树枝大有戳进房顶之势,心说锯了它吧,拿起锯子又想起了约翰和“三年不得锯木”的承诺,不禁哑然失笑。我拿起电话,雇了一老墨,把那活干了。

拖鞋传奇

（一）

我有一双旧拖鞋，但拿不定到底该不该扔掉它。

这双拖鞋跟着我有些年头了。刚买的时候我在公司打工，在电梯里碰到总裁，他一脸惊讶的说，嘎的，你脚不冷吗？时值冬天，外面有雪，嘎得的脚当然冷，只不过美国资本家无法理解中国嘎得的忍受力罢了。过了一礼拜我工钱忽然增了。但拖鞋我还穿，在原则问题上没有调和的余地。我们那的孩子讲究光着脚丫子长大，穿拖鞋已经"意味着背叛"了。

完成了资本的原始积累，我开了一个农场，接济啼饥号寒的美国穷人。我把拖鞋指给应征的美国人看。涂脂抹粉，足登高跟的应征者看到场长五块一双的拖鞋，都明白了世间原有羞耻二字。教育，是无形的。从进门的头一天起，就要贯彻艰苦奋斗的精神，让她知道，抽海洛因游手好闲的日子结束了。正派人下地干活，春播一粒粟，秋收万颗子。穿拖鞋自然也是，故我场人脚一双。参加美国国庆游行时，劈啪一片，声势超过踢踏舞团。

穿高跟鞋在我们场按造反论处。而我连高级服装店门朝哪儿开都不知道。一次我在街上看到一个门上写着"香蕉共和国"，以为是多米尼加或者委内瑞拉驻美国的领馆。问美国人才知道这是屠宰有钱人的专业店。

我先后穿过中国的、美国的和巴西的三种拖鞋。中国拖鞋一块一双，在一块塑料上挖四个洞，埋上两根带子，走一条街之后带子断了,使我的民族自豪感上升到了顶点。有本事把这个东西销到美国东岸的,只能是一流的生意人。哪天我的生意也能做到让人上了当还佩服就好了。

我拎着祖国的骄傲穿过马路,买了一双美国拖鞋。鞋底是合成材料,套脚的带子可以撕开,带子上有毛,一按,两条带子粘在一起,根据脚宽窄不同,都可以调整。这倒有点像民主朋友口中的西方民主,随便什么地方的人民都可以拯救。我穿了一个礼拜,下地上街,无恶不做,带子居然没断,可见民主朋友有他们的道理。

不过西方民主到了五月的美国国难日就崩溃了。那天我率一队步卒到湖里钓鱼。谁料步军不惯水战,一卒为抓一条鱼落水,我下水捞他上来。回营地坐地烤鱼,忽觉脚背生痛。撕开带子一看,一条很深的红印,血都快渗出来了。原来这个带子一湿发生了缩水,勒入了我的脚背。

现在这双是黑色的,巴西货,这东西的抗造能力令人吃惊。冬天裂了一个口,用线缝起来,跟好的一样。那年我到内博拉丝卡出席世界种子大会,大会主席是印尼的农场主。见面彼此一看,都穿着同样的拖鞋,两只手当时就握在了一起。

今年大丰收,大家都分了不少的红利,我决定让这双鞋提前退役了。鞋拿在手里,颇有点"刀枪入库,马放南山"的惆怅。俗话说万里之行,始于足下,这双鞋在公司第一次亮相,就给我长了一次工钱。从资本的原始积累上说,也算本场的一个小股东了。及至农场开办,我踏着它勘察地形,风里来雨里去,它简直就是一个场史的"脚本"。想到这我有个主意,何不叫人打造一个精美的画框,用这双鞋盖俩大黑鞋印裱上,挂在场部大厅,当一幅后现代派的油画。

我再画一幅写实画,也挂上,题名就叫做"开拓"。几条大汉,青铜般的肌肉,拉一张黝黑的犁开垦处女地。要画出汗珠子劈里啪拉摔地上的声响。当然,所有人都蹬着本场的拖鞋。

（二）

在论坛上贴出《拖鞋》一文后，有些网友，认为上班穿拖鞋很不文明，给中国人士丢了面子。为此再写两句。

实话实说，论舒适度还是拖鞋舒服。下班进了家门，很多人都迫不及待地换拖鞋。不过，我现在只提倡皮底拖鞋。一次我穿塑料底的拖鞋往船坞上走，滑了一跟头，想买双皮底的一时没找到。后来买了双皮凉鞋，把后头套脚的部分剪掉，改造成了一双拖鞋。皮的跟脚有亲和力，走下船坞不滑。我提了半头野猪下船坞撒窝子，挺滑的下斜走道，大约 35 度，也一点事没有。

往小看，拖鞋是一个里子和面子的问题。面子指外界观感，里子指舒适感。“姐儿爱俏，冻得直跳”是爱面子胜过里子。但话说回来，如果姑娘因为俏，找到了更好的人生伴侣，也是里子。所以，我对美女穿漂亮鞋没有异议。灰姑娘也曾经为了水晶鞋，发生了一段故事么。但水晶鞋是写女人的，男人注重鞋就是装蛋了。如果我穿拖鞋让谁觉得丢了他的中国面子，想要投汨罗江，请便。靠别人给自己挣面子，活着有什么意思？我很乐意帮丫早点往生。

把脚珍贵地包起来，不得和群众见面，是一种陋习。旧时代妇女让人看到脚，是跟失贞一样严重的事情。而现代的作风讲究君子坦荡荡，让脚经风雨，见世面。穿凉鞋和拖鞋的人，是越来越平常了。

进屋脱鞋，赤诚相见。坐飞机也要求脱鞋，表示里面没炸弹么。而我喜欢拖鞋的原因之一，正是敏捷洒“脱”。据记载，毛泽东到河南视察，刘建勋来见。第一件事，先脱了鞋，盘腿坐于沙发之上，才开始谈话。上下级见面，先把鞋脱了，双方的距离会一下子拉近。

我反对用旧道德的裹脚布来缠脚。中国人的脚被束缚太久了。对于鞋，我主张有了快感你就脱，只有人民的脚得到了解放，才能自立于世界之林。

（三）

中国拖鞋和电视剧的关联系数好像也挺高。

我最早买的中国拖鞋是一美元一双，当时上演的电视剧，烂到我连名字都记不住了。而那拖鞋走了一条街就坏了。

拖鞋的中兴好像是2000年，我买了一双七块的。电视剧正“走向共和”。那个剧的质量我只能用震惊来形容。确实想不到中国电视剧会有这么巨大的进步。

2005年是复兴的重要一年。电视剧《亮剑》出场了，李云龙干掉了山本一木。美国市场上，中国拖鞋窜升到十五一双，不少日本货被逐出了美国市场。

后来几年中国拖鞋好像进入了潜伏期，卧儿马看不到了。而最火的电视剧正好是《潜伏》。剧中两位男女主角的高超演技，在台湾也得到了热评。

拖鞋是物质，电视剧是精神。一个社会物质产品的质量高了，精神产品的质量也会相应提高。

中国拖鞋复出将有什么表现？我还在期待。这次会不会出一款水陆两用的拖鞋。对应电视剧《攻占钓鱼岛，歼灭日本自慰队》？

在此之前，我先光一阵子脚。

闲聊美国兵

(一)昂贵的一枪

一次,我在酒吧间遇到一个伊拉克美军的伤兵。他是在第一次攻击伊拉克的费卢贾城时受的伤。为此获得了一枚紫心勋章。我请他喝一杯,问他当时情形。他说他们进入一家民居搜查,从后门出来时,正碰上后院一群穿大袍子的穆斯林做祈祷,袍子下面藏有自动步枪,撩起来就扫。他还没明白怎么回事就被撂倒了。到他醒来,已经是紫心勋章的获得者了。

其实他当时身中数枪,但有护甲,故没被打死。按说当时伊拉克已经有了临时政府,进入私宅是非法的,穆斯林有理由打。在美国你持枪进入私宅,且瞄准房主,也是要遭枪击的。

该兵今年二十一岁,是海军陆战队的。他说以后人生的每个月都将收到美国政府两千多块。我估算了一下,每年美国政府付他两万五,假如他活81岁,共付一百五十万。因此,穆斯林打他这一枪,就耗损了美国纳税人一百五十万,这还不算医疗费,这一枪可真够昂贵的。美军装备了盔甲之后,受伤的比例大大超过死亡的比例。假如每年一千人受伤,那就是一千个一百五十万。得合多少钱?饶我这个纳税人狠心,也算不下去了。

(二)传统

一个网友说,不同的部队有不同的风格,带出来的兵不一样。这使我想起了手下的三位美国军人。

一位来自美国陆战一师,著名的老部队。在朝鲜战争中跟中国部队相遇,一个团对一个军,差点把我军的牙啃崩了。我手下那位美国陆战一师的退伍军人,就曾经数次跟我顶嘴。我欣赏他这份硬骨头精神,特意留着他证明我的开明。杨成武将军回忆说,主席刚解放时跟他说过。我们建设国家,等于盖一所漂亮房子。一所漂亮房子,得摆一些花瓶。我的思路,跟主席差不多。

另外一个来自美国陆军队,不愧是国民警备队凑出来的烂部队,部队让越共吃掉三分之二。他也挨过越共一枪。他说有一次上街去吃越南饭,吃了几口,看到桌子上落了几个苍蝇,就没继续吃了。我一听就知道是个少爷兵。果然,此人不但油滑,而且办事不力,丝毫没有军人的强悍。被我批评几次之后就辞职了。这就是差的部队出来的兵。

还有一位是美国海军出身,也到过越南,负责开炮船巡逻湄公河口的。他说常跟越共交火。此人遇事冷静,不慌不忙。那天因为一事,我跟 AT&T 电话公司的人交涉无效。他把听筒抢过去,跟对方说,你不用说了,我不找找你的老板,叫你老板的老板来听电话吧。那人听了,立刻就把事办了,这才是我喜欢的人。雷厉风行,精明干练。

我正思量找人接替我管事。如果找不到更好的,也许就是他了。

(三)老兵斯蒂夫

生意伙伴斯蒂夫今年八十九岁。二战时是美国海军,打过日本鬼子。我说,斯蒂夫,您怎么打的仗?斯蒂夫说,在日本的岛屿上修机场。我问修完了呢?他说再修一个。

我说明白了,您参加了麦克阿瑟组织的对日本本土的跳岛进攻。跳岛的主要目的之一就是建立飞机场,以确立空中优势。接着我就把麦克阿瑟在菲律宾总督任上惨败于日军,仓皇出逃,留给日本人数万战俘,自己上船逃亡时说,我会卷土重来(I shall be back),最后真卷土重来，采用跳岛战术，强攻日本本土的事迹说了一遍。

斯蒂夫叹了一口气，说现在的年青人，知道历史的不多了。谈话的主题变成了他回忆在二战中如何用铁锹搅拌水泥打败了鬼子。然后又变成他做心脏搭桥，切除前列腺手术，都是美军退伍军人医院做的。"给我做心脏手术的是中国医生，还是个女的！"他幸福地说。

回忆一开始就停不住。我也把中国抗日的事说了说。两个钟头后双方才尽了兴。我走到门口，才想起好像还有事没办。转身问，哦对了斯蒂夫，那项生意是不是另约个时间谈？他挥挥手，说，谈什么？你把合同传给我秘书，我签字不就得了么。

现在斯蒂夫特爱找我，每次的头一句话都是：现在年青人，知道历史的不多了。他已经基本聋了。我跟他讲话，大声叫喊他还"啊？"，"啊？"的。我没有足够的润喉片，但我跟斯蒂夫的友谊长存。

（四）陆战一师之迷

鲍尔是公司看门的。就是中国俗称的"传达室大爷"。人长得白白瘦瘦，斯文有礼。听说他是美国王牌部队陆战一师的成员时我颇为吃惊。

美国军队按战斗力分成几等，海军陆战队最强。入伍时的训练也最艰苦。而陆战一师则是强中之强。朝鲜战争中，这个部队从元山登陆，一个月后被中国最精锐的九兵团（主要是粟司令手下的华野部队）在长津湖包围。打了十四天，仅仅死了九百多人。然后成功撤退。而九兵团伤亡巨大，一年多之后才重上战场（参看星榜样：朝鲜战争中长津湖之战 陆战一师到底伤亡多少）。中美双方都宣布自己在长津湖获得了光荣的胜利，但志司从此认为对付美军即便是五倍的兵力也不够。

当时中国是用15万人打对方的10万人。孙子兵法说十则围之么，怎么能用1点5倍围之？长津湖战役的结果，确切地说是赶走，而不是击溃，更不是歼灭。然而，即使赶走已经是了不起的胜利。有不少人都认为,中国陆军在世界上的地位,就是长津湖的这次赶走确立的。在此之前的战斗力不等式是:美军 > 德军 > 日军 > 我军 > 国军 > 老百姓。我军实力水平仅仅是比较靠底层的。

高手尊敬能与之匹敌的对手。因此,我对鲍尔说,您部队的厉害在中国都很出名。他很惊奇地问,是吗? 我说可不。然后就谈到长津湖,但他显然是第一次听说,对此我比他还吃惊。长津湖战役是美国朝鲜战史上的重要篇章,我在美国电视的历史频道都看过,但陆战一师的成员居然毫无所知。我开始怀疑鲍尔是不是该部队的。社会上混事的多了去了,伪造一项履历又算什么?

而且,一流的部队,一定有一流的士兵。鲍尔的其他情况也不支持他是王牌的说法。鲍尔极穷,因为工资低,跟老婆和女儿一家三口住在一个拖车里。有一次他上班,半路车没油了,因为没钱加油,还是经理开车去接的他。又一次他车坏了,但没钱修车。没车他就没法上班,对他来说是要命的事。他跟公司商量借了三千块钱。但三千块钱到手,立刻趾高气扬买了一辆五千块的破奔驰。既贵又费油,而且坏了更修不起了。

我听他兴高采烈地夸奖他的车好,只有摇头苦笑。他干的事,跟王牌军实在太不相称。论层次,他连公司最底层的鱼都算不上。他得算蚌,主要活在泥里,偶尔露头透气。论算计他还停留在小学一年级。虽说每人的机遇不同,但是个人的努力也重要。鲍尔混到这个份上,安之若素,跟陆战一师冰雪求生的战斗意识无法相提并论。我越发相信他陆战一师的经历是伪造。

从此我们的关系基本限于进门时大家点个头,最高的话题也就是“春天来了夏天还会远吗”之类。

后来有一天他把我叫住,喜气洋洋地说他的女儿高中要毕业了。我说恭喜恭喜,她若找份工作,你可以歇歇了。他说哪里,我女儿将来是要当艺术家,画漫画的,她现在首先要去上大学。我说艺术家好,就是学费贵点。他拿出一封信来,说你看看这个。我一看,信上说鲍尔同志在我部队十年,是一位优秀的老兵。他的女儿上大学,学费由我部队承担。最后有签名，是美军陆战一师某部门主任，XXX上校。

我有点傻了。鲍尔还真是陆战一师的。看来，我对优秀士兵的理解有偏差。军队需要的不是爱因斯坦，而是一口河南梆子的王宝强。陆战一师没准正是因为有鲍尔这样的士兵，才有那么强的战力。当年跟陆战一师对阵的优秀中国军人，不也是文化不高的农民么？

（五）紫心勋章

美军的军功和我军有什么不同？这个问题我以前也答不出来，心想无非是因为作战勇敢受到奖励吧。后来发现也不尽然。

一次我跟一个坐轮椅的美国陆军伤兵聊天。他在巴格达受伤，现在回国治疗。当时他们乘 M1 坦克出了基地。他想透个气，于是把舱盖打开，刚探出身子，伊拉克人就把一枚美制手雷扔进了坦克。坦克手抓起手雷，刚要往炮筒里扔就爆炸了。小伙子双腿被炸伤，转了四个医院。美国手雷太先进，他中了六十二块弹片，有的还不能取，只能留在体内一辈子了。

M1 是美军引以为傲的主战坦克，装备贫铀装甲，有平常钢板五倍的抗穿甲能力。如果不打开舱盖，就是一般的炮弹也伤不了它。从当时情形，可以推出他的坦克一直被伊拉克游击队盯着。直等到他开舱盖，才把手雷扔了进来。扔得准说明投弹手就在附近。很可能是在一辆跟坦克并排，或者前后行驶的汽车里。当时美军攻下巴格达不久，小伙子实事求是地承认贸然打开舱盖是一个错误。

那，长官责备你没有？我问。他说不但没责备，还授了他一枚紫心勋章。我觉得这长官心地是善良的，但人有点糊涂。如果每个兵没事都开舱盖玩，他的部队很快就会被伊拉克游击队消灭干净了。

话题又转到了他今后的生活，他说由于他是紫心勋章获得者，政府每个月会发他三千多美元直到死，生活是有保障的。这点跟中国不同。在中国军功是一种荣誉，待遇主要是政治待遇。而美军的军功,都跟生活待遇挂钩。

我说既然生活有保障,你可以乘游轮到加勒比海去吹风了。他笑着说目前他一门心思锻炼,争取重新走路。这样他就能回巴格达去了。我怀疑听错了,追问一句,你是说回巴格达?

可不,回部队啊。他说。

我心说这应该是保尔·柯察金的台词啊。他吃汉堡长大,怎么会有这么顽强的战斗意志?

你伤成这样,仍然想着继续战斗么?我问。

他说我们不是去战斗。

啊?那你们去那是干嘛呢?

帮助伊拉克人民啊!

看他眼神,绝不像说假话。难道说美军也搞政治思想教育?布什为了美国的军火商和石油商,捏造四条理由,欺骗美国人发动了对伊拉克的侵略战争。在杀死大量无辜平民后建立了一个由伊奸组成的伪政权。把该国置于美国控制之下,这算帮助伊拉克人民?美国参议员里伯曼,不也说布什政府是"油有,油治,油享"吗?

仔细想一想,美军其实也有思想教育。他们从小就受的基督教博爱教育。他们打别国,都打着让世间充满爱,传播上帝福音的旗号。意思跟中国的老子打儿子差不太多。报纸宣传基本是政府宣传。政府既然决定侵伊,就要鼓吹战争的正义性。士兵文化不高,难免中招。

留学生很少从小上过主日学校的。因此欠缺基督教的思想政治课。虽然很多人加入了基督教。但童子功和成年修炼还是差很远。不少人洗脑都是自己开灌。虽然麻烦点,但也可能修成正果。关于紫心勋章,后来我查证了一下。该勋章授予标准的确有两个,一个是有功,另一个还就是受伤。这也是一个争鸣的话题。但我觉得这方面美军够人道。打仗受伤,在某种意义上也是一种功勋。起码,你消耗了敌军的弹药。

（六）杰米和母狗的儿子

美军上学有优惠。因此，大学中有不少现役或退伍军人。我上学时军人同学也多。但给我印象最深的是杰米。他是美国陆军的退役连长。退役后当了镇小学的校长。

杰米五大三粗，一看就是个莽汉。他当兵主要是在越南。我问他打仗是否恐怖。他说打仗并不恐怖，最恐怖的是撤退。他们是从越南战场上撤出的最后一批美军。撤退时的混乱无以复加。当时他是排长，在军舰上被吸了毒的手下按在墙上，用锋快的军用匕首比划在喉咙上，那时他性命只在顷刻之间。那些兵因为长期在电影“野战排”的环境中作战，都已经半疯。他们普遍的选择大量吸毒麻痹自己。然而麻痹的结果是从半疯变成了全疯，什么长官，军纪，对他们已经不起作用了。

我把这些母狗的儿子们（sons of bitches）带上了军事法庭，让他们坐了牢！杰米给我看脖子上的疤痕，讲出恐怖故事的结局。

可以想象，经历了那种恐怖的人，八成什么都不吝。而杰米还就是这么一个主。当时我们的授课老师是查尔斯教授。他第一节课在黑板上写了一个研究题目，宣布如果哪位学生能解决这个题目就可以得到 A+。我恰好在国内看过这个题目。于是连夜干活，把这个洋捞捡了。老查因此对我另眼相看。与此同时，杰米成了他最讨厌的人。

因为杰米非常喜欢问问题，而且都是两点间为什么直线最短之类的雷人问题。俗话说，一个傻瓜的问题一万个聪明人也回答不了。而查教授仅仅是一万个聪明人中的一个。为此，他被杰米烦够了。课上到后来，常常会制止杰米的提问，态度也越来越恶劣。看那趋势，杰米即使不被逐出课堂，也会被不及格。然而杰米似乎并没认识到他的危险处境，依旧提问如故。对被利刃割过喉的人来说，世界上确实也没有什么危险可言了。

杰米也问过我问题,我不知所云地解释了一通。杰米重重地拍了我一下,说,你行！比那个母狗的儿子有能耐！我知道他指查尔斯,说别介兄弟。我知道您需要同盟军,但这话要让查尔斯听见,你我都会没命的。怎么,你还怕那个母狗的儿子？他笑着说。我知道,其实我没能回答他的问题,他肯定的是我友好的态度。

快到期末时。有一次上课讲网络。查尔斯讲完了,下意识地朝杰米方向看了一眼。果然杰米的手臂已像往常一样高高地举着了。

什么问题？教授明显地不高兴。

只有一个结点的网络,矩阵应该怎么写？

这问题有什么意义？可能有一个结点的网络吗？声音压抑着愤怒。

怎么不可能？我们在越南,就经常孤军深入,失去联系……

学打仗到西点去。别来上我的课！教授说。他是知名的反战主义者,这大家都知道。

杰米脸色通红,毫不后退地说:嘿,哥们(Look man),别对我狂吠(bark),我不过问了一个问题！他用上了弟兄们在越南丛林中使用的语言。教授脸色发白,嘴唇发抖,说不出话。两个人怒目而视。同学们没见过这么火爆的场面,也都惊呆了。

一时场面僵住了。最后还是我举了一下手,问:我能说一句吗？为什么我要站到两辆已经发动起来,正在轰鸣的主战坦克之间,我也不知道。

你—你也有问题？教授看过来。

“Yes Sir。我去趟洗手间行吗”,我说。

“去吧,没有比现在更好的时机了”,教授居然不失幽默。大家都笑了。课堂气氛又正常了。

接下来的周末,杰米邀请我到他家做客。他家是在一个离学校六十英里的小镇上。我说不太方便。他说一定要去,还要在他家过夜。又说他是代表他太太。于是我去吃了他太太做的味道极棒的晚餐。他给了我一件美国陆军的军装。我跟他的七个小孩玩了一个晚上。其中一个五岁的在杰米指导下画了一张明信片送我。

杰米不但是那个小镇的小学校长，还是教堂的牧师。他送给我一本《圣经》，并用了很长时间给我介绍基督教的教义。但那本好像是古文版的，我死活看不太懂。

雪　莉

我的农场有一个女工，每次给她开工钱都犯愁。她没地址，住在一条停在湖上的破船里。住船上她不用交房租、地税、水电，只交一笔停泊费。每个月40块。

看见她我老想起鉴湖女侠秋瑾。自然，她也没电话、电灯、汽车，过着游侠式的生活。这湖上哪一家船民抓了几条，多大，她全知道。每天收了工，她就开始钓她的晚饭，钓不到就饿着。每天早上她来，都神色仓皇，直奔我的咖啡壶，咕咚咕咚连饮几大杯，面色略为红润，才能去锄禾或者挖菜。她干活顶一个壮劳力，吃东西不让一头母牛，面包一顿非一大条不能尽意。

因为没地址，只能给她开现金。每次她拿到现金，都会消失一个礼拜。然后回来，问她是否还是雇员，是否可以继续下地。我则给她一把锄头，任她胡作非为去便了。一开始剥削，有亏心的感觉。日子久了也就麻木不仁了。仿佛我当狼，他人当羊，都是天经地义的。

夏天结束时，她拿了钱，过了一个礼拜仍然没出现。我觉得颇为不妥。新奥良遭了风暴，伊拉克的美军一零一伞兵旅都调回来镇压人民了。阶级矛盾到了爆发点。这位女侠可是地道的无产阶级，要在本地发动革命，估计我也性命不保。足一个礼拜，我怀着不安的心情等待，半夜有敲门的，必先举着油灯照过，才敢打开门拴。

过了一天，暴动仍没有发生，可越平静越令人不安。跟隔壁几个农场联系，都称无产阶级有失踪现象。看看天色，乌云四合，空气里可以闻到紧张，正是秋收起义的前夕。当晚下了大暴雨，狂风把窗户打吹砰砰做响，喀啦啦的霹雳把我惊醒了几次。“秋收时节暮气沉，霹雳一声暴动”。我坐在床上，脑子中油然冒出毛主席的诗句。透过闪电,我看到了在大道上走来的暴动队伍及领头的女侠。正在这时,电话突然地响起来了。

“我是格雷警长。”

“啊,格警长。本地的暴动到底哪天举行?”这位警长在本地商会的午餐会上见过几次,保护地富反坏的,自己人。

“暴动?”

“你没听说啊?各农庄已经开始埋存折了。我们这的雪莉八成是个头……”

“我正为这事找你。请来警察局一趟。我在刑事组等你。”

格警长说完就挂了。我明白关乎性命之事,电话不能明言。赶紧到了警局。格警长神色严肃,把我领到一个房子里,把白布掀开一角,我呆住了——那白布覆盖的是雪莉。她的脸苍白而平静,眼睛有长长的睫毛。警长的嘴一动一动,仿佛在问什么话。我茫然地看着他,却什么都听不到。

原来,雪莉每次领了工分都消失一段时间,是因为她吸毒。头天晚上她吸毒昏睡。狂风吹断了拴船的绳子,大浪打到湖心,船翻了。

就这么去了?不知什么时候,我已经走出了警局。“出师未……”脑子里打出了半句字幕。可雪莉连一枪都没来得及打啊。而我,还觉得可怜的她要举行暴动。

当时的感觉是,如果她能活过来一分钟,我一定给她一支 AK47,让她对着我搂一下扳机。

总裁的牙齿

1. 总裁的牙齿

我当学生的时候倒过一阵子旧车。一般是买来之后,擦一下再卖掉。有一次,一个女大学生来买一辆本田雅括。给他爸爸打电话要钱。他爸爸来后看了看车,问这车开了多少迈了。我说8万。他蹲下去,用手摸摸那个车踩刹车的磴子,然后拍拍手,说这车开了18万。见我不信,说,里程表可以拨动,造假。但是一般人想不到伪造刹车磴子的磨损程度,一摸就知道了。我心说:绝。

后来我到一家公司扛活,跟俄国西伯利亚电力学院自动化系的前系主任路布林斯基教授同事。某次散步中,讨论到了总裁的岁数。我说,瑞克应该四十五岁左右。教授说,NO,他岁数在56到58之间。我问是不是瑞克告诉过他。他说不是。他是从牙上看出来的。外表可以装嫩,但是牙的磨损没法装。

然后他问我笑什么,我说想到了一辆本田的刹车磴。

2. 明天不用上班了

有一位朋友不装电话。他说,电话费每个月三十块,只打十几通,费用太高。况且这样也可以避免他的同屋偷打长途。后来他也把电铃按钮断电处理,说电铃也费电。一次,他的老板有急事来找他。可巧他头天晚上去做义工了。他说,做义工晚上就不用开电灯。

日积月累的省钱也不少。唯一的负面结果，就是白天睡得很死。老板敲门无效。

老板按门铃无效，打电话也没用。问邻居知道他在家，但楞没办法叫应他。老板在门口热锅上蚂蚁似的转了一个多钟头，口中不住地说，他怎么不安门铃呢？看得邻居们都同情万分。最后这朋友终于醒了，睡眼惺忪地打开门，问有什么事情，老板早把要说的事情忘了，只说了一句，我来通知一声，你明天不用来上班了。

3. 辞职

我在流水线上装过玉米罐头。不为别的，想体会一下美国最苦的活是怎样的。这活劳动强度确实大，两只手必须一刻不停地动。休息时，被强迫做工间操。否则，怕你残废了。这个工厂招工时必须捏肌肉，看块头是不是够大。

我很快注意到车间的墙上贴着一个告示，说工人可以提技术革新建议，被认可之后，就能拿到一笔500到3000的奖金。于是我留了一下心，发现车间流水线的位置安排不合理，假如改动一下配置，可以增加3%的效率。于是我把想法画成了图纸，列出了计算，交给了工头。几天之后，我到办公室去问讯下文。她说已经上交了。但我看到她的纸篓里有一团纸，分明就是我的伟大蓝图。于是我说，顺便说说，我是来辞职的。

4. 美国底层工程师的待遇

中国留学人士，毕业后大概一半左右当了软件工程师。过去叫程序员，现在叫工程师。这意思类似卖手纸的给产品换个名字，叫“善后清洁卷”。

工程师也有高阶和低阶的。低阶的叫“揪你耳”(junior)，位置相当于网上的民主朋友，日常工作是在网上发帖，帖子的内容永远是

“这事没办好全在没有民主制度,有了民主就解决了”。食品质量出问题是因为没有民主制,腐化是因为没有民主制,吃撑了是因为没有民主制,拉不出来更是因为没有民主制了。民主制等于他的善后清洁卷,什么屁股都能擦。说到第九百遍之后,一见他的帖子你就脑瓜儿疼。

扯远了,这低阶工程师都是干些杂活。比如别人写了程序,他就运行一下,看看有什么错,然后填写一个报告。交给开发人员修理。另外的工作包括给大家的机器更新换代,给微软的 OS 打补丁什么的。这些人是公司的下中农,每年一般工薪五六万,全家可以吃饱,但银行里并没有余财。

公司的最下层是门房、秘书等。一般是女人,但长相往往不俗。从老板的观点看,这些人就是公司的脸和嗓子。如果找一个长相差的,等于在公司的脸上抹灰,兆头不好。这些人,等于公司的赤贫,他们的主要生活目的,是等待救星到来,领他们拉秆子造反。

还有一层是公司的贫农,这就是维修工、保镖等闲杂人等。这些人都是有一搭没一搭,无所谓死也无所谓活地混着。

中级工程师叫“塞你耳(senior)”,这些人能单独承担一项软件任务,比如开发个小程序,或者大软件的一部分。这些人的待遇大致是年薪八万,相当富农。公司一般比较重视。比如我以前所在的公司有一项规定,凡出差,同一架飞机内不得坐本公司两位以上的“塞你耳”。他怕飞机失事,公司损失太大。

不少“塞你耳”都满足现状。脸皮厚的甚至能一直混到退休。这种人的心态一般是推崇改良反对革命的。起义的枪声一响,马上就找不到他们了。为什么?都有股票和房子,卖房子卖股票,挖坑埋大洋去了。

总的来说,这些人都属于普通人民群众,没上到高阶的层次。高阶的工程人员主任工程师(principal engineer),架构师(architect),会员(fellow),伙伴(partner),这些人当中,有些已经是公司的股东,进入了社会的统治层,属于反动势力了。

5. 晒工薪

按某留日生(瞧这称呼)的说法,日本工程师年薪一般八万。虽然很低,但是税率也低,每年也就15%,实际还有六万多,糊口之外,没准礼拜天之外还能吃顿把素洗,撒西米啥的,享受一下日本皇军的幸福生活。

美国赚那么几个钱,可就悬了。交所得税就得一万多,加上存退休金,交社会保险等乱七八糟的费用,你就没几个钱可玩了。就说五万吧,你能干吗?住房要住得像点样得花一万多,加上地税五千到一万。剩下三万,你每个月实际就剩两千多块。吃饭花一千,给车加油一百,汽车保险一百,健康保险,水费电费二百,到纽约去玩一趟三到五百,下馆子三百,剃头一百,这还是你一个人,要是你家有三个人,上有老下有小中间那个也不省草,你倒是想筑金屋藏阿娇,但是你有那票子吗?

总之,艰苦。在所谓发达国家当打工仔,让你不死,也不活,正好叫你挺难过。可这收入居然在美国算中上。收入三四万的怎么过?只有天知道。最可怜是那些学校人员,没奖金,没外快,没股票,没分红,一年七八万当花子打发。回国听人叫一声教授,实际感觉,大概跟挨嘴巴差不多。

断指

一次我收购一个公司，首期还差点钱。于是卖了一所房。那房买的时候是八万，赶上美国房屋泡沫，卖十六万。买主是一个美国学生。

临交割前三天，发现那学生还差一万，凑不齐首期。要搁在平常无所谓。可我收购的公司是四天后交割，四天内哪去找新买主。就是找到了，他搞贷款还得小一个月呢。要是钱不够，耽误了收购公司，损失可就大了。

中人公司提出的唯一的挽救办法，就是我私人借给那个学生一万买我的房，他分期付款，三年偿还。我想在那所房子上放抵押，可也来不及办了。当时形势，要么我给他一个无抵押的私人贷款，要么我收购公司失败。

我知道美国学生多半是刷卡和欠债大师。最难的事情就是让他们还钱。一万借给他不等于白送么？问题是买不了公司损失更大。我调查了一下，这个学生是学生物的博士研究生，成绩优秀。既然他学习很好，一定很能自律吧？最终我说了声永别，就把那一万借出去了。

第一个月付款到期，没收到还款。他不还钱我预料到了。但第一期就不还没预料到。再小的动物死前不也得踹两下腿么。通常赖账的人，怎么也得还上一两期，然后再找理由不付或者少付。总之失信或者变坏通常有个过程，从根烂少见。

爱谁谁吧，我连电话都懒得给他打了。

谁知下个月，我倒收到了他寄来的支票。这实在太出乎意料了。我打电话问他为什么第一期不付，第二期却付了。他说，他收到的还款通知，是从这个月开始还。我查了一下，中人公司的秘书给他发通知信时，还真犯了这个打字错误。

到第三个月，他仍然在付款。于是我又打电话表扬他。顺便告诉他，孔夫子说过，一个人做点好事不难，难的是连续做三年好事。他说，看来孔夫子也知道咱们这个贷款的还款期是三年。我说，呵呵，你很聪明。我打个赌，如果你能连续三年，按期还款，最后一期我就不要了，送给你当奖学金。

第二天，我接到了他的电话。他说，你昨天说错了。“一个人做点好事不难，难的是连续做三年好事”不是孔夫子说的。而是毛泽东说的。原话也不是这样的。而是，“一个人做点好事并不难，难的是一辈子做好事，不做坏事”。这是给他老师徐特立的祝寿词中的一句。

我吃惊地问，毛泽东你也知道？他说，可不吗？我还收藏毛泽东像章呢。我说，你这么认真啊？我以为毛泽东在美国没人知道，孔夫子却家喻户晓。所以昨天我是特意张冠李戴的。你这么认真倒让我有点不好意思了。他说，呵呵，我就这么认真。我说，认真是好的。如果你今后还款也这么认真，三年后我肯定得赌输。他说，那你肯定会输。我说，毛泽东还说过，伤其十指不如断其一指。你有时间也可以琢磨一下。

此后每个月我都照常收到他的支票。完全习以为常了。

日子一天天过去。过年又接到了那学生一封信。因为还没到月底，我有点奇怪。打开一看，还是一张支票，但填的是全部欠款。备注栏上头，注了两个字：“一指”。

断人一指，我有点不落忍。当时也给他开了一张支票。上面填的是一次月付的数目。在备注栏，写的是“疗伤费”。

诚 信

一次,我们公司在美国某小地方开设了一个分支。那地方虽然说也有几万人口,但平日难得在街上看到行人。本地报纸开玩笑说交通堵塞的定义是两辆汽车在路口相对而过。我们公司之所以在那里开一个分支,是看到该镇地处要冲。正如山海关。地方虽小,但位置重要,“两京锁匙无双地”,还是得派关宁铁骑把守。

开办分支是个小操作。在本地招募一些必要的人员,从总部派一两位得力经理。公司领导出席全体会,讲上两句勉励的话,这事就基本办完了。当然,不可避免的是公司出钱,把所有的雇员请到当地最著名的饭店吃上一顿。

那天的程序已经进展到吃饭这一步了。饭馆选了当地一家牛扒房。秘书预先订了座,一切都安排妥当。这时一位雇员问我,他的女朋友从当地大学毕业,在本地报社当实习记者。希望能够采访我一下,报道我们公司在当地开幕的盛况,问我是否愿意接受。说实在的,我有点勉强。忙了一个早上,已经有些饿了。一个小镇报纸的宣传,对我们也无足轻重。但是另一方面,我也不能当着雇员的面,显得不敬业。于是我接受了。

几分钟之后,那位美女就坐在我的对面了。美女穿着有点土,业务有点生疏,说话有点僵硬,神态有点紧张。而问题也似乎是按照仓促拟好的提纲临时背下来的。有一个问题背了一半就停了下来,从头又背一遍,显然是意识到背错了。我礼貌地不动声色。心说多好的姑娘。瞧她这一丝不苟的敬业精神,哪天风尘仆仆地出现在 MSNBC 晚间节目,报道中东的战乱我也不会惊奇的。

问题终于问完了,我也以为为 MSNBC 电视台做的代培结束了。

美女表示还有最后一道程序，拍一张公司雇员的工作照，以便登在报纸上。我说不巧，今天人都下班了。看到她失望的眼神，又补充说，不过，我可以找个人坐在办公桌后，为你摆个姿势。谁知美女说，摆姿势？那可不行，那是表演。

我很惊奇，说，那照片不拍了？美女说，不拍了。我问那你用什么来配报道呢？她把录音机收进包里，说，报道不发了。新闻不能造假。

打榆钱

美国的报税时节是在四月，正是中国乡间青黄不接的时候。青是指还在地里成长的庄稼，黄指储备的粮食。青黄不接者，黄吃完了，青还没收上来也。这时候，一些家底不厚的农民，不免就要困难几天。我就曾经在四月份采过苦菜，打过榆钱。

榆钱就是榆树的花和种子。呈片状，直径半厘米左右，多汁而且略甜，中间包着一个小种子，含有少量淀粉。到了四月，风一吹，纷纷扬扬地飘落，好像在下一场绿色的雪。这种雪下在四月，城里的美人儿们正在对景伤春，我们却把春色收集起来，跟棒子面搀在一起，做成窝头果腹。鲁迅说，煤油大王不懂得捡煤渣老婆子的悲哀。其实捡榆钱的孩子也是不懂城里美人儿的悲哀的。

有一首歌唱道，麦苗儿青来菜花儿黄，毛主席来到了咱们庄。这就是在四月间，青黄不接时节。领导专捡此时到民间，目的是访贫问苦，看看能不能帮大伙儿一点忙。到了俗话说的“五黄六月”，麦子都收上来了，大伙儿欢天喜地，领导就退居幕后，不再现身了。这是做领袖的一点含蓄，此处略过不表。

不单领导，各国好像都喜欢在青黄不接时关怀人民。美国的办法是在这个时候，让人民报税。对此有人会提问，报税者，向政府纳粮也。为什么是关心人民？这里还有一点道理。一般美国人，夏天旅游，年底过节。钱花在夏天和年底两季。其余时间攒钱。用庄稼户的话说，夏天和年底是收黄和吃黄。其余时间是青季。四月时，经过夏天和年底两次大吃，一般的美国人的黄吃得差不多了，青还没收上来，很多人就指望着报税了。

对于一般的工薪阶级，美国的收税办法是按月从工资里扣。我以前打活时，每月收入不过一万多美金，扣税得扣一大块。因此，到了年底，我被美国政府扣掉的总额，多达数万。但是这只是美国政府暂时替我收起来的，到了报税之时，如果能证明本不该交这么多，他就得还给我。

证明不该交的办法就很多了。有一个很普遍的办法是买房。美国买房子贷款，所付利息免税。买电脑和业务书的钱也可以免税。比如您行医，买了一个电脑，为了学习电脑又买了五百块钱的书，这五百块又可以免税。按照17%的税率估算，您可以少交一百多块，足够买一个月的窝头了。

其实这电脑多数时间是用来玩网的，并没有用来悬壶济世。这个政府无法细查，只能凭您的自觉了。因此，不少人报税时，都能从政府那里领取一笔退税，相当于青黄不接时节，打了榆钱充饥。从这个意义上说，政府起到了某种银行的作用，按月给你存一些钱，到了青黄不接时节，还给你应急。

我现在报税雇专业会计。不过，每年到了报税时节，看别人忙碌的地报税，其心情也类似城里的美人看乡下的孩子打榆钱。只是偶然想到，这榆钱我以前也打过。

叶琳娜同志

（一）谈话的技巧

前些日子到一个分公司。总经理说最近接到报告，一个工程部门的经理跟员工聊天时，发表了歧视女人的言论。我说这可能导致员工告我们公司，可不想惹这类麻烦。总经理说，可不是么，我会跟这个经理谈谈。我问，你准备跟他说什么？总经理说，我会告诉他，我们公司是一个遵守美国平权法的公司。任何歧视性言论都不能容忍。你是初犯，我这次只给你一个口头申斥，希望你以后改正。我摇头说，这样谈就错了。总经理说，哦，有什么错？

我说，错在一上来就假定他有歧视性言论。假如他根本就没有说过那些话，会立刻产生对你的反感，也许会导致他辞职，失去一个很有价值的员工。最起码，会给你跟他将来的工作关系带来很多麻烦。你看法官怎样断案。第一步是请双方陈述事实，提证据。然后下判断。这才能给人以公平感。正确的做法，是先问他是否发表过这样的言论。然后，无论他是否承认发表过，都要他将来注意。这样才能让他感到没有被冤枉。总经理说，我知道怎样做了。

从这个事可以看到，管理是一门艺术。需要心理学和法学的知识。这位总经理在其他公司担任过高级职位，尚且不懂谈话的基本技术，可见管理的复杂。

论坛上，经常看到有人批评政府这个没做对，那个没做好。应该这样，应该那样。你问他有什么管理经验，他说一点都没有。这种人说的都是外行话。连斧头都不认识的人，要指导鲁班做木活，岂不是有点无稽。

（二）撅筷子

一次我到一个分公司去。一位五十来岁的小头目叫叶琳娜，对我说工程师对待遇不满，要开一个会，跟你谈谈。我问不满的都有谁？她说，全体工程师都不满。我问，听您的口音，您是前苏联人？她说是的。我说，雇员占用上班时间召开会议不合规定。所以不能开会。我感谢你反映情况，但你说的事我要调查一下。

话说到这里，我已经大致猜到是怎么回事了。她是对工资不满，借口大家都不满，提出加薪要求。提要求没问题，但是她拉上其余的雇员垫背，就不够仗义了。五十多的前苏联人，受过革命教育，懂得煽动群众跟资本家闹事。曾经有一个中国电影，说革命者到煤矿，对工人说一根筷子容易折断，一把很难，所以，工人要团结起来跟资本家要待遇。于是工人成立了一个工会，事情就闹起来了。穷人财力、智力和权力资源不能跟资本家拼。但是他们人数众多，团结起来就能了。在电影中，资本家的策略是分化瓦解。把筷子一根根拿出来撅，这个叫做分治策略 。如果我听她建议去开会，那就得对付一把筷子。我也算受过革命教育的，连电影中的资本家都懂一根一根地撅筷子，我不好意思犯这个错误。

听总经理说叶琳娜的手下多是前苏联和东欧人。我问这些人岁数多大。总经理说在25到45之间。我说，不到五十岁就好办了。你跟我一起，找他们谈话吧。我们逐个找了五位工程师，问他们对工作是不是喜欢，对待遇是不是不满。几位无一例外都说很满意。这也在意料之中。岁数小的单根儿筷子，接受的都是苏东演变之后的教育，甚至是美国的教育。不会有叶琳娜那样的团结斗争意识。

我叫总经理跟我一起找他们谈话，是因为需要见证。另外，跟女士谈话，最好不要单独。

然后，我叫来叶琳娜，告诉她经调查工程师不满不符合事实。你的任务是做好自己的工作,不是跟公司斗争。其他人跟公司之间的事,让他们自己跟公司打交道好了。

我又告诉总经理,如果叶琳娜搞阶级斗争,马上解雇她。我认为工人和资本家之间的关系,不仅有对立斗争的关系,而且还有互利,共生和双赢的关系。革命时期,应该强调前者。和平时期,应该强调后者。她的错误,是想在错误的时代,错误的地点,采用错误的办法来获得利益。

前两天我给总经理打电话,顺便问到叶琳娜同志。总经理说她换了一所大房子,正在积极攒钱买宝马。阶级斗争的事,再也没听她提过。

中毒记

（一）

一朝遭蛇咬，十年怕井绳。一般的蛇咬八成没事。怕的是被毒蛇咬。我有一个同事被毒蛇咬，三个月才治好。从此他再也不敢招惹蛇了。

我没被蛇咬过，但是被磅蟹夹破过中指。当时没觉得什么。但回去开始肿胀，溃烂，最后颜色跟胡罗卜一样鲜艳，而且擦什么药也不管用。我还没见过小伤口一个月不好的。“坏疽”、“破伤风”、“败血病”这些词在脑袋里来回蹦达。幸好不久就碰到一个船长。他说当地海水里有一种特殊的病毒，会入侵伤口。因此在海上被螃蟹夹约等于一次被毒蛇咬。常规的药物对付不了。他给我了一瓶海员用的特效药，抹了才好了。由此看带毒的伤跟别种伤不一样，得用特殊手段治才行。

今年是中毒大年，截至现在我已经中了三次毒，而且都是因为在花园拔草。我住房子最怕的就是花园。十来年前住过一房，房不大但花园有两亩。前房主是个园艺专家，在园中种了数十种花，而且把那些花当孩子一样照顾。我买房时她光介绍花和怎么伺候就用了两个小时。我听了半天，最终只记住了那几棵罂粟。这花我是第一次见。娇艳富态，让人过目不忘。

我不爱干活。拖延割草的理由也不难找。于是花园很快开始退化。先是草和昆虫的种类增加，可以捡覆盆子，抓原配蟋蟀。再久点，就能看见鼹鼠和蛇，甚至珍稀鸟类了。有一天我听到后头仿佛有一群鹅在叫，一看是一群大雁，正在吃前主人种的以色列种的樱桃西红柿。

一天夜里，我打开花园灯，发现四只浣熊——一个妈带着仨小仔。眼睛贼亮，蹲后台上期待地看着我。扔几根香肠过去，它们便叼着钻进了膝盖深的草里。从此每天晚上都准时出来要吃的。这是到我园子里办夏令营了。夜宵由我负责。我要是不勒裤腰带，没准还没法喂饱它们这一大家子。

草太深用割草机就很难割了。我看着长势茂盛的野草，简直没了主意。心说要是浣熊能改吃草就好了。或者夏令营里来几只兔子也行。这天看到报上说某个州的野马太多。政府发动民众收养。一个大子儿不用花。我立刻打了个电话过去。可一问，家里还得有马厩。盖马厩这活强度不小于割草。结果仍然是绝望。

郁闷啊。没办法只好自己割。大热天踉踉跄跄地推着割草机，挣扎前进，草叶子飞起来，扎脖子里又疼又痒。有的地方不是长臂猿还够不着挠。回头一看，割完的草地比狗啃的还难看。也有收获。割草时想出一个无情对：书到用时方恨少，草不割处准嫌深。

（二）

下次买房，我专选了一所草原面积不足以令人想起呼伦贝尔的。我在门口摆一把躺椅，摇着蒲扇，开个西瓜。边吃边享受清风悠闲地吹拂。正在得意洋洋时，忽接到一封公事，却是居委会来的。大意是说我房前草很高，中间还有野草。根据居委会规定第四条，限三天之内把草地伺候到我们满意的地步，否则我们将雇人替您割草，钱呢还是您出。多少我们说了算。

我这才想起来，买房时确实签署过一个合约，同意加入本地的居委会，月纳协会会费大洋三百余。我以为这居委会跟国内的居委会一样，主要由戴红箍的资深美女组成，从事情报收集等工作。应该是一种准民兵组织，从保境安民角度看，也有必要，当时就签了。万没想到这组织还有法西斯性质，能强迫住户割草。

自己的草地自己不能做主？这叫什么事啊？我信仰和平共处五项原则，尊重主权和领土完整，互不侵犯，互不干涉内政。我没侵略过居委会，也没干涉过老太太的内政。可她们却入侵我的领土，干涉我的内政，明摆着不愿意和平共处么。

至此我对美国文化的理解又深了一层。世界上多数国家都自扫门前雪，但是美国喜欢清理他人瓦上霜。这习惯，没准就是美国居委会的老太太培养出来的。

（三）

从那之后，我买房都必须保证不必受居委会管辖。我现在住的这房有半亩草地，不够当野生动物园。草雇人割。根本不给别人干涉内政的借口。不过，不久我就发现事情也不那么简单。房子周边有一些花圃，长着我不认识的奇花异草。本来花开花落，彼此相安无事。不幸那里也开始长野草了。而且长势强悍，大有齐膝盖之势。花圃里的草割草的不管。我又得自己料理。这次还不能用割草机，得自己拔。

拔草总能让我想起天安门。很多人不知道天安门的后头还有一个几乎一模一样的门楼子。两个天安门之间用方砖铺地。方砖之间则生长着超多的野草。我小时候，我国的教育都是必须与生产劳动相结合的。我们小学的结合，就是去那儿拔草。野草的根很深。而且都是贴地皮长，真要连根抠出来，光指甲够长不行，还得有鹰爪功。小孩哪有这功力。所以我们拔草，也就是把那野草的叶子扯掉几根。其结果自然是返工。而返工的结果还是一样。

那次“相结合”，我唯一的收获就是脖子上被晒起的大泡。大泡先疼后痒，最后成片脱皮。非要说教育功能，就是让我明白了，虽然“沐浴阳光”是好事，但沐浴太多了，您就得留神自己的皮。

（四）

有了治理的经验，我拔草选在早上六七点钟，趁天凉。鹰爪功还是没练好，所以我又准备了一把小铲。不过一动手我就发现这里的草扎根比天安门的浅。小铲用不上，心说这就容易了，直接用手拔不就得了。不料拔了几把之后，忽觉手指好像被火烫了一下，一看多了两个很小的针孔状的伤口，间距一毫米。看上去是牙的作品。从间距判断，肯定不是毒蛇。到底是什么还没研究清楚，被咬的地方已经发白，发麻，肿起来了。一碰，剧痛，我知道这是中毒了。

第一嫌疑人应该是黑寡妇。我在电视上看到过这种美洲毒蜘蛛，有些被咬的甚至会死。我把伤口划开，把被咬处的血尽量挤出来。然后用碘酒消毒，包上，这以后就是静观其变。医院离我十分钟左右。若红肿蔓延，手腕上出现移动红线，或者出现心悸、头晕、恶心、呼吸困难等情况，马上就上医院。

手指的红肿果然开始扩大。首先是被咬的周边，十分钟之后越过第二指节，我把车发动起来，准备一旦走上手掌，就直奔医院。幸运的是到了手指头根那，肿就停住了。摸摸脉搏，仍在跳动，神志也还清醒。看来这条命是捡回来了。又过了一天，肿似乎消了一些。两个星期之后，伤口愈合了。

这次中毒，给我印象最深的还是那种剧痛，平常腿磕桌子椅子也痛，那是良性的痛。被黑寡妇咬的痛是恶性的，好像被焊枪的火喷了一下。伤口之小和痛感之大完全不成比例。另一个特点，是会暂时麻木，然后迅速红肿，最后，伤口好得很慢。

我曾在云南看到一个人抱着脚嚎啕大哭。这人不是孩子，而是敢光着脚往刺棵里冲的少数民族大老爷们。一问原来他是让大红蜈蚣咬了。这种东西长半尺到一尺，跟一条小毒蛇的尺寸差不多。被它咬过的人往往不是被毒死，而是被疼死。这种毒已经不是一般的毒，而是人常说的“恶毒”了。

说起恶毒,不免想起"文革"。恶毒是大字报的常用语。其实揭发出来的言论不一定真有多恶毒。比如,有人揭发胡乔木"恶毒攻击"革命文艺作品。其实他不过是说"干部的出场好像旧小说里的神仙","正面人物老是在打机关枪,或者演说",听起来还挺温良恭让的。倒是说他恶毒的言论似乎显得更恶毒。在大字报上写一笔,害人性命,这不是伤小疼大,典型的黑寡妇么。

"走资派"都怕批判。地质部长何长工被地院东方红围在地质部大楼内,要揪走批判。国务院秘书长周荣鑫派来一些红卫兵纠察队员解围,他感激得热泪盈眶。有一阵成千上万的人围住中南海,指名要国家主席刘少奇出来接受批判。他就是不出来。罐子里放满了黑寡妇,让他把手往里伸,他能干吗?

等手指头好了,花圃中的花也基本全被野草覆盖了。我专程去买了副园丁手套,又对野草下"毒手"了。有了手套,我拔起来完全肆无忌惮。拔了一会,正想歇口气,忽觉得脚趾间一疼。定睛一看,是一只极小的红色蚂蚁。再侦察一下,原来一丛草下头是个蚂蚁窝,拔起来带出不少蚂蚁。那天我光着脚穿拖鞋,一蚂蚁爬上来就给了一口。

本地的火蚂蚁(fire ant),个头有北京常见的黑蚂蚁一半那么大,不细留神都看不见。本事可大,它的咬如同火烫,所以叫火蚂蚁。照说这么小的玩意,应该注射不了多少毒吧。可脚趾头之间很快就肿了,痒得钻心。我使劲挤了挤那小得看不见的伤口,一点血没有,出了点水。用碘酒一杀,疼过之后,就好像没事了。过了一天,伤口结了痂,忽然又钻心的痒了起来。只好把痂去掉再挤一通血。到第二天,嘿,又痒起来了。只好如此这般地重复一次。弄了好多天,这才基本好了。可被咬的地方还是留下了一个小硬粒。

贼咬一口,入骨三分。无数只红色的火蚂蚁疯狂爬动,逮什么咬什么。单独挨一口不能致命,要是群起而攻之,也能咬死大动物。这就是文革的场面。

（五）

这天下了一场雨。我透过敲窗的雨滴看花圃中的花，发现多数居然还都看得见。心说这两次毒也不完全白挨。我这一亩三分地平暴已经成功，下头只须维稳了。雨停后我背手在房子周围转悠，看花圃还残存几根野草。知道虫子都怕雨，这时候不会被咬，便信手将它们拔了。谁知拔完了马上觉得右手虎口奇痒，而且肿起来了。从虎口那开始，朝手心和手背两个方向蔓延，到了晚上，右手已经像个馒头。不用说，又中毒了。

这就是常说的毒草。这可不是玩的，手肿得亮晶晶，痒得坐不住。抓破了流出一些水，再挤还有。挤到挤不出来，再上药包扎。这毒的有效性和烈度跟火蚂蚁差不多，也是两个礼拜。跟当地人打听，这里有两种毒草，一种叫毒橡树，一种叫毒藤。我中的毒，八成是毒藤。

在国内时，有个人到山里砍树，回来之后头肿得水桶大。原来接触了漆树。这种树非常厉害，别说摸一下，有的人只要跟它同在一室就能中毒甚至窒息而死。一棵树，居然能往空气中散毒。听着不像科学记载，更像《西游记》和《封神演义》之类的志怪小说。但这是真的。

凡读过“文革”史的，对“毒草”这个词不会陌生。报纸公开批判的《海瑞罢官》和《燕山夜话》，就被称为毒草。《燕山夜话》的作者邓拓先是在人民日报任总编，后调出报社，到北京市工作。在此期间他在《北京晚报》开了个叫《燕山夜话》的栏目，结集书名就叫《燕山夜话》。“文革”开始，他和《燕山夜话》就成了批判目标对象。他有一篇文章《伟大的空话》里，提到隔壁一个小孩写了一首诗野草颂，言之无物，完全没诗意。他批评那孩子“自己朗诵，十分得意”，还说“成天写这类东西，将来会变成个什么样子！”批判者说他这篇文章，是含沙射影，攻击党，爱说大话，尤其是“成天写这类东西，将来会变成什么样子。”

在晚报上发文批判一个孩子的作品，的确是杀鸡用牛刀。孩子作品不好有老师，哪用作家亲下毒手。况且这孩子还是个邻居。就算平时没帮你打过酱油，小时候总被人抱着，让你拧过小脸蛋，多少提供过一点娱乐吧。他诗没写好，何不跟他一起推敲或者改一下。为这点芝麻事翻脸，有悖为邻之道么。

邓拓文章批判的另一句，是“夫天地者，六合宇宙之乾坤，大哉久矣，数千万年而非一日也。”邓拓说这是“说了半天还是不知所云，越解释越糊涂，或者等于没有解释。这就是伟大的空话”。这也有问题。这句话提出了对宇宙年龄的估计，是“数千万年”。虽然跟科学家推算有出入，但并非“不知所云”，或者“伟大的空话”。

但要说邓拓反党，那就太有想象力了。主席也曾讽刺过有人写文章“语言无味，像个瘪三”么。瘪三是上海骂人的话，语气的严厉，还在邓拓之上。如果这样的文章可以反党，那非欧几何和广义相对论也可以推翻政权了。说是毒草，就更言过其实了。

批判邓拓的文章开了一个坏头。“伟大的空话”这样的无公害文字都可被定罪，还有什么文字可以幸免？这之后，全国就掀起了群众性的文字狱狂潮。最后，几乎所有作品都是毒草，全体作家几乎全是牛鬼蛇神。这相当于把花圃里的植物全部定性为毒草，然后拔掉。

因为拔草中了三次毒之后，我准备找人把花圃的东西都拔光，用水泥抹平。但我承认花圃中绝大多数花，包括野草都没毒。我拔掉它们，是因为我既不会欣赏，也没能耐照料好它们。

讼棍

我邻居的美国人没有工作,但是,他年年到欧洲去做头发,割板油,要么就去乘坐游轮。每次都带女仆同去。

每年圣诞节,他都要给我送礼。去年送了一个高级到不知道怎么用的相机,今年送了一个 HP 的手提电脑。我欣然接受之后,照例告诉他我来自中国,是无神论者,而无神论者是不送圣诞礼物的。对我的原则立场他表示诚恳接受,但他送礼的恶习坚决不改。

他开一辆很破的车,常年在街上转。碰到大公司,或者政府的车,速度略高于时速限制,他便开到该车的前面,然后猛然煞车。可怜的政府人员没有料到天下有这么混蛋的主,煞车不及,从后面直撞上来。事故发生之后,他自然得了脑振荡,颈椎病,跟其他所有危及生命的损伤。他拿到医院的诊断之后,就走上了法律解决之路,直到对方给他大笔金钱,庭外和解,或者法庭判他胜。事实上,他是由本市政府、州政府、联邦政府、以及 FEDEX 等几个大公司联合供养的。

我跟他一起去过市政厅。他一进门众人都用惊恐的眼神看他。最后他走进了市长办公室,市长助理小姐忙不迭地站起来,满脸惶惑。笑得跟小老鼠一样惊慌。他不经意地挥一挥手,说 TINA,坐那吧,没事。我刚在对门喝了咖啡,顺便过来,问市长一声好。助理小姐结结巴巴地解释市长的去向,他不待她说完眉头就皱起来了。摇摇头又挥一下手,便扬长而去了。

走出去的时候,我心想:劳心者治人,老话真没说错——娘的。

高　邻

(一)烧小野猪

我邻居吉米有一个五百多英亩的牧场。五百多英亩就是三千多亩。这个牧场有小溪,湖泊,一群马,一群牛,还种了不少地。在中国,这些地可以养活一个村。但他一个人打理这块土地。

有一天他说今天有点累。我问怎么了,他说造了一条路。我说,你一个人?他说是。怎么造的?开个推土机,从起点开到终点。又一天他又说有点累。又怎么了?种了100亩麦子。他那里来访的野鹿很多。种点麦子,让整个冬天里野鹿都来,他喜欢吃哪只就打哪只。

这一天他来我这坐。不用说又有点累了。他刚造了一个抓野猪的围子。是用篱笆围一块野地,然后买一个捕猪门,猪只能进不能出。这种围子很厉害,常常一抓几十只。“二十斤左右的小野猪好吃,”吉米说,“上五十磅的肉就老了。”我问他抓到了野猪我也有份吧。“那还用说!你等着吧。”于是我就去买大锅,准备烧乳猪了。

顺便提一句,我也不是无功受禄。他的船坞跟我的船坞相邻,春夏天鱼多的时候,他没功夫钓。我钓到了常往他鱼篓子里放。

(二)

不久,吉米果然送来一头小野猪,我把里脊跟后腿上的嫩肉割了几块下来,做着吃了。剩下的拴了根绳沉到我的船坞之下当鱼窝子。

其结果，是今年抓了很多鱼。

又过了几天。我见他用皮卡拉了一个拖车。就问他要干嘛。他说，车里装了一头 steer，要拉到拍卖市场去卖。我说怎么，你活捉了一只鹿（deer）？他说不是，是 steer，阉牛。我说，一不留神又学了一个新词，我只知道 steer 是驾驶的意思。

他说这只牛还在童年时期就丢了。一年多之后，他早把这茬给忘了。谁知今天隔壁牧场的主人打电话来，说你有一头牛在我这。去了一看，都不认识了。丢的时候还是头小牛，现在已经长成一头很胖的大牛了。这对他，等于捡到了一千多块钱，是个意外之喜。

我说，看来，你们本地文化还比较诚实。据我所知，阉牛就是肉牛，你的邻居可以宰了吃牛排的。他说，这种人当然有。尽管每头牛都烙上了烙印，耳朵上也做了记号（earmark），但时不时的还是能让人偷走宰吃或者拍卖。我问你邻居为什么不杀掉吃肉呢？他说，我们是朋友。

我想，要是我少问了这一句，很可能就会以为美国人多么诚实。甚至把这件事情当作故事拿到网上讲。全然不知道自己所讲的是完全错误的。

一些人对美国犯的就是少问一句的错误。由于一知半解，把美国讲得像个拾金不昧的活雷锋，把他的制度说成战无不胜的法宝，而事实往往跟他们讲的相差很远。

（三）

几个月前，吉米买了一个新牧场。后来又把那牧场卖了。扣除费用赚了十来万。为了避免交 capital gain tax（资本收益税），就手买了另一个牧场。我问这个新牧场有多大。他说两千四百亩（四百英亩）。准备在上面造一个湖，加三倍的价卖掉。

我说在卖掉之前干什么，他说养些牛。我很惊讶，说这怎么可能？两个牧场相距一百五十英里。你单身一人，已经开着一个三千亩的牧场。养着一群牛，一群马，一塘鱼，几口油井，几口气井。同时用陷阱抓野猪。每隔一天，还要开车到一百英里之外，去照顾得了奥子海莫病的妈。你是不是一个不小心，变成了万能的上帝了？

他哈哈大笑，说哪里有那么严重，养牛很简单么。只要把牧场分成很多块，每隔一段时间给牛换一片草。我说，怎么我觉得一点也不简单啊。牛胖了，牛瘦了，牛病了，暴动了，逃亡了，让响尾蛇咬了，吃了毒草了，谈恋爱了生孩子做月子了，不都是事么？况且，你这个牧场，还不在本州，离你自己的牧场还有两个小时的车程呢。

他说，嗨，我干的这些破事，跟你比起来算什么啊？你隔着几万里，居然来到了美国。经过披荆斩棘的创业，现在有了自己的生意和财产，仅此一件，我就比不了啦。

我说，您这么一说，我真觉得自己挺高大的。他说，那是因为你本来就很高大。又谈到他刚抓住了一头母野猪，连同它的十四个小崽。野猪可以卖。每斤两毛钱，同时可以找政府领取一些奖金。于是我又祝贺他发了一笔小财。最后双方在诚挚热烈的气氛中商定，三头猪崽子给我留下做烤肉。

吉米觉得我很了不起。可我却觉得吉米才了不起。而我们自己都觉得自己没做什么。这是怎么回事？也许，这都是一种叫“河那边的草更绿”的心理错觉。草色遥看近却无，颜色，是被距离夸张了。

犯 法

美国穷人被统治阶级驯化程度高。所谓驯化,就是比较老实,过马路都先想想是否违规。这样的人民自然不会想到暴动。这也是美国比较稳定的重要原因。

美国的穷人没有自己的组织。共产党走上了议会道路,但议会没有共产党的席位。他们的影响几乎是零。工会也早就进行改良,把活动限制在体制之内。要造反组织很重要。以前中国穷人造反,首先组织一个贫协。最胆小的人拿起梭标,跟上三五个人,顿时也会胆壮起来。有了组织甚至能占山为王,割据一方。但美国穷人经常被警察逮捕,极少有人能够抗拒。在美国我听说过的最大割据是德克萨斯的科莱什先生,也就占了一所房屋。被数百名警察包围了几天,终被杀灭了。

美国不仅羊太绵,狼也厉害。从洛杉矶暴动,到牛奥林起义,肯特大学扫射学生,到科罗拉多扫射工人和家属,灭绝印第安人,美国的羊略有骚动的苗头,就会遭到严厉的镇压。美国富人绝不会让你包围白宫的。因为从名义上,他可以说他是民选的,镇压你有过授权,因此镇压得格外凶狠。

中国的强盗往林子里一钻,很难找到他。但美国的狼有直升飞机,红外线热探测装置,警犬,麻醉枪,即使是黑夜也能抓到你。前些日子,加州前警察杀手被迅速打死,就是一个证明。在美国,穷人就是在街上走也可能遭到镇压。一次在一个比较上层的住宅区,有一个穷人,大概是丐帮的底层弟子,身背数个麻袋,从街上走过,大概累了,在一株梧桐树下休息。我当时正和一个朋友在草地上小酌,看到他朋友立时给警察打了电话。三分钟之后,警察就来了,把穷人唤醒,命其立刻离去,否则就逮捕他。穷人立刻点头哈腰地遵命离开。要按中国贫协的规矩,这人得按叛徒论处了。

一百多年前,美国法律已经不准穷人在时报广场露宿了。欧·亨利的一篇故事,说一位穷人每年到了冬天就自己谋求进监狱。自行谋求进监狱的人,怎么可能有一丝一毫的造反精神?

美国穷人精神上已经被富人打垮了。我刚到美国的时候认识一个本地穷人。打鱼不买鱼证。跟我说:今天我偷猎(poach)。上路后,我从车里捡了纸屑扔出去。这人就对我说,这是违法的。偷猎他心安理得,但他不许你扔纸屑。我分析的结果是:他不买鱼证是因为穷。因为穷而犯罪在他的意识形态里于德行无亏。但是,可以不犯的法就不能犯。扔纸屑不是因为穷,也不是非扔不可。因此这个法必须守。可见,美国的统治阶级已经把穷人都统治得胆小如鼠了。过马路都先想想是否违规。不查一下法律,他脚都不敢抬,别说走路了。

联合国数字表明,美国监禁率为世界之首,成年人的百分之一都在坐牢。而且每三十一个成年人中有一个被政府监控。这样严厉的镇压之下,穷人很难有什么作为。美国没人敢违法占领公共场所,或者抵抗军管。

在某种意义上,美国穷人跟电脑一样被编程了。法律是软件,每个美国人都按其运行。又不断地被统治者 DEBUG,因此大的虫基本没了。有些人犯法,是因为 CPU 坏了,不按程序走了。

中国就不同了。某网友的亲戚违法修路,造成既定事实,遭到警方执法。可他居然在网上骂骂咧咧地说了许久。从公安局骂到政府,好像违法修路的不是他,倒是政府似的。他 CPU 也没坏。只是型号比较低,运行不了较高版本的操作系统。

不过,美国的穷人如此驯服,未必是一件好事。如果人连纸屑都不敢扔,活着也没什么劲。

收到破烂皮袍一件

在国内学政治经济学，当时没用，出国才知道用处有多大。资本周转原理是做生意的大原则。剩余价值论教你一定要搞雇工剥削，两者都很有用。不过一开始我也没想过做买卖，直到偶然看了一次校报。

（一）

我入学不久，就发现校报上有不少卖自行车的。原来暑假前美国学生纷纷离校，所以要卖自行车。当时灵机一动，花十五块钱，也贴了一个广告：收购自行车。电话1234。

结果电话就响起来了。我请卖主把车骑过来，看货论价。少爷小姐们纷纷把车骑来。我通常看完了都说，对不起，不要。对方指着报纸广告，说你不是说收购自行车么。我说，是收购自行车，但你这个不叫自行车，叫烂铁。这办法是从小说中我国旧社会的当铺学来的。他们收购任何东西，都要喊得一钱不值。如收一领貂皮袍子，伙计必须唱“收到破烂皮袍一件”。

对方见我说他的自行车不是自行车，通常愣住。我又说，我做好人，免费帮你扔垃圾站吧。不少车就这样无偿弄到了。剩下的花五到十块不等，也可以弄到。每辆用三分钟擦擦，若有漏气的花十分钟补个胎。到九月开学时就可以卖了。刚到学校的学生急于用车，每辆三十到五十，全都卖掉了。

我拿全额奖学金。并不缺钱。但这是一个社会实践。帮助我了解了资本主义。暑期我扮成乞丐，到教会设置的慈善院过夜，到美国的血汗工厂去劳动，参加策划美国地方竞选，组织示威游行。我跟本地美国共产党支部书记和FBI的特务都打过交道。也装成醉鬼到戒酒会开过会。我曾经到过美国的监狱参观，并且采访犯人。业余时间，我教嬉皮士《道德经》，到传教士学校教中文。第一个学期，我学了23个学分（通常是9－16个），做五份兼职。第二个学年，我又开了一个买卖旧汽车的生意。把赚钱的数目增加了五倍，而投入的劳动减少了三倍。

学生时代的时间表很满。我把别人喝咖啡的时间用来做有意义的事。虽然忙碌，但很愉快。毕业时，我感到自己好像一棵秋天的李子树，挂满了沉甸甸的，黑紫的，带霜而且多汁的果实。

（二）

倒腾旧汽车原理跟倒腾自行车一样，不过贵了数十倍而已。利润也大。一辆车少了能赚一两百，多的能有千八百。办法简单，到报纸上看广告，便宜买进，加价卖出。美国只有你想不到的，想得到你就能赚。

当倒爷的好处是自己不用买车。院子里随时放着三五辆，想用那辆用哪辆。车怎么买，和怎么开价都有讲究，依据要用blue book（蓝皮书）。你要用批发（wholesale）的价格买进，用零售（retail）的价格售出。这本价目通常每个银行都有。开始是到银行去查或者打电话问，后来生意大了，又懒得费事，自己索性买了一本。

了解车子性能比较客观的办法，是用消费者报告（consumer report）。那本书把各种型号的车子列表。每个性能，比如省油，舒适感，安全性，机械故障，电子故障，都画一个圆圈。如果圈内不填颜色，该款车的该性能就一般。比如，较差填半拉黑色，特差全黑。较好半红，特好全红。

这个颜色编码（color coding）好，什么车好，什么车坏，看看颜色，一目了然。丰田车几乎全红，奔驰名声虽大没几个红点，黑色还很多。我刚看简直不相信眼睛，可再看没错。奔驰就是不行。红色特别多的基本都是日本车。consumer report 是美国消费者协会 1936 年开办的，不代表任何车商利益，所以信用卓著。它不可能偏袒任何一款车。

从此我买自用车或者公司用车就不费劲了，直奔丰田车商而去。奔驰宝马，正眼我都不看。美国人说话，"车子：从 A 到 B 的工具"么。一个亲戚要买奔驰越野（SUV），我说没听说你神经不正常啊。她说她也是没辙，她客户中华人比例太高。华人不懂消费者报告，就认奔驰。我无话可说，只扔下一句，烂车故障多，你等着花钱修车吧。

奔驰买来我开了一下，确实差劲。人家好点的越野早可以调整四轮还是两轮了，它还是全时四轮驱动，特别费油还特别沉。车内空间紧窄，开着感觉也差。座位是皮的，可这对从 A 到 B 有个球用。也是她幸运，几年没出什么故障。只是修车贼贵。一次不知车身掉了个什么小物件，一修，七百。我当奸商倒腾旧车时，这钱够买辆车了。

收购汽车现在已经不在我关心的范围内了。我现在收购公司。道理上买卖公司跟买卖旧车一样，也得要分析性能。consumer report 没用，得自己分析。不过，分析累了，闭眼靠在椅子上的时候，脑子里也会闪过 consumer report 上那些黑黑红红的小圈。

上帝的肉铺

我在大学时有个美国同事,说他小时候家住旧金山。家里经营一家卖肉的铺子。铺子的旁边是一间教堂。每到星期天那个教堂就会来很多教徒。礼拜结束后,不少教徒会到他家的铺子里来买肉。而每次都会发现他们偷肉。

为了防止偷肉,每个礼拜天他们都全家出动,到铺子里去监视。这个工作几乎毁掉了他所有少年时期的礼拜天。成年后,他仍然不能解除对教徒的反感。“刚刚膜拜了上帝,立刻忘记了十诫,这是怎么回事?”朋友说。

我不知道说什么。孔子说“有教无类”。理论上任何人群都良莠不齐。我只能说那个牧师招些贼当教徒,心胸还是很广大的。在中文论坛上也常能见到教徒。偶然也会碰到一些另类。有些仇视中国,仇视父母,仇视中国人。有些惯于剽窃他人文章。而且每次被抓都泰然自若,好像什么都没有发生。

这些人使我想起同事家的肉铺。基督教就像是上帝开的肉铺,有些人入教,也许是去偷肉的。上帝把这一切都看在眼里,只不过他慈悲为怀,觉得应该普渡众生,所以不揭穿而已。

整整多了六十五块

（一）万里之行始于足下

老太太丽萨刚从母国到美国时，语言不通，只带着一双瘦骨嶙峋的手。她在本国只受过小学教育。二十年后，她赚了大约一千万。

一次我到她家谈生意。她的美国先生说她踩垃圾去了。她家有一只垃圾箱，每个月付垃圾公司四十块倒垃圾。但是，随着生活的日益改进，她的垃圾增产了一倍，每次都会溢出。如果加倒一次，她就要多付一倍的钱。她的解决办法是穿上大皮靴，爬进垃圾箱，站到上面，把垃圾踩结实。

我看着她的大皮鞋，感慨系之，说：中国老话，万里之行，始于足下。不用说，你这双大皮鞋必然是从救世军旧品商店买来的。她说：嘘——，为此事老头骂了我很久，这鞋是我从隔壁的垃圾箱里捡来的。

（二）整整多了六十五块

我第一次看见丽萨时，她正在打扫电梯前的瓷砖地。她穿着一身旧的分不清颜色的衣服，手拿一块破布，跪在地上一寸寸地仔细擦。她身子弯的极低，聚精会神，好像那些瓷砖可读性很强。我咳嗽了一声，她抬起头来，谈话才正式开始。

“能吃苦吗？”她眯缝着眼睛打量我。

“Yes，Ma'am，打小主食黄连，撒尿都能入药。”

“哈哈哈哈……，”老太太很开心，“我收你为徒了，来上班吧。”

但我知道入门容易修行难。学生也不能掉以轻心。

第二天丽萨开讲第一课。她拿出两支圆珠笔。“你看，这两只圆珠笔有什么不同？”

我研究了半天，回答说，“差不多。”

“没看出这根里面的油比那根的多么？”老太太瞪了我一眼。我定睛看了一下，不错。这一根里面的油是多大概 0.05 寸。可这又说明什么呢？

“你知道它们多少钱吗？”丽萨问。

“多少？”

“油多的三毛二，油少的三毛五！！”老太太得意万分。

“知道怎么做生意了吧？”

“Yes，Ma'am。”

我在丽萨的企业实习三个月，到最后只须用眼角扫一下就能知道总经理办公室里有八只虱子，杀掉五只需要花三美分，杀掉八只也行，但是得花六美分，一次杀五只更合算些。

丽萨要到欧洲休假去了。生意交给我管。交代说，公关部那个经理林达有点不妥。第四项目组干得太快了。那个项目是按照工时收钱的，你让她们干慢一点。最后，竖起一个指头，威胁说，替我看好了摊子，我回来要查的哦。

林达跟往常一样，打扮得花枝招展，满公司乱飞，好好的有什么不妥？我觉得有些莫明其妙。一个礼拜后她来辞职，我才明白不妥是什么意思。她走了那摊子事谁接？我一时有点慌乱。老太太既然知道不妥，干吗不让我早做准备，把接替者找好啊。

这时忽然想起，老太太说过办公室秘书苏姗是天生的公关材料。就是她了。办完了出一身汗。没准老太太早预料到了这一切，偏不说，考验考验我？

老太太休假回来，命我随她去吃饭。对我的报告，答以漫不经心的 OK，All right。仿佛这一切早就在意料之中。她吃完了牛扒。再用面包卷把盘子里剩的土豆泥仔细地擦干净，吃掉。说，“嗯，看来你干得不错。”

我松了一口气，忽然注意到她手腕上有一块崭新的劳莱克斯。

“多少钱，啥地方买的？”这方面我已经越来越像老太太了。

“瑞士，四万二，”老太太满意地看我一眼。

我心说，这得值多少盒圆珠笔芯啊。

“Dear，你为什么不问我同样的表，在这里多少钱一块？”老太太启发地问，我才记起考试还没结束。

“哦，这个，我刚才在琢磨这个表的式样……”，我支吾道。

“要问现在还来得及，”老太太单刀直入。显然她一眼就看穿了我的不诚实。而且很不满意。

“本地多少钱一块？”我老老实实地问。

“你没去珠宝店看过吗？整整多了六十五块！”老太太生气地说。

坐在 jerk 旁边

不久前我带着新上任的代理推销副总裁阿曼达到旧金山参加一个珠宝展。在珠宝批发这行当个称职的推销员不容易。最难的是对付外国人,你得弄清他们的谈判方式和文化习惯,使得他们感到你是自己人。而美国雇员最容易犯的错误,是错认为美国文化世界通行,引起种种文化上的问题。为了保险,我给阿曼达设置了三个月的试用期。

她的前任玛丽就栽在外国文化上。她跟一位阿拉伯王妃谈生意。对方代表是一位管家。谈判进行得非常顺利。签合同的头天,玛丽邀他到本地一家著名的烤肉店去吃午饭。那位穆斯林欣然而去,进门却闻到了不该闻到的肉味儿。四百万的生意就这样黄了。

我本想在飞机上跟阿曼达讨论珠宝批发价格。不料因临时订票,座位不在一起。上了飞机,我发现邻座是一位挺健谈的中国人。便找到阿曼达,问她是否介意跟我换个座位。她同意后,我又给她一份价目表,开玩笑说可以读这个解闷。

旧金山下机后,阿曼达显得神色很疲惫。我问有没有事。她说没事。话还没说完,呕了几下就冲进了旁边的厕所。出来后我问要不要叫急救。她说不用。我依着她租车开出了机场。坐稳后阿曼达长出了一口气,说,谢谢上帝,可摆脱了邻座的混人(jerk)了。原来,她坐下之后,邻座的那位同胞就用目光罩定了她。她装不知道,径自拿出价目表来研究。我说,你能保持镇静,研究价目表,应变能力也够强的。

阿曼达问,某些中国人是不是对外国人的模样很好奇?我说,是。不过,这个“某些”很重要。发达地区的居民电视上见过老外,但贫困地区的人买不起电视，就会对外国人好奇了。阿曼达说，那么，那位先生肯定是贫困地区的了。我说，没错。我听他口音像是钱塘江那边的。那地方古代是片荒地。居民都姓南蛮。有一条河连到海，涨潮时水头子有丈把高。又因为有个大水坑，所以不少人靠洗衣服为生。一半大街都用浣纱命名。不洗衣的就到山上摘树叶，卖给人泡水喝。见到洋人好奇也可以理解。但我可以向你保证，好奇归好奇，心地却都是善良的。

阿曼达说，也是，非洲人看山魈熟视无睹，可我们就会盯着看。我长得红红白白蓝蓝黄黄，居然连用了四种颜色，对那人来说，跟山魈也差不多吧。我笑着说，可不，而且还是一只会研究珠宝价格的山魈。

阿曼达研究价格表时，邻座的目光也随之移了过来。阿曼达心说这人不懂隐私和距离的概念，自然不懂英文。谁知刚要翻页，却被那邻居伸手阻止了。那人用口音很重，但相当礼貌的英语说，麻烦你等一等，让我把这几项价格看完再翻，好吗？阿曼达当时惊异到失语。

我觉得有为同胞辩解的义务，说，看来，这位先生一定没看过美国电视上经常放的那个广告。

我说的这个电视广告，描述的情景跟阿曼达的遭遇几乎一模一样。开始镜头是一个旅客在飞机上打电脑，很不知趣的邻座凑过来看他电脑屏幕上的内容。打电脑的皱着眉头，扭来扭去地捂那电脑。那个 jerk 也晃来晃去地追着看。这时镜头切换。出来一款新的电脑屏幕，侧面无法偷看。镜头显示那个用电脑者洋洋得意地用新电脑打字，而偷看者怎么看也看不到。这则广告，就是推销防偷看的电脑显示器的。

我说，中国人口密度大。隐私和距离的概念不如美国强烈。阿曼达说，可你总不能明目张胆地，理直气壮地看别人手里的文件，甚至要求别人什么时候翻页吧？难道这就是中国文化么？

提中国文化我就有点敏感了。说，是。我们中国讲究信息公开，透明和共享。在火车和飞机旅途，最常见的问候，就是你在哪里工作，赚多少钱。这位同胞，显然是想以身作则，把中国的良好风气移植到美国。主动帮你看价目表，想给你点帮助，这不是很好么。谁知道呢？他没准是个内行，甚至也跟咱们一样，是这次珠宝展览的参加者呢。

阿曼达说，开始我也是这样想的。而且他真的跟我讨论起珠宝价了。我说，你看，我说了么。阿曼达说，别提了。他的评论说菜鸟都嫌恭维，实在是太白痴了。

我听了一愣。这位同胞一身西装，头发梳得溜光。似乎受过教育。不会太白痴吧。于是，我问那先生到底说了什么白痴的话。阿曼达说，他先问我价目表上的珠宝为什么都比珠宝店便宜很多。又问我是不是卖假货，或者走私的。

我打个哈哈，说，说走私当然是开玩笑。不过，批发价确实比零售价低很多，问一下并不白痴啊。阿曼达说，我跟他解释，说批发价只占零售价的百分之四十，所以看着便宜。又跟他开玩笑，说这是一个商业秘密。谁知他听了后，居然很认真地说，零售商要赚百分之六十的利润，简直没有天理。

同胞这个评论，确实让我感到难堪了。不必是商人，也不必到美国，应该想到零售商必须承担巨大的费用。场地、广告、人工、水电、保险、地税、维修、信用卡抽水、贷款……这还没算滞销积压的巨大风险。这钱还不都从那百分之六十中来么。卖得的钱，刨掉这些费用之后才能说是利润么。别说做生意，就是居家过日子也得付贷款、地税、保险、水电、维修吧？

我说，看来，你的邻座是个火星人。我希望他没太得罪你。她说，他说这话并不得罪我。要命的是这时他忽然把脸伸过来，口中喷着可以把人薰晕的臭气，在我耳边说：在你之前坐在这里的那位是你的老板，而你是他的情人吧？

哇靠！我暗骂一声。过了很久才挤出一句话，你骂了他没有？阿曼达嫣然一笑，说，相反，我忍住臭气，回答说，现在你又知道了一个秘密。

我大喜，说，祝贺你，阿曼达 · 道格拉丝博士。你提前通过了试用。从现在起，你已经是公司正式销售副总裁了。阿曼达笑了，说，谢谢。其实我猜到这是一次考试。

销售会开了三天，阿曼达表现出色。结束之后，我们开了香槟庆祝。当晚我回到酒店房间，习惯地打开电脑，进入常去的中文论坛，看到一位网友刚上了下列帖子：

“这次出差回家飞行途中，旁边座位上是个美国中年女士，约 40 岁不到。一路上，她在忙着修改一本珠宝的 catalog(目录)，里面列了各种珠宝首饰及价格。时不时地会有个看上去 50 多岁的男士从后面过来，和她交谈几句。从他们的交谈看，那男的是这女的上司，女的像是男的助手或是秘书什么的。

当然几个小时的飞行旅程，我和那女士也免不了时不时的聊一会。从我们的交谈中，那女的是那男的秘书。那男的则是一珠宝制造企业的老板(family business)。从她正在修改的 catalog 看，里面列的东西都很便宜。我就跟这女士开玩笑，说你们是不是在卖假货或搞走私品。她听了，脱口笑了笑。随后她告诉我，他们这 catalog 是给珠宝商看的。里面列的价格是他们卖给珠宝商的价格，即批发价，一般是市场零售价的 40%。我听了较惊讶，说，珠宝商的利润是 60%？她说，基本如此。当然珠宝商还有运作费用。但零售价比批发价高出 1.5 倍，则是珠宝业的工业标准。接着她又说，现在你知道了一个秘密了。”

华洋行乞图

首次见到叫化子岁数还小。是在某机关门口，地下铺一张破席，三个人就要上了。他们脸上很脏，看不出岁数，从尺寸看，有两个是小孩。领头的汉子跪着，说：某领导，给我一口饭。两手拍地。然后过来一个大兵，把他拖走了。小孩抱着跟他们差不多大小的碗放声大哭。我发现其中一个的袖口爬出一个从没见过的扁扁的小虫，臂上走走，不动了。

小孩不管，仍然是哭，又过来一个大兵，把他一挟，碗没抓牢，掉在马路上碎了。旁边的人说这一家人来了北京好几次，那汉子说他是某领导的弟弟，家乡没饭吃了，找大哥商量办法来的。那个小虫在我心里爬了很久。后来才知道那是虱子。

这三口的情节不甚完整，却具备了要饭的基本特点。一是要在热闹的去处，这一点跟许多其他生意一样。二是身上要脏，手里要拿碗，这和其他生意不同。

根据手段，可以把要饭的分成悲情派和硬汉派。有一次到乡下亲戚家去，亲戚说你既然来了，吃顿好的吧。吃好的得上县城。大冬天走三十里地，终于到了。进馆子要了一碗米酒，里头卧了蛋，热腾腾一勺吃下去，幸福得人都要融化了。正在得意，忽然亲戚胳膊肘一撞，说该走了。我老大的不乐意，说还没吃完呢，他却一把将我拉起来了。这时才发现桌子旁边站着一个彪形大汉，正满面怒容地看着我呢。再一看，各桌子都站着一位，明查秋毫地监督着吃客。吃客则惶惶然如丧家之犬，抓紧吃两口便落荒而逃了。

这就是“武花子”。当地民俗，上馆子任何东西只能吃掉四分之三。剩多了没关系，剩少了留神叫花子揍你。硬汉作风的优点是省事，出门带上肚子，再带上俩拳头就行了。如果饭馆不让进，他便往门口一站，凡是还要命的必不敢来吃。所以馆子和花子还是共存共荣的好。听老人说过去还有一种抓包子的，走进门，抓了包子就跑。伙计追出来，他已经咬了两口，你要，还你。再跟他啰嗦，休怪他往顾客碗里淬吐沫。

军阀式的叫花子毕竟少，大多数还是属于悲情派的。某领导弟弟属于这一类。俗话说"哀兵必胜"，本派的诀窍是先从心理上取胜。断了一腿或者少了一目，还没开口，已经让施主觉得心里有愧。假如没这条件，也不是绝对无计可施。至少还可以写状子。写状子有个文采问题。老八股是"上有八十老母，下有五六七八张小嘴，一毛五分不论，请大家赞助则个"。新八股则有很多变体。

过去在湖北一带可以见到要饭的河南人士。他们每年冬天来，游击队似地斜挎个米袋子，手执一把胡琴。在门口一站，不给的话，他的胡琴便悲悲切切地哭起来："天上布满星，月亮亮晶晶，生产队里开大会，诉苦把冤伸。万恶的旧社会……"晓事的听到这儿，已明其意。再不给的话，没准他能把你的成分定成地主。得，赶紧给他挖一碗热饭吧。热饭他还不要——这一派只要生米和现金。

有一天跟一个要饭的聊起来，说他们那一带讨饭是正行，相当于外出打工。每年收了秋就往南边走，还带着村里开的介绍信。我借他的介绍信看了看，上头写着："最高指示：我们都是来自五湖四海，为了一个共同的革命目标，走到一起来了。兹介绍我村毛泽东思想文艺宣传队二胡演奏员 XXX 同志到贵村汇报演出，并接洽借粮事宜，请各爷爷奶奶婶子大爷同志予以大力协助。此致无产阶级革命敬礼，兰考县赵家小村革命委员会。"

这算得很有文采的了。一段最高指示，给人一种"麦苗儿青来菜花儿黄，毛主席来到了咱们农庄"的亲切感。下面一个"汇报演出"，一个"接洽借粮"，极尽曲折委婉。"无产阶级"一词则用得严丝合缝，可以上大学中文系课本。

美国有些武花子脾气比捕头还大。城里经过某些地区，最好带上二十块买路钱，有一次本地有个抢银行的，把事办妥了，提着一口袋钱出来。谁知上了车子发不动了。这哥们宁死不屈，发不动他不走。警察来了，他还在那儿拧一下钥匙，骂一声“罚克”地大发雷霆呢。人是真火了，进了警车，还回过头奋不顾身地交代：“给我把这三拿闭气（狗养的）砸了！”

这儿的文花子都是秀才级的。有一次我到超级市场去，过来一个和蔼可亲的小伙子，手提小汽油桶，很有礼貌地把我截住，说：我路经此地，不幸钱包被人偷了，你能否借我一块钱，让我加点油去？我看他比我穿得还体面，遂信了他的话。谁知过几天去那儿，又被他截住了。等他讲完了故事，我便说，不巧，我的钱包也让人偷了。要不我也跟你一起干这买卖吧。他眨吧着眼睛，说：啊？我又说：六街那边还有一个超级市场，勤换换地方就不容易让人认出来了。这话他听懂了，坦然地说：看见那边那老太太没有？她都给过我三次钱了。

学校门口有个卖笑话书的，外号叫“蛤蟆”，一个圆圆亮亮的红鼻头，跟漫画人物匹诺曹差不多。不管冬天夏天，他都是穿一身分不清颜色的脏衣服，油麻团似地滚得满街都是。他拦住路人，把书举起来，问：你读过我的笑话吗？说着便往人怀里一塞，说：一块。我通常是等一等，后边的人走过去被他拦住，我便乘机溜掉。但是终于有一次没逃掉，买了一本，发现他的笑话大多是骂共和党的。想想不错，共和党阔佬多，而学生大多是穷人，在挑拨离间上狠下工夫，他这个路子还是对的。

市政当局对他有些恼火，轰了几次，有一次还把他逮了起来。可是每次都遭到学生的抗议，所以他算是百足之虫，死而不僵。有一次去的时间较长，听说事情弄到了州法院。我碰到他，问他准备怎么办。他说他要把官司打到底。理由是：第一，我不是要饭的，因为我做书的买卖；第二，我不是卖书的，因为我宣传政治观点；第三，我不是宣传政治观点的，但我的言论自由应当得到保护，正如我要饭应当受到保护。

我相信这个怪论足以圈绕昏任何法官的脑子。果然，过不几天，他又在街上拦人了。也许“水至清则无鱼”,他不在的日子,那条街确实半死不活。他来了,到处都是他矫健的身影,这条街就车水马龙地喧闹起来了。显然,他和他对共和党的嘲笑已经成了那条街的一部分,总有一天,会有人申请市政当局把他当文物保护起来的。

蛤蟆干得挺火,但是跟马克相比又算不了什么了。马克跟我合租房子。他这人轻易不动,国际上出了大事才出去。他的专业是组织请愿和募捐,见了女人他的嘴格外甜:贝贝(BABE),捐两个吧。索马里的贝贝没饭吃了,她妈妈派我来募捐呢。贝贝笑骂说:又来了又来了。我就两块钱,中午还要买“杯狗儿”(犹太面包圈)呢——说着,还是把钱掏出来了。

那一年海湾战争,城里的人分了主战和主和两派。马克准备了两张请愿书,一张是世界屠杀阿拉伯人民总动员会的,另一张是谴责美国反动派轰炸阿拉伯妇孺抗议中心的。不用说,这俩组织都是他一手操办的。见到贝贝,他就把反轰炸掏出来,见到蓝领的大老爷们,他就把屠杀会掏出来,有一点手续相同,都得在捐款书上签字并且交费。有的人不上街,他就挨家挨户去动员。我跟他去了两次,统计起来平均每敲三户能有一户给钱,大多是两三块,也有五块的。有一家开了门,一见是他,什么都不问就写支票。他似乎有些不好意思,连忙解释一下他组织游行抗议的计划。那人把支票递给他,跟他商量说:家访次数能否酌减到每月一次?他犹豫了一下,说:还是两个月三次吧。

冷战结束,他的情况窘迫起来。我们的电话是合用的,到了月底,他付不出长途电话费,我就替他垫了。他有些着急,天天看电视,频道换得飞快,屋子里响彻稀奇古怪的声音。可电视不争气,老是女里女气的社会新闻。终于有一天,有个地方(好像是车臣)打出血来了。他一脸喜色,紧急出动,当天晚上就弄了两百多块回来。大家兴高采烈,正准备要去吃馆子,忽然门咣地一声让人踹开了。从外边伸进来长短不同的几支枪,一声大喝“FBI,把手举起来”,冷冰冰的家伙已经顶在脑门子上了。

FBI把马克带走了。他从监狱里打电话来，让我找五万块钱保释他，我说你别逗了，别说我没五万，就是有，能用来保你吗？我得自己花着玩对不对？他也乐了，说这倒也是，人都是自私的。我说，明白就好。你有什么亲戚？我替你联络联络吧。他给了我几个号码，当晚我把他在美国各地的亲戚都从床上轰起来了。我逼他们出钱，可他们比我还自私。有几个压根就不认这门亲戚。我什么花招都用上了，有一次甚至装成了FBI，可对方也很精明，说我口音不对。我解释说我是俄国叛逃的，他哈哈大笑，说：外行了吧？俄国人说"踹"（试）都是说"特外"的。还是他在佛罗里达晒太阳的妈妈比较客气，说：放心吧——监狱是熟坎子，我们马克从小常进的。

其实马克也没什么大事。不过是有一次发动请愿，编的组织名字叫"巴勒斯坦圣战，"恰恰跟一个阿拉伯恐怖主义组织同名而已。FBI监视了他好久，那一段时间看他没动静了，猜想他一定在筹备什么大的行动。看他突然窜出来，觉得他可能要下手，这才把他抓起来了。过几天他出来了。我问他遭了此劫，以后还干不干了？他很惊奇，问：为什么不呢？

马克不能算是硬汉派，从他在监狱里的表现看来，他是典型的软骨头，如果有叛变的机会，他绝不会放过的。说他是悲情派吧，他活得又过于嘻皮笑脸。如果他都算悲情派，大多数人得算死魂灵了。

从分类上看，马克也不是骗子。他代表组织募捐，又代表组织（也就是他自己）花钱，用劳动换饭，这本质上跟我一样。从这个意义上看，世上的人都可以算丐帮成员。按照工作内容看，当乞丐有自己的生意，可以自由支配时间，比一般打工的还高一级。

想到这儿，我好像看见形形色色的乞丐，站在世界的各个墙角，肤色不同，语言各异，面前放着大小和质地不同的碗，用参差不齐的声音说："一毛五分不论，请大家赞助则个。"

越挖越大的山

没见过美国胖人的中国人,绝不会知道什么叫胖。其实他们所谓的胖跟美国那种肉山似的相比,实在说不上胖。

无论怎么吃,中国人绝吃不出美国胖。基因太瘦。

我曾经跟系里一位美国女同事一起去开会。美国规矩,不能说她胖,只能说她是个“大个儿”(large)。她一上来,车就往下一沉。其效果超过载四五个中国同学。车平常踩油门就能窜出去。但那天踩油门时,引擎轰轰响,车都不怎么动。我要超一辆挡路的老头车,两辆车并行僵持了很久,油门踩到底,仍然无法超过。正在心急火燎,对面来车了,赶紧闪回原位。

我在路边停了一下,再上路才摆脱了老头车。不过现在我的车成了老头车。看着其余的车嗖嗖地超过我们,更有些心急火燎了。那天的车开着毫无颠簸。我只能在心里求佛祖保佑轮胎别爆。下车时觉得额头痒,一摸一手汗。

又过两天,有同事悄悄告诉我,那位女士对我颇有微词。说我那天没扶她下车。我觉得有点冤枉。我不是没想过帮助她下车,但同时想到美国人的自尊,女性的尊严,多种政治在我脑子里激烈斗争,最后我决定礼貌地但不动声色地等待。显然,这是一个文化误判。这种情况下,舍己救人的政治正确高于其他的政治正确。

每当我坐进飞机那窄小的座位,都会担心我的“大个儿”同事怎么坐进同样的座位。设身处地,如果是我,肯定得买两个或者更多的座位。还得把座位间的扶手拆掉。而这也仅仅解决了横向的问题,前后的问题,是否还得把前面一至两排座位也拆掉?我数学有限,二维的问题就不会解了。

现在航空公司为了节省费用,连行李也要收费了。航空公司,或者公交系统,对“大个儿”的,一个顶三个或者八个的旅客,是否也要加钱?如果不加钱,对我们小个不公。如果加,对于大个儿不公。这在美国也许就会引起一场政治风暴,甚至宪政危机。必须加入新的宪法修正案才能解决。想到打胎和同性恋问题在美国引起的政治激战,我感到这辈子最大的幸运,是没当航空公司的老板,或者美国的总统。

旧中国的不幸是有三座大山。美国的不幸则是有民间的肉山。虽然没有来自外人的压迫,但有来自本人体重的压迫。尽管全民减肥,电视日夜狂播减肥药广告,但美利坚人民所受的压迫与日俱增。中国山是物理的,挖一点就会少一点。但美国山是生物的,类似大禹治水用的“息壤”,能自行生长。这种山挖一点不会少一点,只会越挖越大。

也许,美国的当务之急,不是立法禁止打胎,而是立法禁止自助餐和滥吃,我想。

瞬 间

跟客户比尔吃饭,半个月前就约好了。所以,我尽管听说周末要有大事发生,也没往心里去,照常进了城。直到和游行队伍迎头相撞,才想起来今天美国二百二十个大城市举行反战示威。

美国的游行队伍也许是世界上最稀奇古怪的队列。参加人士基本没纪律,有笑的唱的,边走边发表演说的,咚咚咚敲锣打鼓的,鼓着腮帮子吹口哨的,蹦着撒欢的跳舞的杂要的,有老兵的正步,也有荡妇的飞吻,全景好像流动的天桥。

几个兴高采烈地推着超市小车的朋友走在前排,没一位衣服能看出颜色,不用说,这是本城叫花子组成的丐帮队伍。后面是一群鲜衣怒马之士,骑着摩托,皮夹克上了猪油,大颗钢扣锃光瓦亮。其中一个肩头骑着一位裸露上身的吉普赛美人,俩大咂儿一颠一颠,手举的反旗上大书着"公民们,醒来吧!"

后头是一群鲜花少女。举的牌子上解释了为什么本市公民们必须在下午4点醒来:"布什不制止九一一,是为了他的石油公司在对伊开战中获利!" 看来这帮人里有笔力不俗的小说家。

殷实富户的队列走在布什的超短篇小说之后,有一位是我的老客户,虽然是游行,仍然一丝不苟地打着领结。后头跟着他发福的太太和漂亮女儿们,虽然没穿着婚纱,也足让人眼睛一亮。标语则透着聪明劲儿——"战争是布什的掩体,皇帝其实没穿衣!"

另一块牌子则出自本城的广告公司,一面画着马丁·路德金牧师,"金"光四射地大书:"我有一个梦"。另一面则画着布什,用黑体大书:"我有一个噩梦"。

两个梦的后面,跟着五光十色,浩浩荡荡,一眼望不到头的队伍。

队伍从四面八方涌进来,下城各街筒子完全灌满。我拉住一个脸上兴奋到发光的游行者,问大军何时过完境?他自豪地说,呵呵,这可是本地有史以来最大的示威行动,您要动车,等晚么晌儿吧。我给比尔打电话,问交通阻塞,我过不去怎么办。比尔说,取消吧。今天饭可以不吃,钱可以不赚。

一年前跟这个犹太人谈第一桩生意,他出价N万,我按照惯例要N+M万。他一言不发,只用阴沉的眼神罩住我。我解释为什么要提高价钱,不等说完,他已经站了起来,说还得赶飞机。便走了出去。在飞机场,该笔生意以N-2万成交。

显然,要不是伟大的美国人民的反战精神,就是老虎凳也不可能让比尔说出'钱可以不赚'。民众的伟力太惊人了。我弃车而去,加入了这流动的天桥。左边是丐帮的弟兄,右边是妙龄少女。前边是马丁和布什的两个梦。

晚上8点,灯光亮了。苍茫夜色中蓦然回首,我竟然在人群中发现了比尔的眼睛。在那个瞬间,那眼中亮起了一盏明亮的灯。

你还欠我一片咸肉

演员阿诺尔德竞选加州州长，曾经在一次演说中，被听众中一位女士扔鸡蛋。他笑着说，这位女士，你还欠我一片咸肉。结果哄堂大笑。美国早餐鸡蛋咸肉是传统搭配，他的意思是两层。一层是别光给鸡蛋啊，你搭配得完整点。第二层比较深，他暗指那女士是一位家妇，文化不高，还挺野蛮。这第二层意思，当时很难转过弯来。这话的即时效果，是让人觉得他风度和脾气特好，脑子快，懂幽默，还特民主。

里根到伯克利去，那里的学生喜欢自由主义，不喜欢保守的他。事先商量好了，到时围成一个长长的但是沉默的"欢迎"夹道，弄他下不来台。

里根咧着他著名的大嘴，戴着笑脸儿来了，学生果然送殡似地排列成夹道，鸦雀无声，默默地盯着里根和他的随员。对政客来说，这简直是莫大的侮辱。想想吧，明天全国的报纸将会拿这个当头条新闻报道。从这头走到那头，没人给他哪怕一个笑容，不说政治生命完蛋，怎么也得受重伤吧。这位被侮辱的政客，在学生敌视的目光中，从巷道的一头走到了另一头。这也许是他这辈子走过的最长的巷道。而学生们则一个个地在心里偷乐。当然，表面上绝不能露，还得绷着。

里根走到巷道的尽头，忽然转过身，喊了一个口令："At ease（稍息）！"顿时哄堂大笑，没人再绷得住了。第二天，全美国的报纸都报道了里根绝妙的幽默和他在伯克利受到的盛大欢迎。At ease，军语是稍息，非军语是放松，舒服点等意思。里根这话，暗示了自己以美国三军总司令的身份，下达让学生稍息的口令。又以平民总统的身份，善意地讽刺学生们士兵似地绷得太紧。言外之意,是“你们丫的至于么?”这一短语,幽默,适切,用到这个场合,真是妙不可言。

两位政客往好说是有“民主风度”。往坏说叫作秀才能。不管是什么,你主张民主,就得有挨鸡蛋的准备。而且,挨了一鸡蛋,还得说你还欠我一片咸肉。

民主魔女

(一)大米博士

九一一事件后。美国国会认为要追究政府责任,为此组织了一个委员会调查。但国家安全顾问大米(Rice)小姐端着架子,迟迟没有出现。公众千呼万唤,她才出席了该委员会的听证会。

大米博士是美国最受人崇拜的女人,美国历史上第一个女国家安全顾问。能拼到这个位置,当然非同小可。这次质询,我只听了几分钟,却恰巧捕捉住了最热辣的那个片段。

前后对答大致是这样的。委员会成员、参议员鲍波凯利质问大米博士政府为什么不早点消灭恐怖主义威胁,致使九一一发生。大米回答说,如果我没有记错的话,您一年前在关于美国军舰科尔被袭击时的讲话中,曾经主张对恐怖分子发动非对称战争。我是赞同您这个讲话的,对此听众报以掌声。

凯利先生紧追不舍:您的意思,是我的那个讲话使你们不早点消灭恐怖威胁?那是不是我不讲那个话,你们就把它消灭了?这次大家为他鼓掌了。

大米博士笑着说,您别误会,我只是表明我对您远见的赞赏。凯利先生下一个问题是:记录表明,你们早就收到了攻击本·拉登的建议,你为什么没行动?

这显然是一个割喉的问题。由于九一一已经发生,如果大米博士说她已经行动了,无异于当众撒谎。说她没有行动,却又等于承认自己不称职。

但大米博士立刻想到了对策。她从历史和美国以前的外交政策谈起,如同浏阳河,拐了十七八道弯,几十里水路还没到湘潭,而凯利先生的十分钟质询时间已经快到了。

凯利显然识破了这个策略,立刻要求对这个问题的回答到此为止,进入下一个问题。可此时主客已经易位。大米掌握了主动,岂肯轻易让出,仍无视他老的请求,继续解释下去。时间无情地流逝着,凯利先生大声抗议道:这是不公平的,我一共只有十分钟的时间……大米露出魔女的微笑,说:您瞧,我到这是来回答问题的。问题是您问的,而我正在回答。我有权回答啊。她滔滔不绝地讲下去,只不过湘潭比出发时更远了。

从观点上我认同凯利。可从本事上我认同大米。大米玩的全在规则之内,她没占谁什么便宜。能利用规则把人打成重伤,这是她的本事。

民主政治是一个智力的角斗场。智力不行就只能被人家欺负,戏弄。而且观众是残酷的,你在角落里舔血,他们却在为胜利者喝彩。民主又是一个规则的战场,谁能最好地利用规则,谁就把握更大的胜机。而规则之内的胜利对所有的人都是公平的。

民主是一个魔女,若没点风流本事,你还调戏不了。

(二)

帖子“大米博士”讲述在美国议会,如何利用拖延时间来阻挠议事。在论坛引起了一些讨论。可以再说两句。

该文举美国九一一调查委员会成员,前参议院议员凯利先生在国会质询美国国家安全事务助理大米博士为例。凯利提出了一个美国政府应对恐怖袭击的问题。大米博士从美国反恐历史谈起,用冗长的回答耗费凯利的时间。凯利发现被套住,抗议说自己只有十分钟的时间,要求她停止回答该问题,转入另一个问题。大米则坚持回答此问题。在凯利提高了抗议强度,说“不要阻挠我议事,这不公平”

(don't filibuster me, that's unfair)的情况下,大米仍然坚持回答。凯利硬招不行,又采取哀兵策略,说"我对你很礼貌谦恭"(I have been courteous),请求大米停止浪费时间。大米则无动于衷,说她来这就是回答问题的,她有回答的权利。最后,凯利无奈,只得任由大米博士"强行回答"了这个问题。

这个唇枪舌剑过程的英文,见于本文的附录。大米成功地耗费了凯利的时间。这绝不仅仅凸显了她性格的强硬,而且还介绍了一个议会斗争的重要概念,阻挠议事(filibuster)。用拖延时间的合法手段,论小可以杀掉宝贵的十分钟,论大可以阻挠法案的通过。这叫做talking a bill out (用拖延杀死议案)。

该帖子的结论是"民主是一个规则的战场,谁能最好地利用规则,谁就把握更大的胜机。而规则之内的胜利对所有的人都是公平的。民主是一个魔女,若没点风流本事,你还调戏不了"。网上抄袭剽窃的和骂脏话的帖子成堆。肯在这样肮脏的环境之中,捏着鼻子,写这样的网文,虽然不是英雄,但也很仗义了。一些网友投入大量时间,考证帖子中无关紧要的细节出入,但没有抓住要点。

淮南子谈九方皋找千里马,找了三个月,说找到了。秦王问是什么马,他说是黄色的母马。结果牵过来一看,却是一匹黑色的公马。秦王抱怨说九先生本领不行。伯乐却说,"得其精而忘其粗,在其内而忘其外。见其所见,不见其所不见;视其所视,而遗其所不视",这里头包含的道理,又远高于相马本身。

看质询和做政论的道理,跟挑选千里马是一样的。要"视其所视,而遗其所不视"。政论不是新闻报道,它是阐述道理的。研究它的主旨,才是读政论的正办。揪光了头发,研究是公马还是母马,是黄马还是黑马的,都还不懂得怎样读政论。

附录:凯利先生和大米博士对话的美国国会记录

MR. KERREY: Let me move to another area.

MS. RICE: May I finish answering your question, though? Because this is an important point.

MR. KERREY: No, I know it's important. Everything that's going on here is important, but we got —I get 10 minutes. So —

MS. RICE: But since we have a point of disagreement, I'd like to have a chance to address it.

MR. KERREY: Well, no, actually, there's going —we have many points of disagreement with Dr. Clarke that we'll have a chance to —

MS. RICE: I think —

MR. KERREY: — we'll have a chance to do in closed session. You can't — please don't filibuster me. It's not fair.

MS. RICE: Do you mean —

MR. KERREY: It is not fair. I have been polite, I have been courteous. It is not fair to me. (Applause.)

MEMBER OF THE PUBLIC: (Boos.)

MR. KERREY: I understand that we have a disagreement.

MS. RICE: Commissioner, Commissioner, I'm here to answer questions. And you've asked me a question, and I'd like to have an opportunity to answer it.

MR. KERREY: No, it —

MS. RICE: The fact is that what we were presented on January the 25th was a set of ideas —

MR. KERREY: Okay.

MS. RICE: — and a paper, most of which was about what the Clinton administration had done, and something called the Delenda plan, which had been considered in 1998 and never adopted.

MR. KERREY: Okay.

MS. RICE: We decided to take a different track. We decided to put together a strategic approach to this that would get the regional powers —

the problem wasn't that you didn't have a good counterterrorism person. The problem was you didn't have approach against al Qaeda because you didn't have an approach against Afghanistan, and you didn't have an approach against Afghanistan because you didn't have an approach against Pakistan. And until we could get that right, we didn't have a policy.

谈吃篇

引言 文明与吃菜

食色，性也。解决了吃，就解决了人类基本生活的一半。中国的烹调术，对提高人类吃的质量，做出了独一无二的贡献。

北极的科研人员在漫漫的白夜无事可做，轮流讲起最美好的回忆。最后都集中在两个事情上，初恋和吃中国菜。因为没有中国菜馆，各国人都流下了悲愤的哈喇子。丹麦的地球物理人员克尼赞谈起跟他的女友第一次走进中餐馆，一人叫了一碗正宗的北方大肉面，说那感觉就好像走进了圣殿，完成了一次美食的仪式。他的神情充满了憧憬，敬畏，感动和崇拜。远超过民主教徒谈三权分立和基督教徒谈基督的复活。

是啊，还有什么比吃更基本呢？食和色，这万古长青的两项活动，才是最基本的人权，才最深刻地触到人类的灵魂深处。色是先天的，自发的，本能的和无师自通的；但是烹调和对美食的品位却是高级文化，是要通过学习，在后天才能取得的。

我认识一个中餐馆的老板。他每天仅在晚上九点到饭店待一会。我问他为什么。他说白天做饭，顾客基本是老美，对付一下就行了。晚上九点是去给饭店的大师傅们做饭，这一餐可得要真本事。大师傅全是做菜的专家，对菜挑剔无比。一筷子下去，你少放了几粒盐他都能吃出来。如果像喂美国人一样喂他们，他们就会暴动。

我听了他的话，就把吃饭的时间表变了。以前早八点，中午十二点，晚上七点吃饭，现在全体往后平移两个钟头，每天晚上九点差一刻造访朋友的餐馆，享受他给大师傅做的美餐。

“割不正不食”，中国人用几千年时间，通过敬业，虔诚和高度的创造，开发了世界上绝对领先的烹调系统，这是对人权事业的最大贡献。一碗大肉面，其意义远远超过任何制度。因为当你饿得要死的时候，把天下最先进的制度都给你，你仍然饱不了。

中国茅台和法国白兰地

（一）

我喝过最好的酒是茅台。茅台酒如一位绝色美女，感觉极其温柔，不知不觉之间，已经着了她的道。

那次，一位前来中国讲学的外国朋友夫妇回国，途经广州，我奉命相送。广东省在流花湖饭庄设告别宴。服务员负责斟酒，席间大家相谈甚欢。因彼此已经成了朋友，有些伤感。我喝完一杯酒，说“故人西辞黄鹤楼，烟花三月下扬州”。再喝一杯，说“黄鹤一去不复反，白云千载空悠悠”。几段古诗之后，杯中美酒已经碧空尽了几次。说到“莫愁前路无知己，天下谁人不识君”，本应该站起来，谁知忽然发现两腿面条似的，站不起来了。我还没碰到过这种情形，心中大骇，只得坐着说了。

宴会结束时，贵宾夫妇要送我一本书。我脑子清醒，说话也利索，就是怎么也站不起来。最后是使上了胳膊劲把自己强撑起来的。

喝酒如同以武会友。酒不同，正如朋友武功的路子不同。用力的手法也各有千秋。二锅头刚劲，能开碑裂石；日本清酒柔和，如太极推手。但没一种像茅台这样，已修炼到无色透明，锋芒毫不外露。喝的时候能让你毫无防备意识，甚至能让你头脑和口齿能一直保持伶俐，但同时已经把你的内功完全化掉，让你站都站不起来。

（二）

东方汤尚清淡，而西式汤则倾向浓稠。两者区别，类似水墨和油画，境界很不一样。大体来说中国的汤可以用“形而上谓之道”，而西方可以用“形而下谓之器”形容。

以前一位俄国人同事常叫我去他家吃饭。菜都是他的太太料理，每饭必备红菜汤。大致是几片甜菜梗子，三五块老牛肉，放水加热到摄氏一百度。教授烹调尚如此粗放，一般人民又何堪设想。

我一位朋友，出身贫寒，一向在乡里混日子。因是侨乡台山，差不多人人都出国，因此到了美国。这一天我搞了三条大鲈（BASS），二斤莓鲈（CRAPPIE），请他来喝酒。两个钟头喝下来，他把莓鲈吃个精光，大鲈却一筷子没动。问他何故，他说这还用问吗，小鱼是‘黄腊条’，鱼中最上一品，大鲈虽大，肉丝却略嫌粗些。我听了暗叹粤人吃道之精。

该朋友嗜饮法国白兰地，常说此即鬼佬之家乡水酒，牛饮可也。言毕，咕咚一声，半大杯已下肚矣。

大救驾

我当兵时有一朋友田开文，绰号老管，管座，职务是营管理员。军队每连有个专管伙食司务长。营里管司务长的职位就叫管理员。老田就是干这个的。当时我在营部当腿子，跟老田住隔壁。我常乘外出办差之机，偷些豌豆苗南瓜尖，抓几只飞龙山鸡。老田负责烹调，一来二去的就成了哥们。

当时凡是军区首长来我部搞边防视察，上头必请老田去掌勺。老田出身世家，吃过见过做过的都多。他自小没别的爱好，就爱做菜。那手艺，别说在我们部队，就是到北京，也能领几条街的风骚。我们军区差不多的首长都吃过他的菜，包括刘司令。每次做菜归来他必给我带一盒菜，我叫它首长盒菜。因为那是把给首长做的各样菜，各夹几筷子凑成的。

三连司务长是澳洲出生的华侨子女。走过大码头，他自从吃过一次首长盒菜之后，就成了老田的粉丝。常能看见那厮亦步亦趋地跟着老田。老田偶然面授几句机宜，他聚精会神地听，频频点头，有时口中蹦出个“yeah”来，自己还不知道。

老田似乎把我的狼吞虎咽当成他的享受。我吃盒菜津津有味，他看得更津津有味。我估计这是因为他的菜通常是给首长做的。首长吃菜绝不会像我们小兵一样没吃相。人家是一口菜一口茅台，用筷子点着说当年过草地怎样，爬雪山如何。他是把吃当成一件严肃的革命任务来完成的。老田辛辛苦苦做了半天，只能听些草根树皮。必然造成心理伤害。而欲疗此伤，舍我其谁。我们士兵吃的大锅菜，做起来跟兑农药有一拼。百分之八十的洋白菜，兑百分十九的一氧化氢，百分之一的氯化钠。兵们吃得面无人色。所以我吃盒菜时能绝对保证吃相的饿痨。

我通常边吃边评，比如："老田，有进步啊。这次里脊比上次嫩。酥肉差了点，但也还可吃。"这时老田脸上就会漾出笑纹，说"哈，这你也吃出来啦？酥肉本应用五花肉，但这次料不够了。用了些后臀尖充数。你看这次水晶肘子怎么样？"当时略一沉吟，说："好像味道比上次好点——，"老田则果断打断我，不容分说地说，"这次用的是前腿，当然味道更好了。"

好马的心病还是得靠伯乐来治。我不但吃时有评论，而且吃后有小结。比如：跟翠华楼的爆肚仁比还是不够脆生。炖菜也不如沙锅居的白肉。冷盘跟凉拌西施舌差距更大。这次算了，下次再尝吧。当然，我的厨艺水平仅限于把面条煮熟。一切全仗北京这块牌子。历史地看。没进过京的菜上不了台盘。老田固然厉害，但终究没去过北京。

一次吃完了我抹抹嘴，问，为什么你从来不做红烧肉？他惊奇地看着我，说红烧肉上不了席啊。你北京来的不懂这个？我心说我又不治席，谁知道这个？只得说，这你就不懂了。京官出身草莽的不少。腌江豆，红烧肉这种农家菜，都必须定期吃。看他仍然不信，又补充：当然红烧得加少许人参、干贝和胎盘粉。老田更迷茫了：干贝和胎盘粉可以增鲜，可人参？我说学而不思则惘，你好好想吧。

后来我发现我的分析也不一定全对。有一次我问他，你常给官儿做菜，他们觉得菜怎样？他傲然说，那还用问，个个吃得直舔鼻子。我说，哦？并不相信。后来我专门问司令部的北京老乡郭参谋。他说，大头儿们对老田做菜确实赞不绝口。每次都专门把老田从后厨叫出来，当面敬酒。这么看老田早已赢得了吃客，不过是不跟我吹嘘而已。

此后不久，老田再次让我大跌眼镜。当时，我们部队的军官政治上分为两派。老田那派跟当政的主流派对立。后来主流派用一个政治罪名，把老田派的领袖人物都抓起来批判，撤职，然后送到连队强劳。我见老田陷入危险，于心颇有戚戚。便乘人不备来到他的房间，想搞一次私人性质的诀别——跟老田是次要的,主要是跟吃顺了嘴的首长盒菜。

谁知我悼词还没致完,老田忽然生气,高声大骂起主流派卑鄙无耻来。我被吓出一身冷汗。主流派的教导员就住隔壁,他这么说不是找死么。然而,老田开口就停不住了。他滔滔不绝,把从上到下的主流人士,包括隔壁的教导员和营长,一个不落地骂了一遍。刚开骂时,还能听见教导员在隔壁的动静。但他骂了一会后这声音就停了。他骂完了,全营部只能听见我的心怦怦狂跳。不用说,这些话领导一字不落全都记录在案了。

单就质量上看,我只能说他这个演说有理有力,慷慨激昂,可以说是一次掺杂了大量国骂的诸葛亮骂王朗。不过从实际效果上看,他这番话肯定会把自己毁了。我眼睛紧盯着门。计算两位上司什么时候提着手枪和拇指粗的麻绳破门而入,将他五花大绑,可那一幕并没有发生。最后还是老田自己拎起洗脚盆出去打热水。我才跑了出去,用时三分钟,出完了那口长气。

然而,该来的还得来。晚饭还没吃完,司令部警卫排和他们的卡宾枪就出现在地平线上了。老田正跟我蹲在营部前的空场上吃饭。一个英姿飒爽的小军官上来,一脚把他踹倒就提溜走了。人都走远了,碗还在地上滚。我正庆幸没把我一并绑走时教导员已经指着我发话了,"你,跟我来一下!"

教导员说我跟老田狼狈为奸是严重的思想政治错误。谈话后是连续几个礼拜的,没完没了的写检讨和没完没了的重写。这当然比住秦城或者让警卫排拎走好。可老田就不同了,罪证充分,其家庭跟党有旧怨,而且还是个副连。他这案子要是办重点,没准性命都堪忧。

不过事儿到了这份上,也只能是爹死娘嫁人,各人顾各人了。我没等首长提示,先把细软收拾好,准备打道回府了。我的新理想是在伟大的首都当一名渺小的出租司机。蹲家里啃贴饼子就咸萝卜条儿,等钱攒够了之后,放开了吃一次翠华楼的爆肚仁儿。

打完了背包，往床上一躺，正半睡半醒间听见外头有人说话。我打开门往外看。就见外头是一堆人，领头的是赵团长，团部郭参谋，李干事。由营长，教导员陪着，围着老田说话。模糊听到赵团长说了句"王主任"如何如何。然后大家就笑了。

很出人意料地，老田被解脱了。原来他的犯罪材料报到了军区政治部。王主任吃过老田的菜，记起了这个人。正好军区开会，领导吃饭的时候，王主任偶然跟刘司令提了句XX军分区的小田出事了。司令马上问出了什么事？王主任解释了一下。司令的眼睛蹬得铜铃大，麻子一颗颗涨得通红，说，"娘卖X的，告诉赵长顺，下次我到他那，吃不到小田做的大救驾，我毙了他狗日的。"老田的案子就这么结了。

后来我回到了京城，开上了出租。又辗转到过美国、澳大利亚、加拿大。吃到了俄国的鱼子酱，欧洲的鹅肝酱和美国的黑松露，但我觉得没一样能比得上老田的盒菜。

我始终没弄明白为什么他喜欢看我那种完全没吃相的狼吞虎咽，而且忍受我对他厨艺的完全外行的傲慢评论。想来想去，只得到一个结论，而且完全是废话：老田是一个高人，高人总得有点神，有点让人理解不了。谁都理解了，也就不叫高人了。

大救驾是用优质大米先做成饵丝，再配以鲜肉、腊肉、鸡蛋、冬菇、辣淑等炒熟即可，营养丰富，味道鲜美。大救驾源于腾冲。明末，永历皇帝战败后逃往缅甸，路经腾冲时，又饥又乏，腾冲人奉上当地的美食炒饵丝以供享用。永历皇帝食后非常合口，连声称赞不已。他高兴之下，出口封赠腾冲炒饵丝为"大救驾"，"大救驾"之名由此流传开来。（摘自 http://cn. bytravel. cn/art/ynr/ynrsxczljd-jjwdf/）

鸡尾酒会，鱼翅及其他

（一）

外国的鸡尾酒会整体上看像一台马戏表演。演员在轻音乐中满世界游走，同时把手中的杯盘倒来倒去。客人都没座位，要么傻站着，要么丧家犬似的来回走，眼睛滴溜溜转着，个个都有点像贼。不但没椅子，也没桌子。必须一手拿酒，一手拿盘。要吃什么，你得有本事用一只手同时拿酒和拿盘。拿稳了之后才能腾出另一只手抓着吃，吃完了再拿过酒，呷一口，再换回去。如此循环往复。没练过杂技的，没有不手忙脚乱的。

一次我参加学校的鸡尾酒会。一只手拿着盘子和酒杯，小心维持着平衡，另一手抓了一块火鸡塞到嘴里，正准备大嚼，忽然冒出来一个西装革履的家伙，伸出手，笑眯眯地说哈罗，我叫理查得·罗伯头，是本校教务长。我说，幸会幸会，罗伯头先生。您这裤子料看着像凡尼丁啊。他说裤子新做的，用的是巴拿马进口的的确凉，又说可以叫他奶名迪克，按本地习惯叫奶名表示亲切。

理论上本人也该归奶名管。岂能怠慢。无奈嘴里这块肉碍事，不知是吐出来还是咽下去。手抓的那块又怎么办？第一感觉是把肉扔掉，以第一宇宙速度在裤子上噌一下，然后握手。但转念一想，又觉得按学者风度也许应该先把肉放到盘子里，从容不迫地擦了手，再来握手。还没拿定主意，忽然从旁窜来一人，神色慌张，说，老师，第四组实验您忘了关机，仪器烧起来了。说罢转身又跑了出去。我叫得一声“我 X”，扔下酒杯盘子就追了上去。跑到门外，才隐约听到盘子落地和教务长裤子的惨叫。

还是喜欢中国宴会。酒菜在桌上摆着，侍者给您斟酒夹菜，有话慢慢说。吃菜之外，还享受着那份优雅和从容不迫。中美那么多年的冷战，被周总理在人民大会堂，用几瓶茅台酒和两次宴会给结束了。这就是中国食文明的厉害，不服不行。

（二）

一次我到深海去钓比目鱼。船靠码头后，同船钓鱼的美国人，雇用专业刀手，用剔肉刀把鱼肉剔下来，把鱼头和鱼皮扔掉。旁边有一位亚洲女士，把这些拣走。一个美国人问我，她是不是太穷了才吃鱼头。我说NO。鱼头和鱼皮最好吃，而且最富于营养。阿拉斯加的棕熊，每年渔汛开始时把三文鱼全部吃掉，但鱼多的时候，它只吃鱼头和鱼皮，由此可见鱼头的价值。

一般来说，鱼的边角部分营养更好。鱼翅就是中国高级宴会菜。没有鱼翅的席面被认为不上档次。一位商人曾经宴请一位官员，没有鱼翅。之后商人要求加快审批项目时，官员笑呵呵地说，急什么，听说你最近手头紧。过几年再说吧，别忘了花钢镚儿的时候要掰开花。

商人跟记者说，不是我要吃鱼翅，是我的生意要吃鱼翅。

官员自然也不是嘴馋，他重视的是对方是否尊重他。这点各国都一样。在中国，吃鱼翅就跟乘坐美国的总统座驾一样，是一种地位和尊严。这跟印地安人吃鲸鱼，爱斯基摩人吃海豹一样。他们并不缺吃的，可他们就是要吃这些濒临灭绝的珍稀动物，要的是那个劲儿。

美国生意人一样招待行政官员。不过不用鱼翅席，是用成百万的政治献金。所以，美国的官员们毫不犹豫地用公款扶植濒临破产的私人银行和GM等大汽车商，并不说“过几年再说吧”。可见，中美文化在这一点上相通。

好在鲨鱼并不短缺。四百四十余种鲨鱼中濒危的只有十七种。大家只管甩开腮帮子吃,离心脏还远得很哪。各民族都有自己的饮食文化。正确的态度是理解和尊重。一些美国人口头宣扬文化多元,但一遇狗肉、鱼翅、鱼头、松花蛋、鸡脚、燕窝就大摇其头,这其实是一种文化偏见。

螃蟹最早叫海蟑螂,人们都以为它脏。第一个人吃螃蟹的时候,其他人不舒服,这也是一种偏见。一些中国人到了美国,专学种族仇恨和文化偏见,而且偏见都针对祖国,甚至反对吃鱼翅,这需要教育。吃鱼翅促进文化多元,中国人爱吃,谁也管不着。美国人吃三文,吃野牛,吃鲍鱼,吃洛矶山牡蛎,中国人管过么?上帝派人来到这个世界,任务之一就是享用大自然提供的物产。

吃鱼翅我不反对。不过我不喜欢吃。我在民族饭店吃过一次,味道很一般。

(三)

没有稳定的贵族阶层的国家很难发展出高级菜式。菜式多说明经济发达,供得起人专门琢磨怎么享受。孔子是两千年前的人,讲究肉割不正不食。说明他已经有了正立方体的概念。与此同时,希腊人还在为平面几何揪头发。

吃是文明程度的指标。讲究吃说明文化遗产丰富。烹调技术是世代积累的产物。火腿,醺鱼,糟鱼,东坡肉,左将军鸡,艾窝窝,烹调和菜式的进化,跟贵族的稳定存在有关。南宋夜夜笙歌的生活,发展出西施舌,西湖醋鱼,楼外楼鱼头汤。中国不但有菜式,而且有席的概念。全羊席,燕翅席,素菜席,满汉全席,都是例证。

美国建国二百年,一个菜式也没发展出来。烤火鸡其实是欧洲菜,原先是烤鹅,换了一只鸟。越南独创的只有牛肉米粉一个菜式。日本生鱼片没有烹调可言,不能算一个菜式。泰国、印尼和不少东南亚国家唯一的菜式就是某种形式的炒饭。加料不同而已。印度的菜式，较好的也不过是咖哩羊肉。可中国仅熊掌就有六七种做法。一个省的菜式，就比所有这些国家加起来还多。很多古代菜谱，如活割驴肉、炮烙鹅掌、活猴脑等，都已经失传了。

中国烹调世界第一，但不拒绝吸收外国的好东西。中国的满汉全席的上下八珍就有大量的外国动物，体现了泱泱大国海纳百川的气度。

我在国外，“食”必恭亲。放下大国架子吃过好几次汉堡包。除此之外，也吃过日本鱼生、墨西哥的煎羊腿、意大利的勒杂尼亚、美国德州的 BBQ 小牛肋、越南的牛肉粉、希腊的鸡肉卷饼、印度的科瑞鸡饭、印尼的肉串、法国的水煮蜗牛、韩国的铁板牛肉片。

我不但吃外国东西，而且批判地改进它们，提高它们，使它们进入更高的层次。意大利面条天下第一难吃，但是我仍然注意到其中的“天使头发”可以用来做四川担担面或者北方炸酱面。佛吉尼亚火腿固然劣质，但其中四种主味中仍然有一种接近宣腿。

凡是外国的好的东西，即使有一丝好处，都研究，认识，并且为我所用，这就是大国对外国文化正确的态度，这就是大国之所以是大国。

略论吃肉

寻常的美国猪肉，如肘子，里脊，我现在都不吃。美国的猪排骨是很次的肉。丝粗，老，缺乏味道。只有牛羊吃牧草，还值得吃。

因此，鲜肉要吃牛羊肉。非要吃猪肉，则要吃附骨肉。不是排骨，而是椎骨和脖子骨。这两处的肉最嫩。做法第一是炖，第二是烧。如果形势所迫，必须吃猪肉，那就做馄饨，饺子，馅饼。蔬菜一定要用大白菜，最好是有帮子的。古人云，百米不如白米，百面不如白面，百菜不如白菜。做馅白菜确实是最好的。

在美国，猪，鸡，和一部分鱼，都是圈养，是现代大工业的生产方式，饲料是人工生产的，加入了各种药物和激素。而牛羊，基本都是放养的，吃的是自然食品——青草。自古以来基本没有改变。

所以，吃猪、鸡和一部分鱼，就是吃进一些化学制剂和大工业，连同它的污染。而吃牛羊，就是吃进一些大自然，吃进一些阳光，空气，纯净水，和古代。

吃羊记

美食的美分解成大羊,鲜字也包括了羊。可见羊肉是上品。

我小时候吃过羊杂。记得冬天在街上有小贩推着车子,车子有点像天津卖烧饼果子的车,有玻璃罩子。里头有汤锅甚至炉子。吃的时候舀出热腾腾的一碗,用勺往里加佐料。汤中有条状的羊毛肚,管状的羊肠子,再加上某种疙里疙瘩,颗粒状但很香的东西。我还在街角的杂货铺见到过卤羊蹄儿,几分一个。同学买的我尝过。肉不多,但经啃。

小时候还吃过一次羊肉饺子。洋白菜拌的馅。有人一听吃羊肉,说声膻,逃之夭夭。啥叫膻?我还真不知道。夹一饺子塞嘴里。肉很细嫩。嚼嚼有点发凉般的异样。莫非这就是膻?这味道也不错么……

后来在地质队,有阵子特缺肉。天又冷,高寒地区上山腿老犯软。一天不知道怎的,读完了仪器,一屁股坐地上就起不来了。几位问怎么了,我哈哈冻僵的手,说也不怎么忽然想到了北京,桌子上放了一升冰镇生啤,一碟羊蹄,和一大盘子羊肉饺子。一口一包鲜,那好吃就别提了……

想象这东西作用贼坏。几位都坐下来,说不干活了,听你说吧。

我这人有直觉,当天回到营地,组里做饭的就来说他们跟寨子里的佤族老乡做了个交易。我们用车到县城给他们拉一台二百公斤的电机,换他们一只活羊外加两筐桔子。我一开始还不信还有这么好的事。可不一会儿,一只横眉立目,极不情愿的羊真被佤族老乡拉来了。哥几个围着这咩咩直叫的黑色生物蛋白直磨拳擦掌,“老龙,动手罢?”老李说。老龙说,“晚了。明儿个大家同去”。老李意犹未尽,说，"啧啧，瞧这小腰，这身段，这大腿……"老龙说，听着在说你媳妇么。老李说我媳妇可不如它，不能吃啊。大伙把那羊关进一间木板房，说老李，你今晚上就住这。

第二天大早，众人淌着哈拉子，袖了解腕尖刀，直扑木板房。谁知打开门空空如也。几绺黑色羊毛，挂在窗上，在风中惬意地飘动。原来那羊不喜欢龙哥和辛亥革命，蹦起一米五，六，把那个极小的窗口上的木条撞飞，径直窜了出去。

众人心里这个懊丧就别提了。一人道，操的老李，昨天你陪媳妇就没这事了不是？另一人说，这回好，吃个球……老李说，兀那舅子，把羊关这是哪个狗日的的主意？众人就七嘴八舌地互相骂起来了。中国人掐架必揭短，有些老同志乾隆时代的恩怨都揭出来了。

要不是这时佤族兄弟来了，我们组就崩溃了。他说听说你们羊跑了，我又给你们拉来了一只。当时大家这个感动得差点没哭声来。后来才知道，那羊认路，跑出去直接回圈了。佤族兄弟是见它平安归来，心知不对，又送来一只。实际他也没吃亏。

甭管怎么说，煮熟的鸭子又飞回了锅里，不能让它再飞了。在哥几个的吆喝声中，刀光带着寒意闪动，案板砰砰乱响，可怜那羊一声没咩完，就连骨头带肉，变成小孩拳头大的肉砣了。

那肉倒是红红白白。让人想起水浒中花膏也似的好肉。至于做，野外条件下也只能粗放作业了。把羊肉砣用做饭的铁锹在大锅里翻炒到变色，然后注上水，放进桔子皮。加火烧开之后，撇去浮末。放入草果，花椒，大料，辣椒，包谷酒，用炭火煨烂，这肉就算得核了。

多年没沾过羊肉，这次再体验。我端起羊汤碗，稳住神，凑近鼻子一吸，嗯，熟悉。西单北大街的羊杂叫卖声混着嘈杂的有轨电车声，胡同口的羊蹄儿味夹着扑鼻的南货味儿，加上西安门的羊肉饺子和枣花的清香，在这一吸之间都回来了。用筷子略扒拉，肉和骨头分开，还是真烂。

夹一砣肥瘦相间的放嘴里一嚼，一点没膻味。只剩下满嘴的鲜，肥，嫩，爽，顺嘴角淌油汤。那味道啊，只能说跟兰花花一样，"实实就爱死个人”。哥儿几个狠命造了一回。这次吃羊肉算比较结实的一次。从那之后也吃过不少次羊肉,双榆树的串烤羊肉,五道口的涮羊肉,墨西哥的烤羊腿,广东的竹枝羊肉煲。不过怎么吃也没那次解恨了。

色讲究偷不如偷不着。食也一样,要加上吃不着,加上想象和距离。煮熟了又飞走的鸭子,和关起来又蹦出去的羊,才是真正的美食。

点　菜

中国菜名比较花哨,这是一种艺术。但太花了也易造成误会。我第一次听赖汤圆,就觉得是不是汤圆有点糙啊?这还算好的,听到西施舌,夫妻肺片,不明白也许会以为是人肉。

一次,我在曼谷的酒店里点个早餐。琢磨半天菜单,点了一个“大陆早餐”。心想还是吃家乡早餐比较稳妥,起码得有豆浆油条吧。结果一端上来是煎鸡蛋和果酱面包。他那个大陆指的是欧洲大陆。这餐费了100泰铢,是泰式早餐的五倍左右。泰式早餐是肉米粉,哨子很足,汤很鲜美,远比欧洲大陆更接近我的口味。

最好点的是美国菜。美国菜单是实事求是派的。说是什么就是什么。一般都介绍是什么料,怎么做的。比如:熏牛肉三明治,用薄片熏牛肉,新鲜洋葱,芝麻面包,希腊奶酪……颇为啰嗦,但端上来就是这个东西,一样不多,一样不少。

墨西哥菜单生字特别多,都是西班牙字。我别的都不用看,就看菜名中的关键字是BEEF(牛肉),CHICKEN(鸡肉),还是PORK(猪肉)。它的菜,基本全是用软的或者硬的饼卷上这三者之一,和烤烂的豆子构成。

意大利菜最烦,名字基本一个不认识。什么乏的七泥(一种通心粉),思白概替(另一种通心粉),看来看去,就认识一个MEATBALL(肉丸子),得,就它了。

其实,最伤脑筋的反倒是中国菜单。一般只列出菜的名字。比如左将军鸡,蒙古牛。没有具体描述。不懂中国文化绝不知道它是怎么做的。有些还会加上非常草率的英语描述,为的是给老外看。比如:左将军鸡—chicken in soy sauce(酱油煮鸡块)。完全文不对题。

其实,就是中国人也经常不知道这些菜是什么。餐馆大厨理解的左将军鸡跟你的理解的差距,也许比歌剧《费加罗的婚礼》和小调《小寡妇上坟》还大。总之,菜单上写左将军鸡(顺便,广东馆子一般翻译成 general's chicken),给你唯一确定的信息,是它肯定是鸡肉。至于味道什么的,就全看厨子了。因此,吃中国菜,你得冒三分险。我在各国吃过不下十几种炸酱面,种种不同,而且没一种能沾上北京炸酱面的边,让你不得不佩服厨师的创造性。

有一次几个朋友到唐餐馆吃饭。翻看菜单。看到上面写着"比面——卷土重来"。卷土重来倒是都懂。但没人懂什么叫比面。几位只听说过炸酱面、伊面、拉面、切面、卤面。"比面"是什么面,还要卷土重来?莫非是个失传的名菜,刚刚通过考古发掘出来的?要是这样,倒是非点不可了。

最后关头,我悟出"比面"不是一种面。在某些南方话中,"把"和"给"是同一个意思。发音发成"比"。而"面"是"面子"的精简版本。"比面"就是"给面子",并不是一个菜。菜单上这句话的意思,是请顾客给面子,下次再来。

五香花生米

现时的北京不知道还有没有那种小杂货铺子了。直至八十年代还有。对此我记忆最深的是五香花生米,二锅头和猪头肉。

五香花生米大概是一块多钱一斤。一般最少得买两毛的。否则太少,越吃越馋就没劲了。两毛也就很小的一包。掌柜的用一角报纸团成一个小三角,好似一个漏斗。把花生倒进去,一包就齐了。那花生做得真没得说了。又香又脆不说,它不知用了什么香料,有一种不属于花生原味的佐料味,特别的俏。我非食品专家,只能吃出来盐,大料,桂皮。桂皮味特别勾人,吃完了舔舔嘴,连嘴唇也五香。

后来我也走了不少地方,那么棒的花生米,再没吃到过。出国又吃了很多花生,台湾的灌生园咸干花生,美国的大个咸花生都没那味儿。有一次在我弟弟家偶然吃到一包,是地道的五香花生。我当即就问明了地点,过去买了一堆。上网,看电视,茶几上倒上一包。随意抓着吃。再冰一杯啤酒喝着,脚翘桌子上晃悠晃悠,很得意了一阵子。可过了那阵子再去,嘿,没了。敢情人就进了那一次货。早知道我非把那批货全包圆了。

杂货铺一般还都有桌子,不多也就一两张。不论季节,老能看见有人在那喝酒。一般都是爷们,短打扮,看着像拉排子车的。进门不用张嘴,掌柜的先问,来二两?来二两二锅头,再来两毛的猪头肉。这掌柜的一般四五十年纪,一口的老北京话,打扮和说话,都跟老舍的茶馆里那些张五爷,赵六爷似的。人一般不怎么答理我这样的,买东西走人。但跟那喝酒的好像打上辈子起就认识,聊的那欢直让人嫉妒。要是想学地道的北京话,常去喝一盅,没准有门。

二锅头有散装的。掌柜的用个提子在一个有盖的大罐子里一提，用一漏斗一灌。二锅头虽然比较呛，但那是蒸馏过两次的酒，纯度高，有劲。早先也有卖瓶装的，深绿色的瓶子，上写红星二锅头。估计是说劲大，喝了眼冒红星。

我看了看价钱，现在六块到十五块一瓶。也不算太贵。我在一个叫什么食府的地方吃过一次饭，一瓶黄酒二百。

那个猪头肉也值得一提。猪肉难办的是肥肉，一般煮法，味儿老进不去。可人那猪头肉卤得味儿全进去了。佐料加得全，吃起来肥的香，瘦的嫩，不咸不淡，刚好能下酒。猪头肉，二锅头和五香花生都是一块钱左右，典型的平民食品。我那会儿有月薪六十五块，这个价位挺适合我。

印象里，北京城差不多每一个拐弯都有这么个小杂货铺子。我常去平安里的那家。那时候我看书晚了没赶上饭点，自己也懒得做，就蹬车上那家。通常是来俩卤猪蹄，四毛花生，半斤二锅头，家里还剩半拉干馒头，倒点开水一就，吃得要多舒服有多舒服。

现在北京变化太大。一眼看去是无边无际的现代化大楼，好像一首杂乱的重金属音乐。过去那种提笼子溜鸟的老北京情调好像都没有了。不过夜半临窗，看大都市在黑暗中星星点点，我还是会在想象中回忆当年，走进杂货铺，让掌柜的用旧报纸包两毛的五香花生。

抵制生鱼片

我早就开始抵制日本生鱼片了,同时开始抵制的还有日本饭团子。不过我不张扬。前两天有人因为钓鱼岛到街上砸日本车,更不能提这个茬儿。因为凡愤青都不能火上浇油。无为才是中国的精髓。中国人明白世界上的事情是复杂的,而人没那么精明。你以为你在“为”什么,其实效果经常是相反的。因此,不如无为,Let things play out by themselves.

现在我国的海巡船已经在钓鱼岛海域经常性地巡逻了,我再抵制一下日本。日本也是愤青,不是舞军刀就是琢磨在联合国入常。你要指出他文化的短处,抑制他一下,他就能谦虚谨慎些。比如二战,日本本来是不敢打美国的,日本驻美国大使戴着英式的大礼帽,跟美国周旋了很久。到后来侵华深入了,美国通知日本说,今后不再供应石油。日本脑袋才嗡地一声,天旋地转。

日本的最根本问题就是资源紧缺问题,而资源问题首要就是油的问题。日本要找资源就想方设法扩张,要扩张就得用油。美国断其燃料,完全是一枪毙命式的。日本被逼到了墙脚,山本五十六才跳的墙。

山本本来也是个烂学生。军校毕业之后到哈佛混了几年。整天闲游浪荡,无所事事。那个时候还没有互联网,又不能上网写文章骂人,只好去找人下棋。要说这小子也算聪明,他跟哈佛一个日本将棋专家打赌,说老子虽然从没下过一盘,我今天开学,三天之后必能宰你。于是两个人下了巨额赌注,三天之后会于某一灯如豆的小屋之中,开始了二十四个小时的华山论剑。其结果,海军中校山本胜。

打珍珠港也是这一类的赌局。山本的计算是,灭掉美国的太平洋舰队足能让美国海军在太平洋消失六个月。有这六个月，日本足可以吞下东南亚，夺取那里的燃料，然后回过头来，跟美国决一雌雄。可惜美国太平洋舰队三艘航母都没被炸掉。真是天不灭曹。

要控制日本其实不难，只要控制他的能源。美国战后放任日本发展经济，就是瞅准了他这个致命的弱点。平时任其发展，危难时扼其咽喉，日本还是在其手心。

缺燃料的日本，在饮食上只好一切从简，搞些生鱼片饭团子一类的东西。渔民在海上漂流，为了填饱肚子，生冷不忌。这等同古代没火，茹毛饮血。

生金枪鱼片是酸的，生三文鱼白花花油腻腻的是海产猪板油，生海胆虽可一吃，但可一不可再。生鱼往往含有大量的寄生虫。我在钓到的鳕鱼肝里发现过肝吸虫，海鲈鱼的皮上发现线虫，蠢蠢而动，深入皮下半寸。

国菜

如果美国定国菜，八成是烤火鸡。它在世界上是“蓝凤凰做饭——毒（独）一份”。烤火鸡除了够毒（独），还浸润着美国的历史和文化，味道也还凑合。

中国国菜可就不好说了，中国菜讲究菜系，讲究席，美国可没什么席概念。因此要立国菜必须用席。席可就多了去了，燕翅席，素菜席，乳猪席，全羊席，不过要从历史和文化上来考虑，也许得选满汉全席。这反映了中国历史上多次被外族征服，也反映了民族的融合。更重要的，反映了中国广阔的疆域和在吃上的奢华及旁若无人的英雄气概。光“上下八珍”这十六样野生珍稀动物就足以雄视世界。

如果不喜欢满清，也可以用徽菜“霸王别姬”或者粤菜“龙虎斗”，充分表现好斗精神，且外来影响甚小。如果考虑私利，则我推荐堂兄饭馆里的特菜“罐闷王八”。这道菜不但做工毒辣，用心残忍，而且味道鲜美无比。我吃的各国菜中，这算很高明的。外国勉强能媲美的是墨西哥的烤羊腿。但我怀疑那个菜不是正宗墨菜，而是殖民者从西班牙带来的。

王八也叫团鱼，脚鱼，在中国历史上很有名气。古人认为王八只有雌性，和蛇相奸，证据是它的头长得像蛇。这把它搞成了一个生性淫乱，红杏出墙的动物。这意思后来再被引申，凡家中妇女有“涉外事件”者通称王八。到了元朝和大明，王八和绿帽关联了起来。规定娼妓家长并亲属男子，必须裹绿头巾。朱元樟不但规定裹绿头巾，还规定得穿绿衣服，弄得妓者通体碧绿。登楼眺望妓院街，滚滚红尘一丛绿，“迁客骚人，多会于此，览绿之情，得无异乎”？

有一种乌龟叫玳瑁，正好是‘戴帽’的谐音。如果编个联的话，可以这样:乌龟玳瑁,岂非王八? 上联至今还在构思。

现在给王八平反的条件已成熟,赛先生把王八的家世弄清楚了,王八有雌雄,卵生。它的繁殖和蛇根本没关系。美国电视常放送墨西哥那边的大海龟爬到沙滩上挖坑生蛋的情形。

不过,国人骂王八也许改不过来了。民众常常不假思索地骂王八。这也是没办法的事,民主倚多为胜,大多数人认为王八淫荡,就足够定论了。因此王八的冤案,既是赛先生的失败,又是德先生的胜利,但这胜利本身是个错误。鲁迅把'他妈的'定义成中国的第一国骂,第二国骂的位子不知给了谁了。我怀疑迟早得奉送给'王八蛋'。

有个思维误区对王八不利。不少人相信王八大补。王八含一些胶原蛋白,并无特别的营养。这谣言的来源,没准是哪位古代风流之士。因为被王八搞了仙人跳,因此编出一个神话,要把天下王八吃光杀尽。

不过,历史上王八还是有一定功劳的。最大的一桩可能得算无心栽柳地成全了我的一个堂兄。他以烹调王八起家,在县城开了一个野味餐厅,现在已经起了一栋宅子。他罐闷王八卖的特别火。当时就卖四十块一个。现在已经不知道上到几百几千了。古人说'一将功成万骨枯',这老兄是'一宅功成万王八哭'。

中国杀王八的手法好像还停留在前清。我堂兄用一个竹夹具把王八套住。然后用一只筷子去逗,王八咬住不放,堂兄把它脖子揪出来,一刀剁了。这时要换一把类似美国的开罐头刀的家什,把王八卡住,从侧面旋一圈,王八就跟罐头一样被割开。手伸进去,翻手套似地一翻,王八的里面就变成外面了。

我得承认在国外没看过杀动物这么残酷的。中华民族在吃上有一种旁若无人的气概。任人七嘴八舌,我安生剁王八。这么有主意的民族走自己的路,不跟着外国人走,似乎也很自然。

袁世凯称帝时,时人用洪宪的洪'半是前清,半是共和'骂袁杂种,又用"孝悌忠信礼义廉,一二三四五六七"讽刺袁世凯'无耻忘(王)八'。其实,袁世凯妻妾共生小袁三十二名,小半辈子都在坐月子,哪有功夫到外头给他找绿帽子戴?因此这骂,纯粹是从政治上来的。

袁世凯时期,日本要求中国给日本德国在山东的一切权益,承认他在南满和内蒙古东部的特殊权利,汉冶萍公司改为中日合办,要求所有中国沿海港湾、岛屿概不租借或让给他国,只能由日本一国独占,中国政府还得聘用日本人为政治、军事、财政等顾问。这些条款要真实行起来,虽然不是'当三百年殖民地',可也跟把中国送给日本差不多了。因此时人称'亡国二十一条'。袁世凯为了取得称帝支持,接受了其中不少条款。当时国人认为这么做就是红杏出墙,出卖族人。因此特送了"王八"二字给他。在他们看来,对外族献媚的,可以认为是政治王八。

袁世凯之后辱王八之风愈烈。此事外国人多少也有份。英国人的"PIMP"和王八接近,但当皮条客或者大茶壶不一定出卖国人。莫泊桑写了篇小说'羊脂球',讲一群法国人和一个妓女同车逃难。起先大家自视高身份,看不起这妓女。后来德国军队把他们扣住了,那军官不说放也不说不放,只盯着那妓女。诸人会意,逼着这位极不情愿的妓女陪那军官睡了一次,换取了释放。要按莫泊桑的意思,出卖国人的王八连妓女都不如。

书上说,辽圣宗时有个名字叫王八(姓王排行第八)的和军队一起守城,被抓后他就跪降。旁边另一个俘虏看了生气,兜屁股给了他一脚,厉声喝道:"忠臣不事二主,汝乃降乎?"

按现代观点,王八这一脚吃得颇冤。良禽择木而栖,只要他不为虎作伥,择一枝栖碍着谁了?这一脚应该留给到民国或者现代,踢更合适的屁股。有人前胸口袋里插着一支品牌似的红杏,总是对外国露笑脸,对中国露狗脸。他们爬墙外卖的时候,国人满可以兜屁股给上一脚,问一句'人皆有族,汝乃卖乎?'

我堂兄闷王八的办法,凡红杏可能都不愿意知道。他用的罐子有朝鲜泡菜坛子那么大,黑粗油腻,看起来有点像猪八戒二婶儿用的脚盆。他从后竹园的泉眼里取水,放些冰糖,糯米酒,把王八肉浸入,再把罐子口用黄泥封上。炉子是地上一大坑,倒一篓青钢木炭进去,烧上一阵子,然后把罐子埋进去,煨上几个钟头,再拿出来敲掉黄泥,把盖揭开。有经验的人到这个时候都往远了站,怕受不了那股香气。

此菜吃过之后,一礼拜之内吃别的都没味儿。唯一的补救法是舔一下鼻子,看看还有没有余味。

我常去堂兄那儿喝酒吃王八,一手持筷,一手夹肉,扣子解开大嚼,吃得满面通红,脑袋上劈里叭啦掉汗珠子。吃饱了,泡壶雨前,大草帽扇着,聊聊县里新到的小姐,隔壁出墙的红杏什么的。我也会提到王八生前蒙冤,死后仍留一绿顶子的冤案。

堂兄说,王八死活是挨骂,不如死了好。我说,它虽然冤,但我不反对它死。不过左右都是个死,死在别人嘴里,不如死在我嘴里。

酒烧龙虾

关于做菜，一些再平淡不过的做法，例如烧，其实已经过千锤百炼。难怪普通家庭最爱使用，但是平淡的做法有时也会有意外的收获。

龙虾本身鲜，不用太多的佐料。一般的做法是蒸，要追求味道强悍，还可以烧。这日我搞了几只一磅左右的龙虾。剁成寸半左右的虾段，下到锅里煎至变色，放入佐料，正待放水，忽然想起前几日买了一瓶英国罗姆酒，十分之呛。于是灵机一动，顺手拿来咕嘟咕嘟倒了半大瓶进去。不料锅盖盖上之后，不久就传出了一阵浓郁的异香。打开锅盖，饶抽风机强悍，也挡不住那香味，顿时整个房子都在其中沉浮起来。

把烧好的虾段摆在盘子里，再把罗姆酒汤汁浇上去。那汁呈琥珀色。拈起一块一尝，嘿，绝了。怎么说呢，不仅仅是通常的鲜，味道整整加了几层，略苦，略甜，有一种沉郁，厚重。还有一种英国海盗的野蛮，放荡，和醉熏熏。一般说好吃，是说吃到口滑。这龙虾相反，居然吃出一种口涩！

各位有机会可以试试。过几天国庆，我要做一个龙虾，这次准备放云南的杨林肥酒。据说这酒酿造过程中放了肉。我想看看，烧出来会不会有七擒孟获的味道。

烧饼果子

我到天津时正赶上冬天。海河边冻出一层冰棱子。早上寒风刺骨,但每天大街上都有推车或者蹬车卖烧饼果子的。果子就是油条,夹烧饼里叫一套。这种车的上层是玻璃封闭的。吃食都用棉被什么的盖着。有人来买,就掀开棉被,拿出烧饼,把果子往烧饼里一塞,两者都热腾腾的。然后浇上一种汁,这一套就完成了。那个汁有点酸酸的,跟果子的味很配。遗憾的是至今我都不知道它的成分。

果子这说法是北京传来的。最早叫油炸鬼。宋朝之后大家恨秦桧,叫油炸桧。后来,桧和鬼演变成了油炸果,或者果子。但是到我那一辈儿,北京已经不叫果子,叫油饼了。倒是天津,还保留着果子的叫法。

北京的烧饼都跟果子分开卖。不浇汁。油饼分糖的和咸的两种。我小时候早上上学,一般都是一分钱来一碗浆(豆浆),八分一个蜜麻花,八分一个咸油饼。或是一个糖油饼,加上一个咸芝麻火烧。两套轮着来。一毛五到两毛,吃得十分舒服。当时同学中家庭困难的不少。有些家庭平均每人每月伙食费也就五六块钱。一顿一毛多都吃不起。他们最常吃的是贴饼子,成本也就一两分。我看他们吃得香甜,有时也跟他们换着吃。说实在的,跟糖油饼不一层次。

北京烧饼的种类似乎比天津多。最普通的叫火烧。不过是一种分层的烤出来的饼,直径四寸,厚一寸,咸味,壳子烤得黄黄的。赶大车的用来夹驴肉,就成了著名的驴肉火烧。驴肉比猪肉瘦点,比牛肉嫩点,自古就是美食。所以,有天上龙肉,地下驴肉的俗话。西太后喜欢吃肉末烧饼。个儿小,中间有点空,放上肉末吃。她老人家喜欢,就成了宫庭食品了。

略微复杂些的火烧叫螺丝转儿，看着是一个烧饼，分层，不是平着分，是直着分，能一层层胶卷似地拉开，里头夹了香油，酱，盐，烤出来壳焦黄，比较硬。还一种叫甜芝麻酱火烧。一两一个，中间平着分了无数层，看着黑黑的好像是高粱面，其实那是芝麻酱和红糖。芝麻酱和糖渗到面里，又香又甜，结构很是精致。

另外一种，是吃涮羊肉的专用的芝麻火烧。味咸，上撒芝麻粒儿。切二斤飞薄的雪花羊肉，涮了蘸点佐料，再蒯点儿鲜汤，泡上火烧，别有风味。陕西有羊肉泡馍，还有个羊汤，估计都是同类的美食。

火烧跟烙饼、煎饼都不同。得烤出来，一般直径都小，而且厚实。最早是西域传来的。新疆的馕估计就是烧饼的前身。

北京的烙饼确实是烙出来的。大而且薄。我最喜欢吃油渣大葱烙饼。面多放点水和出来，一定要软。然后把面团擀成一个很大的披萨式的薄饼，放上葱花，油渣，盐。卷成一个面棍，两头给捏上，直立起来压扁，再擀成半寸厚的饼，放到饼铛里烙。这样做出来的烙饼层数多，喷香。而且，由于油渣都是已经榨过油的了，所以吃起来香而不腻。不用油渣也行，但要卷上摊鸡蛋。这叫烙饼卷鸡蛋。过去农村地主抢收麦子，会雇一些短工。顿顿给他们吃烙饼卷鸡蛋，否则体力没法支持。

摊饼是把面、鸡蛋、盐、放上水，搅和成很稀的面糊。饼铛里放点油，薄薄地摊开，烙熟就成了。卷上葱酱、卤肉，就是很可口的快餐。比美国的汉堡强多了。

西方的披萨可以说是面包、火烧和烙饼的组合。做法是把发面擀成圆盘状，撒上料烤出来。估计当年西方人到中国，看人做烙饼，就学到了擀饼，放葱花和肉。看人做烧饼，又学到了放进烤炉烤。但是没有学会卷起来，压扁了再擀，然后烙。只有这样，才能保证馅在里面，而且饼是层状结构。

学外来的东西就是这样，很容易走样。只要你漏掉了一步，就满不是那么回事了。民初中国也曾学过西方的国会民主。结果层状结构，外皮里馅，葱花肉末都没学到。最后成了贿选总统，军阀混战。

这是把火烧学成了披萨，面条学成了通心粉。

中国有个说法，叫胡吃。意思就是吃外国人，也就是胡人的食品。所以我说，咱们中国，还是继续吃咱们的驴肉火烧，油渣烙饼得了。别搞什么汉堡、肯德鸡之类的玩艺。那些都含有古里古怪的激素，吃着吃着就不男不女了。

外国同性恋，双性恋，乱七八糟恋那么多，都怎么来的？可能不少是吃出来的。

吃馄饨

我小时候，顺着西安门大街往西走，就到了丁字街路口。路北第一个建筑是红楼电影院的大广告牌。经常看见艺术家站脚手架上画电影广告。今天想想，每放个电影都专门创作一幅广告，不亦费钱乎？但那时候就这么奢侈。

街北有一系列商号，不能完全记住。但至关重要的一家是个馄饨铺子。里头极其狭窄。这么说吧，大堂比门脸宽不了多少，长长的像一个小胡同。沿胡同摆一溜二人坐的长形小桌子。吃客必须侧着身子坐，眼睛余光注意来往人等。被端着滚烫馄饨的人撞上，哪怕他手一晃悠，也是个二级烫伤。不过我去了很多次，虽然非常挤，没见烫着谁。看来适者生存，常客都练成了杂技。

那馄饨是一毛一碗。宽汤，大皮，馅少得令人吃惊。我见大师傅用一个类似医生用来压舌头的木头物件，在肉馅罐子中飞快地一蘸，再以同样快的速度，在皮上一抹，在眼花缭乱中一个馄饨就包好了。我估计，一碗馄饨中包含的肉大约可以做一个饺子。所以，吃的到底是馄饨还是面片儿，很难分清。

我后来吃过成都的龙抄手和唐人街的“云吞面”。论抠门谁也无法望丁字街这家的项背。谣传国家标准局已经为馒头指定了标准。若规定馄饨标准，我建议以丁字街的馄饨为界，肉比它多定为馄饨，少的定为片儿汤。

其实我去吃那馄饨，多半还就是为了那汤。那汤放紫菜，虾皮，呈琥珀色，上飘几片碧绿的香菜。滚烫的端上来，略吸溜一下，鲜味已经是沁人肺腑了。越是鲜越想喝，越想喝越不能喝，堪比揪心电视剧里的恋爱主角。

就这么吸溜着，鼻尖冒着薄汗，眼睛骨碌碌散着余光，汤的温度终于降了一点。这时面片和肉星也基本吃光了，剩下的琥珀液大约半碗，这才双手端起碗朝口中尽情一倾。因为喝得快，这时的鲜味已不如前。但汤喝进去也就有了饱的感觉。觉得一毛钱又回笼了。

出门过一会儿，撒泡尿又想回去。可惜兜里已经没有一毛钱了。

吃牛肉之一：煎，烤

在吃牛肉的问题上，不少留美人士是有过教训的。刚到美国谁都吃不惯汉堡包，于是想起了中国的土豆烧牛肉。在超市研究了一番价钱之后，决定买鲜红的牛肉。图它品相好而且便宜。但这种牛肉不论怎么做都又柴又老。等闲费了少年牙还吃出一肚子气。以致后来不少人对牛肉不再问津，最大胆的也只偶然买条牛尾巴烧汤。

其实美国的牛肉并不差。但必须会挑。这一点还是得承认美国人的优势。早在二战时期，美国就以其牛肉罐头闻名于中国各大城市了。那个时候叫战后剩余物资，大家都很喜欢。而一般美国人对于牛的了解，确实超过我们（庄子的庖丁除外）。

逛超市的所有超胖的美国太太都知道牛身上一共有八件特级肉（prime cuts）。其中福雷民酿（filet mignon）为顶级。中文叫菲列牛扒肉。它是牛脊肉中最嫩的一段。一头十八个月的小牛，有两条里脊肉，重四到六磅。仅仅有两英寸的一段是福雷民酿。切出来，是个颜色粉红，直径四寸，厚两寸左右的圆柱体。

这种肉的标准做法是煎，火候得控制好了。用胡椒、盐，煎出来以中间粉红色但不生为度，再往上放点煎洋葱，煎蘑菇当配菜。确实是鲜嫩。美国人发现福雷民酿太瘦。吃起来不够香。为了弥补这一点，他们发明了一个天才办法，用五花咸肉片把它包上。这样煎的时候，猪油会被熬出来，渗入牛肉，显著地改进吃口。今天在肉市，仍然可以看到包起来卖的福雷民酿。

一头牛只能提供几磅的福雷民酿，当然不能解决我国留学生嘴馋的问题。所以，牛在福雷民酿以下又提供肋脊肉（ribeye）和脊肉（new york steak）。这两种肉量大，做法跟菲列牛扒一样，但因为有些肥肉和筋,吃起来更香。大家不妨买一块回去煎了尝尝。

再往下的肉就不是牛扒肉了。牛胸肉(brisket)肥瘦相间,适合做烧烤。牛腿肉(round steak)适合做烘炉烤肉。美国南方是烧烤重地,我在那里见过小火车头大小的烧烤炉子,可以烤整只的猪。牛胸肉和腿肉烤出来,切成大薄片,趁热蘸酱,颇有可吃性。把腿肉腌一下,烤出来切成一毫米的薄片,用面包夹了做烤牛肉三明治,也不失为一种有头脑的吃法。

最恶劣的大概是把本来就柴的牛腿肉烘干了做成更柴的牛肉干(jerky),在超市一小包一小包地卖。这肉的柴和老,骂起来都嫌费牙。

其余的杂肉,可以绞成馅做汉堡包。便宜是便宜,但绝不能煎着吃,更不能煮着吃,它们实在太老了。留学人士又不善于烹调,在加工中使得本来就老的牛肉又加了十来岁,吃起来焉有不皱眉头之理。

那么,是不是多花点钱,买了牛扒肉回家一煎就万事大吉了呢?NO。由于牛的生长环境,年龄,食料等方面的差别,同样的牛扒肉质量和吃口会有很大的区别。所以购买时,仍然要像选世界小姐,品头论足,横挑鼻子竖挑眼,挑选挑选再挑选。

我在超市搜寻牛扒肉坚持两项基本原则:肥和嫩。嫩牛肉是粉色的。肥牛肉是夹白的,美国人叫做 marbling (大理石白)。最好的牛扒肉,白色的脂肪如雪花般镶嵌在粉色的肉间。还没有煎,就闻得到香吃得到嫩了。

这帖仅仅评论了美国的牛肉文化。其余各国都没提,特别是我们的骄傲——中国烹调。这不等于我赞赏美国的牛肉观,它的弱点也还是很多的。比如福雷明酿不是牛身上最嫩的肉。有一块牛肉比它嫩,比它便宜,而且还比它好吃。这块肉和其余问题,我将在吃牛肉之二中说明。

吃牛肉之二：烧，焖

前面谈到美国人做牛肉，善用煎，烤，熏几个手段。中国人做牛肉也用熏，但更善用烧，煮，酱，卤，炖，炒，和涮。

烧牛肉在中国很普及，这也许得归功于毛泽东一首叫《鸟儿问答》的词。在词中提到该菜的菜谱："土豆烧熟了，再加牛肉"。从烹调的角度看，次序颠倒了。牛肉比土豆难熟的多，应该是牛肉烧熟了再加土豆啊。有人也许认为这么写是被词的格律所迫。但豆和肉都是仄，还押韵。改成牛肉烧熟了再加土豆，并不影响格律。

这的确是一个烹调学错误，但这话不是主席说。主席本人在词中是"鲲鹏"。赫鲁晓夫是"蓬间雀"。鲲鹏不怕"烽火连天，弹痕遍地"。雀儿却怕打仗，跟美英订立了禁止核试验的三家条约，要过土豆烧牛肉的幸福生活。因此他说："不见前年秋月朗，订了三家条约？还有吃的，土豆烧熟了，再加牛肉"。主席用这个颠倒的烹调顺序，讽刺赫鲁晓夫被战争吓得魂飞魄散，说话语无伦次。

我国诗词注释界好像还没把主席的这句词理解到这个深度。所以，这一发现的功劳归我。

其实赫鲁晓夫并没提出过这个颠倒的菜谱。俄国虽然不是烹调大国，但对牛肉的烹调也颇有一套。我在莫斯科餐厅吃过俄国的罐焖牛肉。那肉盛在小罐中，揭开之后香气扑鼻。汤红色，是西方那种浓汤。肉很烂，但仍然成块，显示高超的火候掌握能力。其中加了多种佐料，长时间焖的结果，已经完全入味，说是一道美味并不夸张。

史料说，此事的缘起是赫鲁晓夫在匈牙利做的一次演说。当时他宣布到了共产主义，匈牙利人就可以吃"古拉希"。古拉希是匈牙利菜，把牛肉和土豆加上红辣椒和其他调料在小陶罐子里炖烂而成，实际就是罐焖牛肉的匈牙利版。因此,正确的翻译应该是罐闷土豆牛肉,而不是土豆烧牛肉。

赫鲁晓夫对匈牙利人演讲,不会教听众如何做一道匈牙利菜,否则不成了班门弄斧。我想提牛肉的原因是在不久前的一九五六年,匈牙利人曾经搞过一次叫匈牙利事件的革命。死伤数千人,包括一个叫纳吉的头头。赫鲁晓夫抛出这道菜,是为了稳定匈牙利民心,慑住社会主义阵营的阵脚。

说共产主义就是土豆烧牛肉,从革命必须改进民生的角度,也许没什么错。任何社会进步总要通过民生体现出来。

毛泽东也说革命就是解放生产力。陈毅还说共产主义就是楼上楼下电灯电话,大家都穿得起呢子衣服么。主席当时批土豆烧牛肉,真正的原因可能是不满意苏联单方面跟帝国主义阵营媾和,造成中国的孤立。

但主席自己也没料到,经他这么一批,不少人都想尝尝赫鲁晓夫共产主义的味道,倒把这道菜给炒火了。我家就做过几次土豆烧牛肉。受翻译者的误导,没用罐焖。是把牛腿肉切成一寸左右的块,在普通锅子里炒。然后放入洋葱,油酱大料,和酒,用文火焖烧。将近焖烂时再放入土豆烧成。虽不正宗,但我得说,吃了之后对赫鲁晓夫的印象不错。

我在美国也做过土豆烧牛肉,但开始赫鲁晓夫味儿不够。最近按照一位大姐的建议,先用碱水把比较韧的牛肉泡一下,用清水洗过。然后用电饭锅焖,经典的烧牛肉味果然出来了。仔细想确有道理。电饭锅煮饭,先大火煮开,然后自动降温,用小火长期加热。这不就是焖吗?电饭锅在这里,实际充当了罐焖牛肉的罐。

后来我发现,做土豆烧牛肉,或者焖牛肉,最合适的是用牛腮帮子肉。在超市叫 BEEF CHEEK。论个卖。每个腮帮子大约三磅,装成一袋。四五块一磅,比十多块一磅的菲列牛扒便宜得多。这腮帮子肥瘦适中,含有最嫩的肉,和最好的筋。清洗一下,把多余的油切掉。切成块,放胡萝卜,土豆,洋葱,焖一大锅。这菜一定要配米饭,用泰国的茉莉香米。把浓汤和肉块浇在喷香的饭上。用你的腮帮子嚼牛的腮帮子,能吃出一点共产主义的味道。

这里提一句。主席讽刺赫鲁晓夫的菜谱时,苏联也发文讽刺中国。讨论共产主义,双方的腮帮子都没闲着。邓小平说,这些争论没有太大的意义。中国在批评土豆烧牛肉十来年之后,也跟美国握手了。如今中国民营经济达百分之八十左右,苏联也变成了俄国,大张旗鼓地实行自由经济了。回想当年之论争,再看今日之现状,又让人情何以堪。

作为一个好吃的闲人,冷眼看世事的沧桑,我只能说:牛腮依旧在,几度夕阳红。世间有奇味,继续品尝中。

吃牛肉之三：香茅熏牛肉

水浒的时代，馆子做牛肉，是以煮、酱、卤为主的。

第十四回阮家兄弟跟吴用下馆子，小二哥说新宰的一头黄牛，花糕也似好肥肉。阮小二说，大块儿切十斤来。武松在阳谷县地面吃馆子，酒家道只有熟牛肉。武松道：好的切二三斤来吃。这两个情节，说明当时饭馆里牛肉是事先做熟，随卖随切的。阮小二要切大块儿，说明店家通常做出的是更大的块儿。假设教书先生吴用不怎么吃，剩下三人，平均每人吃三斤多。说明肉够烂，否则连消化都够呛。牛肉想烂，必须用文火煮，酱，或者卤。

古代没有冷藏设备，大块做熟有利于保存。客人来时，先把外层易于变质，或者开始变质的部分切了卖。阮小二知道里面部分不容易坏，所以要店家切大块儿，迫使店家把里层的好肉也切出来。武松不说切多大的块，只简单说一句，"好的切二斤来吃"。这话比阮小二还厉害。肉切出来甭管多大的块，只要不好，都可以兴师问罪。武松的精明是一贯的。他在大树十字坡酒店吃牛肉包子，买了二三十个，并不马上吃。先掐开一个看看。发现馅并非牛肉，马上就对孙二娘提出质疑。

从这些情节，可以看出宋代常用煮，酱，卤，这些慢功夫做牛肉。而且吃家对牛肉的质量要求很高。梁山弟兄当中，以李逵最粗豪。可他也知道吃鱼得鲜。为了给宋江找活鱼，甚至跟张顺打架，喝了一肚子水。

近来似乎冒出不少孙二娘的传人。善用病肉和地沟油做馅，对外头却说她家的包子"积年都用黄牛肉"。我在馆子看过衣冠楚楚的吃客。一进来就嚷嚷：嘿，我说那谁，那边那个，说你呢！过来过来。

有酱肘子没？给我们来一盘，再来几瓶生啤。其他的？回头再说吧！话说了不少，都不在点儿上。武松那种“有好肉切一盘来”的，言简意赅，具有防范意识的大吃家风范，今天是很难见到了。

要保证肉质，还是得现宰现吃。李白就喜欢“烹牛宰羊且为乐”，把宰当做乐的一部分。我不主张每次下馆子都宰几只动物。但是我的确主张对于食材还是要有所选择。现在得肾病肝病的多，就是因为食材的毒性比过去大了。

我吃过不少现宰的鱼，猪，和羊。但仅仅在搞野外勘探时吃过一次现宰的牛。那头牛主要用的是炒和熏。炒没炒出什么故事，但熏却熏出一点乱子来。

当时我们跋山涉水，来到一个密林环绕，不知有汉，无论魏晋的山寨。当天就发现那寨子里有好几群黄牛。牛都是在山上放的。只吃青草，一头头壮硕异常。这些能走的美食把我们看得心痒难熬。大伙儿合计一下，买了一头，大概有三百来斤吧。价钱说了没人会信，十五块。

那牛杀了后，第一顿我们把牛里脊等最好的肉，切成大薄片，加盐和料酒略腌，滚锅烧油，放辣椒爆炒吃了。剩下的肉，由我们勘探组一位高手切成一尺来长的肉条，用盐，花椒和其他佐料腌过，放在架子上，架火用香茅草熏成牛肉干巴。那干巴熏出来呈亮褐色，挂点花椒粒儿。因为渗有牛油，所以发亮。这种干巴几片就能下一大盒子饭。吃完之后嘴里长时间都是香的。

几天后我们又转到更深的山林里踏勘。那驻了一个酒坊。那酒坊是用包谷，也就是玉米酿酒。酒的度数在四十度左右。我们出牛肉干巴，酒坊老板（当时叫负责人）出酒，大家开怀畅饮。连续几天，我们组全体，包括俩女的，都喝得醉醺醺的。

不过这好事不久就被我破坏了。起因是我们牛肉干巴的香味把方圆几里的山耗子都招来了。来了又吃不到，在周围吱吱叫着乱窜，影响我们睡觉。我叫人搬来一口空酒缸，用一块木板搭上去，在一端放了一小点干巴。耗子为吃干巴踏着板子冲过去，使得板子失衡，掉进缸里。我再倒上水,把它们淹死。

不幸酒坊的老板是少数民族。信奉一种说不出名字的宗教。认定酿酒缸是圣洁的。污染酒缸的罪恶不下于调戏妇女。更不幸的是他有一把将近两尺长的砍茅草的刀。行家都知道砍茅草的刀跟砍树的刀不同,必须极快。草是软的,刀要是不快,砍上去等于打它一下,根本砍不断。因此,这刀平日总磨得寒光闪闪。当时被他提着,奔我而来。那一幕真"有够恐怖"。我原已得到消息,准备从去污粉和粗麻布,甚至砂纸的角度,向他解释这缸仍然可用。但他的模样告诉我,这事绝不是去污粉可以解决的。唯一的办法就是逃命。最后的结果是我保住了命,但我们组也撤出了。

没打听清楚那位爷的教派就贸然对耗子下毒手,的确是我的错。但组里那位高手把那牛肉熏得那么香,也难辞其咎。

从那之后,我再没吃到那么好的熏牛肉了。到了美国,馋了会从沃儿玛买塞德勒熏房(Sadler's Smokehouse)的成品熏牛胸肉充数。牛胸肉有点像猪的五花肉,也是肥瘦相间。但是瘦肉的比例大得多。这种熏牛肉像中国酱牛肉,切成大片卖,下酒还算可以。但地质队的香茅熏牛,只能在回忆中品味了。

涮牛肉在美国少见。饭馆里最接近的大概是越南粉。先用牛骨头熬成老汤。然后,把米粉放在碗中,覆盖切得极薄的大片生牛肉。再用滚开的老汤浇上去,把肉片烫熟。因为汤鲜肉嫩,颇受中美食客欢迎。

这种粉要求老汤,一般居家中国人很难自己做。针对这个问题,我发明了一种做法。是烧一锅水。把熏牛胸肉放入煮一会捞出来。用鲜酱油和香油泡上待用。然后,用那烧开的牛肉水烫熟米粉,捞在碗里,放上香菜、葱花,把汤冲进去,再用那泡好的牛肉盖碗。这粉的味道,似乎还超过越南粉。

从某种角度,熏肉完全可以代替涮肉。高手用食材,应该如大将用兵,灵活多变,而且不拘一格。

吃腊鱼

美味无国界。湖北的腊草鱼素与湖南的腊肉齐名,以美食双雄并立于世。

草鱼在乡下的池塘里,过着幸福,自由的生活。用草扔进去喂。它们会抢着吃。漂在水上的草中,可以看到咕咚,咕咚,冒出硕大的鱼头。天特热的时候,氧气不足,它们会浮出水面吸氧。我曾经趁它们半死不活,拿一个大棒子,当头一棒打晕,抓回去烧了吃。

当然那不是正常的收获方式。正式收割必须在冬天。也就是腊月。鱼已经吃得很肥,不怎么游动。都潜在水底沉思。这时,把鱼塘的水抽干到只剩一尺,大小有鳞的鱼儿们一起乱跳。所有小孩一起下去乱摸。抱起大鱼,劈里啪啦,浑身扎出血口子才是正理。

捞出的鱼杀净,抹上盐,香料,若干胡椒,和猪肉一起吊在灶头上。因为是腊月做的,所以叫腊鱼和腊肉。灶火不断地熏它们,其实是熏鱼和熏肉。到来年的初春。鱼和肉已经熏出了油,溢出在表面。肥肉部分开始透亮。这时就应该吃了。

在春寒之中,哆嗦着把腊肉剁成寸块,鱼剁成大段。用一个钵子盛了,放在饭上蒸。饭熟了,鱼和肉也熟了。在桌子上排开。蔬菜必须用刚出的蒜苗,掐段炒出来,绿油油地盛上一大盘子,再加上一碟红色的炸辣椒,摆上数碗烈性白干。在青白的无辜之中,透出阵阵凶险的酒香。

哥儿几个虽然腹中咕咕叫,想连桌子带菜一口吞掉,但文明人的架势仍然得摆好。各自上凳,蹲定。抓起一尺半长的粗筷子,叭地在桌子上一顿,然后往身上一抹。刷地一声中,几道饿狼般的目光,已经一齐盯住了那一碗油光光,汪着汁水的腊鱼和腊肉。

头几口必须吃饭，这叫垫底，大吃家都明白的。这正如北方吃驴肉必须配火烧，才能衬托出“天上龙肉，地下驴肉”的美味。腊味也必须有好饭来陪衬。这饭必须是去年刚收的新米，绝不能用城里那些压了几十年的陈米。新米油性大，一粒粒玉润珠圆，白得绿盈盈。真正的美食家嚼新米时扬着头，眼微闭，慢条斯理地品味。感觉有点沾牙，口齿之间溢出油香，进入半迷醉态。

三口饭完了，底垫得差不多，这才吃肉。此时众人不约而同地伸出筷子，指着桌子的中心，口中说着，来啊，来啊，一大块鱼或者肉早夹了起来。如果夹了一砣子腊肉，就整个放嘴里嚼。好腊肉肥的必须能咬出轻微的喀嚓声。这说明脂肪已经渗出，滋养了瘦肉，剩下的基本是个肥壳子。吃起来香而不腻，口感到位而饱满。肥瘦齐嚼为腊肉之最妙。瘦肉吸入了佐料和脂肪，加上原有的鲜嫩，提供的主要是鲜，咸香和嚼头。以滋味悠长，越嚼越出味道者为好。

腊鱼第一口咬肚皮。这块肉大约三分之一是脂肪。鱼脂肪不腻，而且营养丰富。腌得好的鱼肚甚至有桂花的香味。大吃家将从鱼肚开始，循序渐进，吃掉鱼排骨肉，然后才吃到鱼脊背。鱼脊背的肉和腊味都是最厚的，还有鱼特有的细嫩和鲜美。嚼到味浓之处，陡然夹一筷子蒜苗，放入口中喀嚓大嚼。鲜，香，甜，咸，腊，五味俱全，那才叫真爽。

吃到这步就该喝酒了。端起酒碗，仰脖咕咚灌下去。碗梆地往桌子上一扔，还要晃悠几下才能站稳。抹去额头的汗珠，农家腊肉席的第一巡酒才算过去。几位纷纷长吐一口气，摸摸肚皮，咂巴着嘴，说，TNND，味道真不错。真是前人栽树，后人乘凉。我爷爷肯定没少修桥补路，否则我哪能有这个口福。

陶渊明老先生说得好，“此中有真味，欲辩已忘言”，我不失时机地把筷子伸向下一块腊鱼。一碗好东西现在只剩了一半。不麻利点，一会儿可就连哭都来不及了。

吃大黑斑鸠

云南金沙江沿岸的野鸽子也叫斑鸠。我们在那搞地质勘探时,当地彝族种一种杂麦,可能是人说的燕麦。撒了种之后,一律不管。任斑鸠,野鸡,和鹿糟蹋。那些斑鸠想是吃多了正粮食,个个长得肥肥胖胖,有半大鸡那么大,飞起来扑噜扑噜,沉甸甸的,毛色则一律黑褐,因此当地人都叫做大黑斑鸠,一般十几到几十只成群飞。我们在山上休息时,同组的小苗子发现山边有几只在飞,非常兴奋地指给我看,还用蔡司望远镜猛瞅。我看他口气和眼睛透出的那种兴奋有点不解,心说不就是几只烂鸟吗。

到了晚上,大家爬山累了一天,都呼噜呼噜睡了,我在火塘边上翻本烂书。小苗子拎枪出去我也没管理。过了大概一个钟头他乐呵呵地回来了,拎回来沉甸甸的七八只斑鸠。他把斑鸠剥洗干净,用花椒和盐腌了吊着风干。第二天下了工,把那斑鸠剁成一寸见方的块,放在油里炸。那香味把一村的瘦狗都招来了。我们组老张乘狗不注意把院子门给关上了。多数狗在他关掉之前夺路跑了,但有一条让他给关进去了。那狗发现之后,先呜咽了两下,然后就背靠着门,呲牙低声咆哮起来了,眼睛里透出猛兽般的杀机。老张不敢开门放它,就这么僵持着。小苗子正在炸肉,随手捡了个石头砸了过去,正砸那狗脑门子上,那狗吃痛,怪叫着从门口逃开,老张上去一开门,狗就没命地逃了。

那一石头隔着二十多米远,对小苗子来说可不算个事。他放过羊,没少用羊练准玩。后来他放羊不用鞭子,用石头就行了。有个新来的傻瓜不知道,跟他打赌,他一土块击中四十米外一块一尺见方的石头,赢了一块上海表。

不旋踵肉块炸好了,组上十个人一人能分个大半只。那晚除一碗炸辣椒,就用斑鸠肉下白饭了。我饿得狠了,盛了碗饭就吃。那肉第一口就不一样,真是满口生香,还特别有嚼头,骨头除几根大的,全可以嚼烂咽下去。当时谁也顾不上说话,就听喀嚓,嘎嘣之声不绝于耳,一会儿都去锅里舀饭。那肉三两块就可下一大碗白饭,我连吞了四碗,咂吧咂吧嘴,感觉只吃了七成饱。吃完了一看,一碗平常很抢手的炸辣椒原样放着,没人动过。

我跟小苗子说,明儿个你不用上山了,晚上打斑鸠去。又跟老赵说,去买十五斤酒,要八毛一斤的苞谷酒。组员听了都欢呼了。

剩下的我也不多说了。就说从那天起到那次出野外结束,我们碗里就没断过野味(野鸡,野兔,野羊,大黑斑鸠),我们走的时候,所有人(包括村里的几位长老)的状态都是"微醺",村里吃胖了一圈的狗前来集体送行,脸上的恋恋不舍,堪比唱"何日君再来"的歌星。

吃 伤

吃东西也会受伤，叫“吃伤”。吃东西吃倒了胃，印象坏了。今后再吃这样东西，一进口就引起不愉快的回忆，本来大动的食指进入休克状态，这就是吃伤。从医学角度，吃伤没准得算一种脑损伤。

我来美国不久，吃螃蟹受了一次重伤。那次我们三个人抓了几口袋本地著名的“丹及聂斯”蟹（dungeness crab）。回来后煮了就吃。那种螃蟹比较肥大，一般一斤到两斤一只。三人一共吃了二十只。吃到第五只我感到有受伤迹象了。内伤和外伤不一样，发现时往往已经病危。此次大病。养了小半个月才逐步恢复过来。身体可大不如前了，平常嘴里会忽然想吹泡，手好像钳子，拿东西先夹夹看。走路时，也会不知不觉地横走两步。

小时候家里逢年过节做葱姜蟹。我拿起大闸蟹一条后腿，一块蟹膏。小心翼翼地剥开，拉出一条略红的肉，吃掉之后。用舌头舔腿壳的内壁，那里有一层脂肪，味道超过肉本身。因此以前，我见了红壳蟹都是食指大动的。但受伤之后，再也提不起兴趣了。

逢年过节，我还是会让人到码头搞几只蟹，剁块撒盐喷黄酒，炒成葱姜蟹。或者拖上鸡蛋面粉，在油里炸成面拖蟹。有时还会拿只腿在嘴里咂咂，不过目的已经不在吃，而在回忆了。

吃越南米粉

前些日子有个网友写他的米粉之旅，从广西写到越南，一路狂吃过去。因之想起我的“米粉之旅”。

我的“米粉之旅”简单，出门左拐上水鸭子路，经苍鹭街，再左是摆渡大道，开车三分钟，上桥过河，“nguyen's noodles”几个字从林立的市招里扭出来，老远散出一股牛肉香。nguyen 好像就是阮的意思，虽然我读成牛筋。他煮的牛筋，基本上能入口即化。

算来也有些日子没去了。刚来此地人生地不熟，天天跟老美往麦当劳钻，两块发面饼夹一块黑糊糊的叫做牛肉的焦炭，吃得实在挺不住了。听说这家越南粉，当天就去了，那米粉是真不错。滚开的牛骨头汤，撒着切碎的鲜香菜。大片连筋带膏的牛肉，切的飞薄。连汤端上来一盘生脆的豆芽薄荷，外加鱼露辣油。粉是洁白如雪，香糯如越南美人，汤更甭提，有亚热带的热辣。为什么越南人爱叫春水黎笋什么的，没准和龙抄手赖汤圆一个理，起名字加点吃的，显得饱。

听同去的哥们说，当年中国最好的米都拿出去泡春水黎笋了，自己人只能吃点压仓的。这粉五块一碗，于理应给咱们一块半块的折扣。我说省省罢，假如这开店的是南越的弟兄，不给咱下砒霜就算优待了。

那以后又去了一次，老板前来征求意见，我说汤特别好。因此聊了起来。他当年还就是南越政府大员，这天正在酒吧里和美眉混着，忽然一声越共来了，一对情侣就此各自东西。美眉进劳改队敲石头，老板在弹雨中出逃，临走还挨了一枪。最后则来此美国小镇，以煮粉代替回乡。

他问我是不是中国大陆的，我承认是的——不认也没用，大陆两个字不必写脸上，能看出来。不在穿着，主要是神态。我见过的这些大陆留学生，多半演孔已己都不必另行化装。可他并没有深究，只说，"来A大学读书的吧，不容易啊。你们大陆来的都很有学问。"

提学问就太恐怖了。我赶忙解释说有学问要看怎么说。比如茴字，祖先一共传下来4种写法，可我只能写出其中的一种，其他的几种写法别说写，连见都没见过。由此可以算出，跟有学问的比，我的学问约等于四分之一。他听了哈哈大笑，虽然这笑缺一颗牙，但是显然很开心，脸上挺深的皱纹都消失了。收了我的碗，不由分说又端了一碗来。我注意到他走路有点瘸，心想中了越共的冷枪，大概所言非虚，而那子弹，八成还是中国人吃压仓米节约下来的。

后来这家米粉店我就没怎么去了。我怕他问为什么后来中国又跟越南干上了。这可不是用茴香豆的茴字有几种写法可以对付过去的。

干炕小鱼，干巴菌，鸡枞

很多好吃的东西,不一定非要到饭店才吃得到。其实有些不到饭店才吃得到。比如美国的莓鲈鱼 crappie,肉质嫩,味道鲜,红烧或者蒸,怎么做都好吃。但市场买不到。要吃只有自己钓。每年春天,我都钓一两百条,冻起来吃一年。

湖北每到雨季常常在田埂上挖一个口,然后,把一个捉鱼的小笼子卡在口上。这笼子有倒刺,鱼进去就出不来。第二天早上去取,往往能取到半笼鲜嫩的小鱼,大约有两斤。简单清理一下,放到锅里,放点碎盐炒到半干,鱼的表面起皱为止。湖北话干炒叫炕。这就是一道乡土菜,叫干炕小鱼。非常下饭。这种鱼饭店不会做,成本实在太高。

干巴菌很多人大概见都没见过。因为味道类似牛肉干巴,所以起名干巴菌。这种菌块状黑色,样子类似海绵,仅仅产在松树和橡树林中。清洗非常困难,必须撕成一条条,把其中的松针彻底清除掉。然后用油炒出来,其鲜美超过纽约市场上三千美元一磅的顶级美味黑松露。这种菜成本太高,很难在饭店吃到。

鸡枞很多人知道。但很少有人知道鸡枞分级别。以产于白蚂蚁包中的最好。而且,要在每年春天,第一声雷响过后采集。白蚂蚁会在蚂蚁包中培养蘑菇,而且会选取最好的鸡枞菌种培养。这种蘑菇的鲜美会把小动物引来。随之而来的是伏击小动物的毒蛇。所以在采集时,必须注意安全。

这蘑菇直接吃有点暴殄天物。最好炸出来放油里泡着。吃面条时,先将面条煮好,然后放一小撮炸鸡枞,加一小勺鸡枞油一拌,整碗面就鲜美异常了。

食材虽然重要,但世间最好吃的东西还是饥饿。饥饿之时,不必干炕小鱼和鸡棕,白饭上放一段烟熏火燎的五花腊肉,甚至一小撮红通通油汪汪的炸辣子,也是不可多得的美味。

饺子和馅儿

据说饺子是名医张仲景发明的。最早叫“交子”，过年时候吃，表示新旧年交替。子在这里的意思，可能是子时。子时就是头天夜里11点到第二天早上1点。正好在这两个小时之内两个年交替。所谓“交子”，就是在子时相交。北方有些地方包饺子时，在里头放一个分币，吃到的有福。

饺子不愧是名医发明的，有荤有素，营养搭配合适。没听谁吃饺子吃出什么毛病的。这东西本身就是中药么。饺子的设计符合周礼。君是肉，臣是菜，佐使是皮，汤。君臣在内，受到最高的保护，让人民忍受滚水煎熬。而西方发明的牛排，汉堡，披萨，都是让君直接接受热油和烘烤的。

我家长都是南方人，没人会做饺子。过年吃饺子都到北京人家去。包饺子很小就会。但擀皮和和面是长大之后才学会的。我擀饺子皮，一只手转，一只手擀，擀出来都是标准的边上薄中间厚。剁馅的要点在第一遍切。我是按住白菜切，每隔零点零一毫米一刀。那白菜经这么一切，已经在一个方向上成馅了。然后你把那个菜丝扭转九十度，从另一个方向零点零一毫米一次，这馅就足够细了。所以，我剁馅通常是没什么声音的。剁馅时用两把菜刀，把案板剁得砰砰响，菜星子满世界飞的，都是外行。

饺子分正馅和特馅两种。正馅是猪肉大葱、猪肉白菜。特馅有茴香、香椿、韭菜。杂馅的芹菜、扁豆，甚至西葫芦、萝卜、胡萝卜。白菜馅是绝对正馅。俗话说，百菜不如白菜。白菜鲜，甜，和猪肉构成绝配，是正宫娘娘。其余各馅，都是妃子、答应、常在之类，虽然偶得专宠，毕竟得靠投机。

交友和吃菜

论坛上可交的网友单子，写起来很长：葡萄皮，马悲鸣，芦笛，朱学渊，咱老百姓，实话实说……

唉，多是多了点。除了不可以交的都可以交。不过我一个都不交。这么多人一个个交起来，我得“一饭三吐脯”，不如等我有了皇帝野心再说。

菜我喜欢西施舌，不喜欢蒙古牛。画我喜欢水墨，不喜欢油画。花我喜欢郁金香和水仙，不喜欢牡丹和玫瑰。交友我不喜欢朋党，喜欢淡如水的君子，更喜欢鸡鸣狗盗之徒。

闲聊馒头

听说国家标准局给馒头制订规格,必须是圆形,面做的,而且有一定的大小。

这应该是个谣言。因为,大批量做馒头时,第一步是把发好的面搞成柱形的条,然后把这柱切成块,再上锅蒸。这样切出来的馒头,俯视是个矩形。如果要求做成圆的,就得把每块矩形的馒头揉圆,多费一道手续。圆形馒头相互不能紧贴,否则粘皮,卖相不好。圆形而且不能挨着,占的总面积就比较大。中国的蒸笼大而圆。面积一定,能放十个圆馒头。做成矩形之后,可以放十一个。多出一个就能把生产效率提高百分之十。全国都做矩形或者三角形的馒头,能量节约就很可观了。

魏晋的刘徽为了算圆周率,发明了割圆术。他用一些直角三角形和矩形近似圆,算出了圆周率在两个数之间。他用直角三角和矩形内接圆,而不用圆,足见三角和矩形的馒头比其他形状更接近蒸笼。

如果仿照老外做蛋糕,把馒头做成圆的,蒸得跟蒸笼一样大。加工量倒可以达到极大值。但一般的人不能独吃那么大的馒头,出售还得切。切成圆的造成边角浪费。可不切成圆的又违反标准。可见将馒头定为圆形很麻烦。

没听说规定馒头是否有馅。馅和形状有关联。如果放馅,做成圆形比较合理。因为擀皮时,擀成圆形最简单。所以包子通常都是圆形的。

馒头是诸葛亮发明的。最早的都有馅。七擒孟获之后,诸葛亮看到当地人在一个桌子前跪拜。桌子上摆了若干人头。孟获说这是拜祭水神。诸葛亮决定水神要祭祀，但必须改用面做成人头，画上眉毛眼睛，中间加上牛羊肉。同时，将此食品命名为“蛮头”。后来将蛮改为馒，也许是出于政治考虑。称少数民族为“蛮”，不利于和谐。今天苗族人还忌讳被称为带侮辱性的“苗子”。可见，最早的馒头就是人头，全是肉的。诸葛亮搞改良，改为半面半肉。

北宋末年武松犯事被流放。在大树十字坡拍开一个馒头，从中吃出了指甲盖和毛发，可见，北方的馒头坚守“诸葛亮有馅规则”，起码一直到北宋。在没有国家标准局的规则情况下，诸葛亮规则可能作为暂行规定通行过。直到今天，南方很多地方的馒头仍然是有馅的。上海就把南翔的包子叫小笼馒头。但是北方馒头却没馅了。天津的小笼馒头被称为小笼包子。包子和馒头在北方是两种不同的食品。

北方馒头的馅被搞丢，可能发生于南宋。战乱时期北方连年都是战场。人民逃命都来不及，哪有心情养猪。于是，某些饭馆在生肉缺货，而且无政府的情形下，对诸葛亮规则采取了修正主义，把馅去掉了。

这种行为一开始必然是零星的，偶然的，时断时续而且偷偷摸摸的。但战乱时期，一切处于无政府状态。市民发现违规操作却呼告无门。而新上任的元朝官员讲究吃生牛羊肉，对他们来说，馒头的馅是“本无所谓有，也无所谓无”的。结果就是一家不放馅，大家不放馅，最后馒头都没馅了。

学坏容易学好难。一旦开始做没馅馒头，有肉了也不包馅了。就是包也不叫馒头，新起一个名叫包子，能多卖钱。美国人卖床，不把床叫床，叫“安眠系统”(sleeping system)，原理也一样。

但是，没馅的情形在宋高宗统治区却没有发生。汉文化传承得到保障，馒头仍然放馅。南北分治的局面持续了五十二年。北方馒头无馅的做法，在此期间内得到了巩固。出现了北派馒头和南派馒头。由此看来，馒头没准包含中华民族一段相当惨痛的历史。亡国是一个大场景，也包括亡掉一部分文化。北方的馒头馅，可能就是这样亡掉的。

我以前在天津吃狗不理“馒头”，个小，一包汤，而且馅儿很鲜。几年前到王府井吃，没以前好了。这些年诸葛亮和忽必烈都没来过，为何如此，只能在战争之外找原因了。

香瓜与地梨

河北农村地里有一种当地叫地梨的东西，大小约等于樱桃，味道类似荸荠。清凉而且甜美。但是见不到茎和根。有时连着一点枯萎的藤，因此到现在也不明白那到底是怎么长出来的。

那里下地干活，要喝水了常在地头挖个大坑，一会便会渗出水来。所谓临渴掘井，非妄言也。水有咸味，可能跟盐碱化有关系，喝着不硬，似不甚解渴。如果懒得挖井，那就求助于地梨了。汗滴禾下土的时候，随手刨一大把地梨，贪恋地咀嚼，一股清凉顿时沁入心头，可见天无绝人之路。什么地方有什么地方的活法。

香瓜则是穷孩子的恩物。多长在玉米地里。青纱帐没过人，开始抽穗儿时，香瓜藤也开始缠绕。香瓜的种类甚多，一般就是香瓜手榴弹那么大。颜色有白，黄，绿各种。到玉米地里找到一个，难免喜上眉梢，擦擦泥，拍碎了，吃的满嘴满脸的汁水，也是一种相对的幸福。

某仲夏之夜，我从玉米地经过，借着星光，见到一只小白刺猬正在那里拱一株玉米，工程过半，我来遂止，对我以晶亮小眼藐视之，见无异状，则接着拱，我动则停，我静则拱，如是者数次，并不弃逃。其憨态之可掬，令我哑然失笑。

大闸蟹和鸡屁股

中国食文化丰富的一个表现，是有关食物的故事多。简单的如谜语"姐妹七八个，围着柱子坐，衣服合着穿，分家就扯破"（大蒜）。复杂的有法海的故事。说他被追杀，最后躲在螃蟹之内，一揭盖子就能看到。实际上，那是螃蟹的呼吸器官和其余的内脏。但是，看起来的确很像一位和尚。这说明南方湖区古代螃蟹很多。蒸好之后，大家不用抢吃。可以揭开盖子，从艺术的角度研究细节。今天这已经不大可能了。

现在螃蟹不大好搞了。有一次我跟某局长和几位商人在天然居吃扬州开国丸子。商人请教送礼的诀窍。局长说送礼一定要别出心裁。同时举了一个例子。说某银行违背政策放贷款，赶上上边查处，急得如热锅上蚂蚁。赶紧活动。给主管处长准备的礼物是富豪俱乐部的会员证。价值十几万。结果处长淡淡地说，你把不正之风搞到这里来了？回去听候处理吧。

银行家五内俱焚。只得找同乡的高人商量 。高人哈哈大笑，说你啊，不会送礼。这几天不是中秋节么，我教给你一个办法，你去搞十篓经过认证的，真正野生的阳澄湖大闸蟹来。到过节头天，派人给小赵送去。银行家急办此事。赵处长果然喜笑颜开。等过完了节，再去找处长。处长说，傻小子，你去补办一个特别贷款许可不就没事了？一句话拯救了行长全家四口。胜造四七二十八级浮屠。

现在大闸蟹都搞人工养殖，真正的野生大闸蟹，需要用草排编成的"闸"来抓的，数量已经很少了，需要专家认证。

顺便，一位网友谈到鸡尖就是鸡屁股。但是在北京鸡尖和鸡屁股是有区别的。把鸡杀掉拔毛之后，可以看到靠近鸡屁股有一个小肉刺似的突起，直径一两毫米，高度为三四毫米，北京把那个叫做鸡尖。特别臊，需要用刀子旋掉。而鸡屁股指一块菱形的肉，直径大约为三厘米，鸡的尾羽长在上面。

母鸡屁股那里有两根骨头。用手可以摸到。小母鸡两个骨头之间的距离可以容一指。到了它开始下蛋时，那里可以容两到三指。这叫做开裆。如果它下午要下蛋，上午你去摸，可以摸到蛋。所以，母鸡当天是否下蛋，是可以预测的。

有些地方，鸡屁股有特殊的含义。尊贵的客人吃屁股。但也有的地方吃鸡头。红军长征路过彝族小叶丹部，刘伯承元帅去接洽借路，跟小叶丹酋长喝了鸡血酒之后，吃了一次宴会。那次宴会桌上，鸡头就是冲着刘参谋长的。彝族人民性情直爽，姑娘水灵，漂亮。过去的唯一不便之处是寨子内不设立厕所，有问题在寨子外面的树林自行解决。这风俗，有点像过去上海在弄堂撒尿。从食文化聊到厕所文化，我说得多了一点。教训是法国白兰地不可喝多。

腮帮子肉

美国有一种常见的鱼叫蓝腮(BLUEGILL)。按生物学,属于太阳鱼一类,鲈科,扁片状,褐色,身体有垂直的浅色条纹,两边腮上各有一个蓝点,好像贴了美人痣的印度美女。

蓝腮固然美丽,但在美国追求者不多。因这种鱼嘴比较小,吃东西有限,生长也很慢。常见的长三四寸,巴掌大的就是比较大的了。因此,美国人不怎么稀罕它。美国人在吃上追求数量,不像中国人那样精益求精。

美国人钓鱼一般追求大嘴鲈鱼(large mouth bass),大眼鲈鱼(walleye),斑纹鲈鱼(striped bass),三文,比目鱼(halibut)等体形比较大的鱼,叫标准垂钓鱼(GAME FISH)。抓到之后,把鱼平放,用锋利的鱼刀,一边片下一大片带鳞的肉,然后再把带着鳞的皮去掉。剩下的肉无刺,可以架火上烤,或者进烤箱。这个手法的好处是比较利索,不用清内脏和括鳞。坏处是浪费比较大。三斤的鱼,大概能片出八两肉。另一个毛病是片出的肉营养和味道很差。

我剔鱼时剔除的和保留的跟美国人正相反。美国人喜欢的两大片,我都送给人或者扔掉。吃鱼问题上我跟小布什总统一样,搞汉贼不两立:you are either with us,or against us.

鱼身上营养和味道最好的肉也就三两处。大头鱼的鱼头和脖子最好。其次是两个划水之间的肚皮肉,这块肉富含脂肪,味道比较足。最后的一块是鱼皮,腌了之后风干,炸出来极为香脆,下酒和吃面,均无不可。这三处精华,美国人全部都会剔掉。

有人最喜欢鱼头上两边一边一块的腮肉。这就得大鱼了。嘴大,腮帮肉也大,跟李玉和的“一边一块疙瘩肉”有一比。不过,跟扇贝联结壳的那两个肉柱子一样,烧得稍不得法就会老。最好的烧法,大概还是中国的独门手法,炙。百分之九十的厨师,都不懂这个。所以,在一般的餐馆,都不可能吃到美味腮肉。

一般厨师虽然不懂怎么烧鱼腮帮子,但都懂得怎么烧鱼头。鱼头汤连一般民众也知道怎么烧。我推荐三文头,烧法跟中国的胖头鱼一样,煎一下,然后放冬菇,火腿慢炖。美国人对鱼头抱偏见。这个菜在美国一般吃不到。开馆子在菜单上加烧鱼头,效果等于加了红烧小狗,可以驱逐所有的美国顾客,还可能被请到本市的警察局。

我曾经跟朋友在洞庭湖打野鸭,蹲了一天风雪中归来,惶惶如丧家之犬。赶紧烫了一壶酒。朋友拎出一个十几斤的大鱼头,用牛耳尖刀剔下腮帮子。就听灶上一阵嘶啦,一盘炙好的腮帮子便端了上来。挟一块蘸佐料,囫囵吞之,不知其味。第二块吃得仔细,只觉得又滑又嫩,鲜美清香。喝一口酒,吃一块肉,不觉间一盘已吃完矣。

美国一般的鱼没那么大的头。开始勉强用马哈鱼头充数,味道就差了。后来一次,在越南食品超市见到一些剁成寸块的肉打成小包出售。品名是 grouper(一种海产的大石斑鱼)头,骨头粗壮,价钱六块一磅。

我从电视的钓鱼频道看到过钓这种鱼,大的有四五百斤。剁成块后看不出曲率,可以推知必然是大鱼头。当时买了几包,回去烧出来。鱼皮有小半寸厚。骨头跟小猪骨头一样大。腮帮子部分的肉肥美鲜嫩,又超过了李玉和跟洞庭湖。我知道这么大的鱼不是天天能抓到。后悔没把那里的十几包全买下来。果然,以后去超市,再也看不到了。

有时到网上读到精彩帖子,颇能令人拍案:好嘴,好腮帮子!如果是鱼,烫一壶酒,缺的就只是洞庭湖的朋友了。

谈玩篇

引言 蚂蚁的轨迹

香港作家倪匡写过一个故事。一位俄国的顶级武器专家死了。所有证据都无可置疑地证明是自杀。奇怪的是他没任何值得自杀的理由。侦探最后发现，临死前有个人曾经给专家一张纸头，上面画了两张图。一是该专家每日的行动路线。一是一只工蚁的行动路线。两者有惊人的相似。

侦探推断，专家其实是被用心理学的手段谋杀的。敌人发现这位专家喜欢哲学，而且爱钻牛角尖。所以给专家看他自己的生活轨迹和蚂蚁的生活轨迹，专家看了陷入苦苦思索，最后绝望自杀。

我不劝人自杀。只希望大家比较一下工蚁跟自己的行动路线。对自己说：人生太短了。然后扔掉手头的工作，拿起鱼杆，到湖边去。

天方鱼话

《天方夜谭》是很清丽的文字。好像墨蓝的星空，熟悉，但不可触及，所以神秘。

小时印象最深的是强盗和渔夫。做强盗没有什么道理，只需长一些络腮胡子，头缠大包头，乘夜去劫骆驼队。渔夫则有味道，要去撒网，而且要撒一整天，一无所获，最后才捞到一个锈迹斑斑的古瓶，类似化学试管，打开总要冒烟的。烟里是一位魔鬼，津津有味地讲故事。故事尽管听，只是千万别忘了想法子把魔鬼再装回去。这是惊险刺激的所在。

因为要做渔夫，常到水边转，扔一块大石头，或者拿小棒子向水里戳一戳，看看有什么古怪。大人常常因此责骂我。长大了才发现，他们的好奇心也很重。否则干嘛一天到晚放卫星，送飞船，据说去探宇宙的边界了，庄严得不得了。其实宇宙本意是无所不容，无始无终，总觉得探它是瞎耽误功夫，等于自己做一个圈，钻进去，然后皱眉，思索怎么钻出来，想得十二分的痛苦。

人生在世，也不过几十年光景，赶紧活完了事，搗什么乱？

但人还是好奇，对宇宙好奇，对自己也好奇，无药可医。现在臭氧层有了洞，宇宙是没指望了，只有鱼还存在。最近我抓了几条，放在缸里观察观察，发现水是修心养性的。一水之隔，意思就不一样。人煞有介事地跑来跑去，鱼却在水中优游，有饵吃一点，没有也无所谓，绝不会急得团团转或是乱跳。庄子说，它想什么，你怎么知道，除非去做鱼。我倒想：在鱼看来，庄子大约更奇怪。一脑门子的皱纹，不知搞什么鬼。

现在的世道，大家活得辛苦。东跑西颠之余，何妨偶尔潜水，捞捞瓶子,或是想想鱼。不算修心养性,只当是协助解决现代的交通拥挤问题吧。

1. 第三种工作

上帝经营什么呢?这个不知道。既然许多教徒自认是羔羊,宣教的又叫牧师,上帝也许从事畜牧业吧?故别人不信教是愚昧,蒙古族的牧人不信有点奇怪。

我们研究各种蓝领工作,发现牧羊最为温文尔雅,鞭子轻轻一扬,把自己也放逐成白云,哪里像种地或是伐木那样粗暴?这些乃是革命的工作,所以列宁的旗帜上老架着斧头和镰刀。

假如在粗暴和温柔之间,有第三种工作,那就是钓鱼了吧?要说文质彬彬,钓鱼算可诗可画了。什么孤舟蓑笠,独钓寒江,什么"红箬笠,绿蓑衣,斜风细雨不须归",这些都是万古长新。最妙的是通用性。混得不得意,那是"散发弄扁舟。"得意了,还是弄舟,不过是明月之舟,举网得鱼,醉去千古,不知东方之既白。

要说粗犷激烈,快意人生,天下又有几个阮小七?捕鱼是勇者的运动,海明威的形象就是一个在西班牙受过伤的老头子,坐在大海之上,钓他伤痕累累的晚年。我们还可以举太平洋的比目鱼,门板大小,钓上船来,尾巴轻轻一甩,可以把水手的腿打断,或是把甲板击得粉碎。前两天在佛罗里达有一条海梭鱼跳进船来,咬了钓鱼人一口。到医院缝了二百多针。比起这个,犁田砍树似乎也还不能算是特别见血。

所以值此经济衰退,就业困难之际,如果不愿到蒙古吃草,又不弄"血和肮脏的东西,"还有一个职业,就是到阿拉斯加打鱼。最近有人认为钓鱼是上帝为我们规定的第一种工作,而且举钓鱼版的创世纪为证:

起初,上帝创造天地,并且想:钓鱼吧,要不多闷得慌!于是有了水,这是第一天。

上帝说,没光不好办,没光怎么拴鱼钩呢?就有光,白天和黑夜。这是第二天。

到了第三天,上帝看到到处都是水,不免皱起眉头,于是一半水聚起来,形成湖泊,另一部分水升到天上去。

第四天和第五天,上帝造了鱼和蚯蚓,又在岸上造了树,以便钓鱼时挡太阳。

第六天上帝想:钓鱼是要伴儿的,于是有了男人,接着又造了女人——烧鱼用的。

第七天是礼拜天,上帝歇工,当然是去钓鱼。他坐在树下,开始甩竿。可不知怎的,天上的水突然开始和地上的水会合了。上帝说:回去!它也不听。所以上帝在第八天创造了电视机和沙发。

这部圣经的作者,是一位美国玩家。原文发表在美国电子网络的钓鱼讨论组,抄在这里,希望有心算帐的基督教朋友们不要放过他。

2. 北欧美人和中国白眼

有个挪威人到中国转一转,回来说:中国落后。事情是这样的,他在中国高烧住院,有护士送饭来,一看:盘子里竟是一条死鱼!而且还翻着不懂礼貌的白眼。

——结论是:中国没有礼貌。

我想了很久,还是不得要领。不知这位挪威朋友是否想过,假如他是一条中国的鱼,正在水里自在地游着,突然被拎出去开肠破肚,烧熟之后,端给一个死活尚且不知的老外去做早餐,而且不许翻白眼,只能带着合乎外交礼仪的微笑,他将会做何感想?

倘若吃生鱼,可以到日本,或是爱斯基摩部落,总有法子可想。要吃活鱼,则只好请他返祖了。然而这正是某些西方人的吃鱼心理。鱼是要吃的,只是不吃鱼的痛苦。至少不要看见,以免影响士气。

头几年在波斯湾开仗了。那地方鱼是有的,油也不少。只是轰炸的时候,要用瞄准镜头,不要用新闻镜头,以免瞄到活鱼的表情。北欧的美人鱼似乎是理想的解决方案。上半是美人,下半是鱼,煮了上桌,营养和表情兼而有之。

唯一遗憾的是:世界还不是童话,鱼儿常带着不符合现代文明的悲哀。

3. 民主的鱼汤

你到过白洋淀吗?那地方着实的迷人。特别是秋天,上了大堤,天地间浩浩荡荡,只有粉红色的芦花,从清晨漫过黄昏。黄昏千万别来风,风来满世界都是萧索之声,深沉而古典。果然风也萧萧,水也寒,燕赵为甚么多慷慨悲歌之士。

我在白洋淀发烧,据说水土关系,我说是老玉米杆儿的关系。那东西绝对不同肩膀妥协,沉甸甸捆起来,呲牙咧嘴地一扛,感觉就像压杠子。总之是病了,大家都发烧,忽冷忽热,躺在大炕上喘粗气。房东进来说:抓鱼去吧,鱼汤能治病。这些人一听都急了:什么?鱼汤!还治他妈什么病哪?走——捞一家伙去!

水沟两米来宽,开在地边,深的地方不到一米。我们按房东的指示堵了十来米的一段,把水淘掉。说了你不信:在这样狭小的生存空间里,竟有数十条巴掌大小的肥白的鱼。熬汤也是肥白,多放姜,热腾腾喝下去,汗出了一身,病去了一半。问房东,才知道这种鱼就是鲫鱼。

从此和鲫鱼结缘,天南海北地问:喂,你们这儿有没有鱼?有没有鲫鱼?城里人听了,看看你,那分量不多不少,正好让你觉得不自在。乡下人听了,热乎乎地说:有,沟里头,多得是!这才松一口气:嗯,有希望——人活着其实也和鱼一样,最多不就是个熬吗?

在国外搞民主,杀人放火受招安,或是复辟资本主义,都不关我事,真要搞,也许先得来一碗鲫鱼汤,这东西治发烧。太行山的老农,大凉山的彝族弟兄,够土了吧?拉一个问问人民大会堂在哪,也有说在县城的,也有说在大王庄的,总之不能在北京。什么东坡肉,武昌鱼,更是一概不知道。只有一碗鲫鱼汤,这辈子总是喝过的。

有人听了我的主张,又露出城里的表情。这次我有经验,我是露出哲学的表情,提个醒儿:老子说:“治大国如烹小鲜”,鱼汤都不会熬,还玩政治吗?

4. 鞋带怀孕

鞋带怎么怀孕?所以要从鱼谈起。

所说的鱼生于中国南海,两寸宽,三尺长,俗称带鱼。这鱼面目狰狞,有些像“文革”里的毒草,或是牛鬼蛇神,总之属于应该剿灭之类。办法也照“文革”,不清蒸就油炸,最恶劣是用文火滋啦到微黄,略施椒盐,用白粥托出来,粗野的爽快中带点简明的奢侈,的确是革命风味。

只是天下的好东西岂能让人吃得轻易。真正的革命家首先要懂得排队的滋味。必须是在冬天,早上六点钟的雪踩得亲切。“咯吱咯吱,”一边走一边琢磨东北抗日联军,杨靖宇将军,带大皮帽子,胡子眉毛冻个一塌糊涂,肚子里消化着名垂千古的树皮。

也许那时落了病根,在美国只要一想到带鱼,耳边就“咯吱咯吱”地响起来。“咯吱咯吱,”一步步往回走,也算一种乡音。走了几年还是没走回去。《编辑部的故事》一集一集看,边看边失落。你看人家侯宝林他儿子多有出息,一个“三替”公司,满世界骗钱。咱们这儿K书K出痴呆症,国内十块叫“一张”都不知道,回去坐出租不宰你宰谁?越想越紧张,也算是“近乡情更怯”。

最近有人从国内来,问到带鱼,情况也不同了。革命多年加上改革多年,目前大鱼基本剿灭,少数漏网小鱼,长到鞋带粗细就开始怀孕产卵,放荡如此,美国的少年母亲也会望洋兴叹了吧。真的是现代化,出租宰人,“三替”懵人,满世界飞票子,城门失火都在意料之中,不想鱼也沦落风尘了。

君看一叶舟

打鱼是休闲运动,也是可以丧命的运动。2006 年 9 月 4 日,澳洲著名探险家,动物保护家斯蒂夫·鳄文,在海下拍摄电视节目时,离一条黄貂鱼太近,被那条鱼用尾部的毒刺刺中心脏丧生。不少看过他的节目的人,都惋惜万分。他的老本行是抓鳄鱼。鳄鱼是两栖动物,其凶猛程度远超过黄貂鱼。他抓鳄鱼从来没出过大事,却丧生于鱼的攻击。

鱼是很有能耐的动物。它的活动范围比人多一维。不借助于发明,人只能限于在地球表面,做前后左右的二维运动。但是鱼不但能前后左右,还能上下。二维动物抓三维动物,难度自然比较高。

美国路易斯安那州抓鱼喜欢用鱼笼子。里面放上鱼饵,上面有几个单向的入口。沉到湖底,第二天拉上来,可以抓到很大的鱼。这个方法跟阿拉斯加抓螃蟹一样。不过,那些大鱼脊背上通常有骇人的硬刺。如果没有经验,被它刺中,也会让你血流当场。

密西西比州那边的渔人用一种叫掏洞(noodling)的办法抓鱼。在手上拴一个大铁钩,伸进水下大鱼可能潜藏的洞穴。那鱼一口吞下手,就势一钩就把鱼抓住了。这种抓法很危险,因为很可能钩到太大的鱼。鱼在水下的力量非常大,一条五十磅重的鱼就可能把人拖到河的中流淹死。每年那里都被淹死几位,以力气和经验不够的少年居多。

我曾经在夏威夷和墨西哥湾抓马林鱼。把鱼拉到船边后,需要一个水手站下去,用大手钩勾住鱼嘴,把它拉上来。船长告诉我们,这是十分危险的工作。因为,那大鱼被钩之后,往往会突然发飙,猛然朝水底潜下去。假如手钩的线缠住水手的胳膊,他就会被大鱼拖下去，活活淹死。

我在北京曾经跟人用推草的办法抓鱼。一群人把水草推成一大团朝着岸边推去。鱼被推在草中，就如被网住，无法逃脱。北京的鱼没有太凶猛的。最多身上被鱼尾巴拍红。不过，脚被泥中蚌壳割破的可能性也不小。北京的蚌可以长得很大。我弄到过小盆大小的，肉可以取出来炒着吃，或者腌成咸肉下饭。壳非常锋利，我曾多次被割得鲜血长流。

我在墨西哥湾，曾经跟渔民在夜间乘坐小船到海上去。船上点起灯，大乌贼鱼会跳到船里来。那乌贼的嘴类似鹦鹉，锋利异常，一口能从人胳膊上咬掉一砣子肉。所以必须拿着大棍子，鱼跳进来，先一棍子打晕。

淘鱼现在大概不用了。但我在老家干过。一般自然形成的小河都会拐 U 形的弯。弯处通常比较深。在 U 的开口处挖一条直沟做临时的河道，让水从那里流走。把 U 形河湾被孤立出来。变成死水。然后，找几条壮汉，拿脸盆把水淘干。水只有半尺深时，鱼开始乱蹦，再用手抓。这种抓鱼也有危险。有一次我被一条鳜鱼用脊背上的毒刺刺了一下，那剧痛到今天还记忆犹新。

比目鱼肉质鲜嫩，但是抓比目鱼的艰辛很多人不知道。比目鱼来自深海，力气极大。拉上甲板之后，它会用尾巴的力量抽打，其力量，可以把甲板打碎，或者把人腿打断。所以，太平洋的渔人抓到大比目鱼后，通常都不往船上拉，用枪照脑袋一弹打死再说。

一次我在华盛顿州的马当湖，跟当地渡假村的主人斯蒂夫一起，在码头上夜钓一种叫做大眼鲈鱼（walleye）的凶猛鱼类。这种鲈鱼眼睛凸出，视力很好。百分之七十以上的觅食在夜间进行。当夜风浪很大，岸边的水中有不少小鱼惊惶起跳。我们判断大鲈鱼正在围捕它们。把鱼饵抛过去，抓到不少 6－15 磅之间的大鱼。我们用的鱼饵是塑料做成的小鱼，在小鱼腹部和尾部，各装有一个锋利的锚钩。斯蒂夫抓到一条 13 磅重的鱼，把鱼用网抄到码头上之后，那鱼一个乱蹦，嘴上挂的鱼钩挂住了他的手。我按住那条鱼，他先把鱼钩往肉里继续扎,直至穿出来。然后,用钳子把那鱼钩的倒刺剪掉。这才把钩子从手上拽了下来。手术是成功了,但他的手也皮破血流,惨不忍睹了。

海明威在《老人与海》中,描述一个老人钓到一条大马林鱼,拴在船后面拖带,引起成群的大鲨鱼追咬。在风浪中这极危险。大鲨鱼通常几百到一千多磅,稍微一撞就能撞翻小船,那后果就不堪设想了。

有一首诗说,江上往来人,但爱鲈鱼美。君看一叶舟,后两句,说的正是打鱼的艰辛。

撒窝子

钓鱼时，先在钓鱼点撒进水里一些饵料，把鱼勾引过来，这叫撒窝子。

北京的钓鱼点在什刹海、筒子河、北海、运河等地。一般撒窝子用面搀上香油，做成颗粒，扔水里之后，其香味能把素食或者杂食的鱼吸引过来。不过香油和白面都贵。用一斤白面二两香油做窝子，钓一个二两的鲫瓜子，连成本都换不回来，怎么也得钓一条七八斤重的青鱼或者草包（草鱼）才行。但是，谁能保证有那么好的运气呢？所以，很多人还是用面和香油做烙饼卷鸡蛋吃了。

北京的鲫瓜子、鲤鱼、青鱼、草鱼、胖头等，都不是很高级的鱼。中国最好的淡水鱼马哈鱼、鲟鳇鱼在东北黑龙江和乌苏里江。次好的在江南，如武昌鱼、鳜鱼、鲈鱼、乌棒鱼。好鱼必须是掠食性鱼类，靠吃其他动物为生。这种鱼多半都只有一根主刺，而且肉质特别细嫩。

北京撒窝子都直接撒到水里。这样做的缺点，是不知道鱼什么时候来，吃掉窝子之后也未必就停留在这里等着钓。一番心血很可能就白费。

一个美国人传授过我一个钓鲶鱼的撒窝子办法，是把猫食罐头戳几个洞，扔进水里。猫食散布味道，把鲶鱼引来。但鲶鱼不会开罐头，所以，只好等着吃你放在钩上的鱼饵。参照这个办法，北京撒窝子的办法可以改进一下：把铁皮罐子戳很多洞，把料放进去，封上扔到水里。味道可以把鱼都招来。而窝子也会从洞中逐步漏出来。这就可以把鱼长期保持在当地，而且窝子损失很小。

用渔灯撒窝子是我的一个发明。在薄暮时分穿拖鞋下到船坞，打开装在那里的两盏强力渔灯。回去看上两集电视剧，再提上鱼桶下船坞去。这时,大量的小鱼已经在灯下聚集,但偶然可以看到大鱼的黑影幽灵般在深处掠过。这时下钩,成功率提高好几倍。用这个方法,抓了一百多条鱼,挨家挨户给邻居送。导致我开车出门,几条街之内,户外的洋人都挥手致意。必须假装没看见才能开出去。

我撒过的最野的窝子是在今年冬天。朋友套了几头野猪。我要来一头,吃了一半实在吃不动了。用拇指粗的麻绳捆住剩下的半头,绑上块大石头,扔到船坞下了。其结果是今天春天,鱼多得挡不住。必须把我的医生、会计,还有纽约和休斯顿的朋友全家都叫来钓。想到这半头猪得折磨我一整年,又有点后悔。目前正在琢磨是否雇个潜水员,再下去把它捞上来。

美国有电脑控制的电动撒窝子机。我曾经跟邻居吉米买了台装在船坞上。机器有一个料斗,可以放入大约二十斤的颗粒食料。我买专门喂野鹿的颗粒饲料,其成分不详,但是很香。定在每天早上七点半撒。撒料之时,大小鱼蜂拥而来抢食,水面沸腾,蔚为壮观。

有了这个机器,这个湖就成了我的鱼塘。要吃鱼,早上七点半到湖上去取一下就行了。不过我觉得哪有点不对劲。这天到超市去,忽然明白了用喂鱼器撒窝子,是把钓鱼变成了到超市买鱼,把它的乐趣取消了。

钓鱼之所以有趣,就在于当你把钓丝扔到水里时,你不知道会不会钓到,更不知道你会钓到什么。在很大意义上,你钓的是心跳,是屏住呼吸,是紧张和期待。往高点说,钓的是太守的心境,张致和的桃花流水,注到孙冉翁心头数千年的往事。至于钓到的是两寸长的小蓝腮鱼,还是八斤重的斑纹鲈,倒是次要的。我回家就把撒窝子机的电源拔了。现在那个撒窝子机仍然在船坞上站着。像一堵罗马的断壁,在孤独地思考。

广义地说,美味的鱼和优雅的风景都是造化给人撒的窝子,引诱着古今中外的钓客。所以,人和鱼到底是谁钓谁,并不容易说得清。“是蝴蝶梦见了我,还是我梦见了蝴蝶?”撒窝子和钓鱼之余,钓客们无妨读一点庄子。

沸　点

我养过一阵子野鱼。鱼缸包括氧气设备,还有水底过滤专用炭,缸容九十公升,总投资一百多块。鱼有五条三种,都是我钓的。大的两条是莓鲈鱼,一公一母,有半磅重,红烧估计够一盘了。据我的观察,鱼放进去之后过的还算舒服。有一条比较凶恶的是条大嘴鲈鱼,它老攻击其他几位。幸亏它也就一两重,另外几位个大,被撞之后,行若无事。

一年多以后,恶鱼长到半磅上下。他年齿增加之后好象心智成熟了一些,不怎么贱招了。但吃食的时候还是抢的厉害。喂食时手离水面还有一寸,它会窜出来咬手指。这几条家伙都是吃荤的。最喜欢鱼苗,没鱼苗的时候,猪肉也行。我一般一周喂一次,一个月不喂也有。民怨肯定有,不过我听不见。

有一次我出去40多天,回来的时候,鱼缸里长了青苔,水已经不透明,看不出是否有鱼,静悄悄地有一种神秘气氛。我凑近细看,忽听扑啦一声,那条恶鱼猛窜出水,直奔我鼻子而来。吓我一个激灵。赶紧的换水,喂食,好一阵忙乎。

忙完了抹把汗,坐下来歇气。心想刚才的情况,是民怨达到了沸点。要搁社会里,离革命也不远了。又想虽说水至清则无鱼,一定的透明度还是需要,否则鱼冲出来咬都不知道,对我这个当统治者的也不见得有利。

告密者

常在河边走，哪能不湿鞋。我在美国多次违规钓鱼被警察抓到。但奇迹般地没付过一次罚款。一次我正钓鱼，来了一个警察。很和蔼的聊鱼情，然后问我要鱼证。我说鱼证是带了，不过放在外套口袋里落车上了，可以马上去取。警察说，这样吧，我给你开个罚单。你回去后，把你的鱼证影印一份，寄给法官。看看他能不能免去你的罚款。同时很宽大地说，我相信你带了鱼证，今天剩下的时间，你可以继续钓鱼。我一看那罚款，好么，三百块。

钓完鱼，回到车上再找了一下，发现其实外套中也没有鱼证。当时出了一身冷汗。幸好我回去照警察的建议做，那法官把我的罚款全部免掉了。

还有一次，我跟一位中餐馆的老板到海上去钓鱼。每人可以钓15条石斑。我们快要钓满时，旁边驶过一位美国朋友的船。那朋友送了我们两条三磅左右的石斑鱼。定额满了，我们就驶回码头。然后开车回家了。

刚刚开进餐馆的停车场，警笛忽然大作。四辆警车冲了进来，将我们的车团团围住。一个警察跳下车来，爬到我们车上，把盛鱼的箱子打开，把鱼拿出来一条条地数。另外两位警察，问我朋友能不能到他的餐馆里搜查一下。还一个头目模样，问我们是不是接受了别人的鱼。我这朋友不懂英文，于是我担任翻译。说，没有接受别人的鱼。那警察摸摸脑袋，说奇怪啊，我明明用望远镜，看到一条船开近了你们，而且给了你们什么。我说，哦，我们钓鱼成功，是按照贵国风俗击掌庆祝了一下。

与此同时，数鱼的警察还在孜孜不倦地数鱼。来回数了两次之后,露出了失望的表情。接着两个进餐馆搜罪证的也出来了。对审讯者摇了摇头。审讯者对朋友说,我们之所以搜查你,是因为接到了举报,说你抓到鱼之后,就在餐馆里做了卖。这是违法的。法律规定你抓的鱼只限于你的家人和朋友吃,不能用做赢利。朋友频频点头。警察铩羽而归。

朋友不明白他为什么遭此围剿。我问他这个镇是不是很长时间没有罪案了。他说是。我说,那就是了。你们镇太平无事,警察面临裁员危险。为了证明自己的价值,任何小案都不放过。接到举报,就开始对你用高倍望远镜侦察,希望能抓到什么了。

朋友挠头道,我平日从来不得罪人。谁会诬告我啊。我问,你们这里有没有新开的餐馆?朋友说,有啊。对街就有一个新开的泰国包肥(自助餐)。我出去一看,可不是真有一个。正是午饭高峰时间,餐馆门前有四辆汽车。刨去老板一辆,大厨一辆,正好还有两位顾客。再看看朋友的停车场,不下四十辆。

我说,今后你给对门推荐几个顾客吧。

唐诗的心境

春天钓鱼，也钓山水。美国本地的早春也类似中国的江南。群莺乱啼，白鹭翩飞。唐朝张志和曾作《渔歌子》，“西塞山前白鹭飞。桃花流水鳜鱼肥。青箬笠，绿蓑衣。斜风细雨不须归。”词中的渔翁，白鹭，鳜鱼，桃花，烟雨，构成了一幅绝妙的江南水墨。

张志和赋词共五首，历来评价甚高。刘熙载评价是：“风流千古”。又说：“东坡尝以其成句用入鹧鸪天。又用于浣沙溪。然其所足成之句，犹未若原词之妙通造化也”。这五首词甚至在日本也广为流传，嵯峨天皇于弘仁十四年（长庆三年）作《和张志和〈渔歌子〉五首》，日本填词从此发端。

就钓鱼而论，词的描述相当内行。桃花开放时，果然正是钓鱼时令。整个冬季鱼在水深处养精蓄锐。到春天已经是大腹便便，准备产卵了。张致和用一个“肥”字，精确地描述了春鱼的体形。时值早春，在中国南方，正是南朝四百八十寺，多少楼台烟雨中。此时鱼感受到水温的升高，纷纷到浅水处产卵。如遇到细雨，钓鱼老手都不会回家，因为此时鱼最好钓。西塞山前的白鹭之所以在细雨中活跃，也是为了吃鱼。老手知道，凡是鸥鹭活跃的水面，一般都有鱼群活动。不光在湖中，海里也一样。我到海上钓鱼，船上都装有测鱼器，但也常常找不到鱼群。这时就要找海鸥群。一旦找到，可以肯定鱼群就在下面。

我家旁边的湖方圆五百里，直径数十里。有大量的白鹭，灰鹳，翠鸟。每年春天，必来大雁，野鸭子更是常年驻扎。房后的湖湾逍遥津，每年都有鱼汛。三月十日左右，正是桃花始开。最先来的是莓鲈鱼（CRAPPIE），莓鲈鱼在中国没见过。它是美国最接近鳜鱼的淡水鱼，也是这里最好吃的淡水鱼。只有野生的，所以要吃就得自己钓。

一般半斤重。最大的三斤。在我的船坞上就可以钓到。鱼活跃时，成群而来，钩放下去，来不及沉到水底，就会被鱼攻击。

莓鲈鱼之后，条纹鲈鱼（striped bass）也来了。这种鱼入夜时间活跃。苏轼说，“今者薄暮，举网得鱼。巨口细鳞，状如松江之鲈。”就描述了这个情况。这鱼最大可达十几斤重。上钩之后，挣扎力极强。我用的十八磅线曾经几次被它拉断。白鲈鱼（white bass）跟斑纹鲈鱼（strip bass）的区别仅仅在身上某几个条纹是否连续上。这种鱼力量很大。曾经有一条三四磅的 white bass，几乎把我的鱼杆折断。

我每到夜间 7 点左右，把船坞灯打开。小鱼趋光，会来灯下集合。莓鲈和白鲈会在下面游弋。它们喜欢藏在游艇下面的黑暗水域，突然冲出吃小鱼。夜静时分，万籁俱寂，清风徐来，水波不兴。在船坞钓鱼，有如在雨夜读一首唐诗。

一天早上七点。我下船坞，忽然听到浪花溅到岸上的声音。当天并没有风，因此觉得奇怪。仔细一看，却是成群的大嘴鲈鱼正在围歼小鱼群。它们围成半圆，将小鱼群逼到岸边，然后轮流冲上去吃。千万条小鱼在岸边浅水中跳跃，溅起的水花竟然如细碎的波浪。我撒了一网，抓到了几十条小鱼。我在船坞上拴了六口大钩，永久性地垂在水中。随时可以挂饵。我将小鱼挂上去，不到三分钟，就抓到了两条三斤重的鲈鱼。

天气渐热，鲶鱼也开始活跃。鲶鱼中国也有，我曾经在北京南口抓到过。我们湖中的鲶鱼有好几种，最大的可以达到一百斤左右。我的船坞上抓的都是三五斤重的。抓这种鱼得用真饵，春秋夏都可以抓到。我曾经在钩上放了一条咸肉。几个星期之后，肉已腐烂，仍然钓到一条鲶鱼。

本地人钓鱼多用小活鱼。但我手钓时喜欢用假饵，假饵是由塑料、橡胶等制成的假鱼或者蚯蚓。中国翻译成路雅（LURE）。它的好处是不用上饵，钓完一条马上可以接着再钓。

抓莓鲈鱼时，手要轻轻颠动，使得那个 LURE 模拟一条受伤的小鱼。莓鲈鱼吞饵时，大约有一半的时间是拖动 LURE，可以感到线被一拉。另外一半时间,莓鲈鱼会上冲。你会觉得手中的杆忽然一轻。这时也要马上拉杆起鱼。否则它会把 LURE 吐掉逃走。

论鱼的滋味,正如诗所说,鲈鱼甚美。但莓鲈鱼最好,它只有主刺和鳍背等处的刺,没有细刺。肉非常细嫩。吃鲜鱼可以清蒸。每一寸厚的肉蒸十分钟。蒸好放在桌子上,用筷子轻轻一扒拉,大块白玉也似的肉就拨了下来。我喜欢烧和炸,还有熏或糟。简单的熏鱼法是把鲈鱼或者鳜鱼剁成两寸左右的块,下油锅炸至刚熟,放入事先调好的熏鱼汁中浸泡半个小时。鱼块金黄起皱即得。也可以把鱼肉剔下来切丁,洒盐巴,胡椒,下油锅干炸。当做爆米花,就着啤酒看电视剧中孙红雷潜入军统,别有一番情趣。

还可以做广东的鱼片粥。将鱼切成片,在盐中略腌。粥熬好之后,将鱼片放入,几分钟后就成。广东人说话,“嫩滑”。

钓鱼不光是钓鱼和山水,也钓心情。在春天站在船坞,钓那一湖烟雨,如观赏一幅水墨。当然也有狼狈的时候:大量的鱼来吞吃鱼饵,让你满地去按那些被钓上来到处乱蹦的鱼。鲈鱼背鳍锋利。因此每年春天我的手都布满了小伤口。

完全没鱼来吃也很没劲。期盼落着期盼,失望之后还是失望,心中的伤在迭加,口中说着:鱼儿啊,你快来碰碰钩,哪怕钓不到,也得耍耍我吧。

传说姜太公在渭水用直钩钓帝王将相。但我只希望钓到一条实实在在的鱼。长期研究的结果,最好十分钟左右钓到一条,至少被耍一次。这种频率既保持了心理压力,又不至于心理受伤。意识还有时间在山水之间滑翔,以达到某种修炼效应。如果真的喜欢受累,还可以想点天下大事。眼睛警惕地盯住鱼线,心中则想着日本地震,海鲜放射,本·拉登翘辫子,油被地沟,把竿临风,天下事乱纷纷涌到心头。

“处江湖之远,则忧其君”,我处的这江湖够远。这些年一事无成,唯一值得欣慰的,是常常能在烟雨之中,独立在船坞之上,钓取唐诗的心境。

遇到黑熊

我偶然在一间酒吧结识了鲍尔船长。鲍船长说他知道这一带海里每一条大鳕鱼(lingcod)的门牌号码,于是几位朋友决定星期六跟他去钓鱼。

早上五点,我们五个乘鲍尔的船出发。六点钟发现没带饮用水。这显然是因为鲍尔头天饮酒过量。正在懊丧,鲍尔遥指一个岛说,这个岛上有一条小溪。

鲍尔像一个互联网的老客,永远知道到哪去灌水。

到了小岛,他拿个水壶上岸。将近两个小时还没回来。有人说肯定出事了,应该去营救。我说人地两生,还是回去搬救兵为好。有人说大家意见不统一,投票决定吧。我说搞民主好啊,不过民主不能随便乱搞。先得公投,制宪,以前慈禧太后的行宪预备期是十一年,咱们不用十一年,一年是再也不能少的了。到了那个时候,鲍尔可能已经跟当地土人娶妻生子了。

一个朋友说我不讲道德,我让他把话写在纸上签字,以便将来出庭当证据,他拒不签字。双方正要诉诸武力,一人说,两位,鲍船长已经上岸三个多钟头了。说着就跳下船去,关于制宪和法庭的讨论,到此也就暂告了一个段落。

大家喊着"老鲍!",在岛上走了三分钟,忽然听到路边有"啊,啊"的怪声。大家警惕走近,发现一个红色的肉球。那是个悲惨的场面。那肉球便是鲍尔船长。

后来,老鲍在医院写出了(他的嘴唇没了,已经不能说话)他的故事:

我拿着水壶走进了一段旁边长满了刺莓的道路不久,就碰到了一只黑熊。黑熊从我的左后扑来，当我听到动静的时候，已经被扑倒在地了。我按照野外求生的标准劝告，开始装死。黑熊先吃我的左腿，一口大约咬掉拳头大的一块肉。三四口之后，它来啃我的头皮。我可以清楚地听到我的面颊骨头被啃的咯吱咯吱之声。但是，当时的紧张已经使我失去了疼痛感。

黑熊吃了几口之后，把我拖到一处浅坑，用干叶子和树枝埋了起来。我忍了三分钟，听得它离去之后，便爬了出来。不料那熊没走远，又窜了过来，一把将我提起，用巨大的熊掌扇了我一个耳光。再次把我扔回了坑里。这次，它用了多一倍的树叶埋，而我也再不敢爬出来了。直到听到大家的叫声。而这时的我因为受伤过重，已经无法正常发声，只能发出怪声了。

读完了故事，一人胆怯地说，“那天要是我们不吵架——，”我说：“打住，那天谁吵架了？我没有。你们谁吵了？”他们面面相觑，然后一个接一个地说，没有。

过了两天，报上登出了一则报道：今年本地干旱，野莓很少，所以今年的熊饥饿而凶猛。

黑鳕鱼

鳕鱼分很多种。最好的叫做 black cod，黑鳕鱼。脂肪含量高，特别是肚皮处。煎完之后，锅里的油比原来还多。我的做法，是把鱼切成鱼排，略微放一点油使得不沾锅。然后干煎。除盐和胡椒之外什么都不用放。以免损失原味。

还有一种吃法是清蒸。吃过的人没有不觉得香嫩的。这香，就来自鳕鱼肉中的脂肪。广东人懂吃。在他们开的中国店，黑鳕鱼一般要卖到 8 ~ 10 美元一磅。你可以很简单地辨认这种鱼，它一般是一骨碌一骨碌地卖，皮是灰黑色的。

我住海边时有一个哥们是鱼加工厂的工程师。常给我拿黑鳕鱼来，百吃不厌。

pollock 也属于鳕鱼类。但是它脂肪含量非常低。肉寡味。美国人工虾肉的主要成分就是 pollock。这种鱼肉吃起来跟黑鳕鱼完全没法比。

炸鱼是英国的传统食品。近年来，因为过度捕捞，黑鳕鱼商业捕捞被禁止。所以，除非你住在近海，一般的卖炸鱼（fish & chip）的店家，多用 pollock 做替代品。有人吃了 pollock，以为吃到了黑鳕鱼，夸奖说肉有咬劲。说明他没吃过真正的黑鳕鱼。

当然原罪是资本家的。黑鳕鱼完全没有咬劲，肉很嫩。煎的时候，一不小心就会碰碎。

半生鱼片

日本生鱼片我吃腻了。我喜欢吃海胆,一次十七八个,也腻了。什么吃多了都会腻。不过身为中国人,在吃上还有点天分。吃腻了自己开发些新菜就是了。我开发的中式生鱼片是这样的:

1. 到店里买些大块马哈鱼肉,切成三毫米的薄片,摊在大盘子里,不要重迭,上撒葱花;

2. 把玉米油熬得冒出轻烟,用勺子舀了均匀地淋在鱼片上即成。吃时蘸自己喜欢的调料。

成功的标志是鱼肉表面层变白。特点是鱼片嫩到极点,舌头一搅即化,入口则满口鲜香,尤胜日本生鱼片。顺便说,凡外国人吃的。我一般都先研究一下,尝试一下,但是不迷信,根据实际略加改造,为我所用。比如披萨我只吃表面的一些香肠,其余吃一两口扔掉。吃汉堡,我取其肉饼,但要蘸上中国的酱。

水中的猛兽

三年前俺收到一封 e-mail,请俺在一封慰问卡上签字。被慰问的是本校英文系的秘书珍妮,她丈夫马丁不幸去世了。

这个消息震惊了俺,马丁是物理系的教授,衣冠不整,笑声宏亮,曾经在一次鸡尾酒会上跟俺遭遇,免费讲了一段混沌论和热力学第二定律。其中最受启发的是混沌论,使俺想起俺应该做一篇馄饨论。那道家乡风味的要旨在于佐料齐全,汤中多放香菜虾米,冬天趁热。

四十岁上下的马丁,生命如一碗放了香菜虾米的热气腾腾的馄饨,如何会猝死?初步打听的结果:他两个星期之前和“鱼博士”开着小船去钓鱼,掉到了水里。时值寒冬,回来就发了烧。可巧他正在准备一份很重要的学术报告,看病的事情就拖了下来。等意识到问题的严重性时,他系统里的熵已经大到无法逆转了。

可马丁如何会落水?他和鱼博士都是从五岁起就甩杆,在江湖上晃着膀子闯荡了几十年,论武功可以参加华山论剑。说他落水等于说张三丰不会扎马步,简直像神话。鱼博士罗杰俺也认识,他的正式职业是油漆匠,家住密西西比,祖居非洲丛林。说油漆是他的正式职业也许不准确,他一年到头拎着鱼杆在本地的水域转悠,也许应该说钓鱼是他的正业。

俺给他打了电话,请他喝酒。

“唉,全是那条鱼惹的祸。”他喝干了杯中的酒,感慨地摇了摇头。

“再给他一杯。”俺招呼酒保,“什么鱼?您再说清楚些行吗”。

“那条鱼简直他妈的是狼,不,比狼更凶,更狡猾!”

按照罗杰的描述,事情起因于他的老爸从密西西比州来此过圣诞节,忽然想吃本地的桂花鱼。桂花鱼一般冬天钓不到。于是他就拉上了马丁,马丁是桂花鱼专家,即使冬天也能钓到。他们开船到了一处深水湾,钓了大约一个小时,一无所获。马丁推测这个湾里必然有梭鱼,赶跑了桂花鱼。于是换专门钓梭鱼的渔具。梭鱼在中国叫乌棒,牙齿锋利,钓线可能被它咬到的部分最好用很细的钢缆。鱼饵则要用一种玻璃钢做的,带有两个三尖钩的小鱼,把它拴起来扔到水里,用特别的手法收线,它会潜入深水,像受了伤的小鱼一样游动,挑逗大鱼来咬。美国人管它叫深水 plug。

Plug 入水,刚收两下线,马丁感到什么东西轻轻地碰了一下钓丝,他本能地重提了一下鱼杆,这个动作叫 set the hook,目的是保证被鱼含住的钩子钩牢。

钩牢的显然是一条很大的梭鱼。大鱼上钩有两个迹象,一个是吃得很轻,因为它嘴大,吃小鱼基本上是张嘴吸入,给人以“碰”线的感觉,二是钩牢之后拉不动,马丁的钩似乎挂在了水底的石头上,鱼杆被拉成了一个问号,还在不断地颤动。罗杰立刻把抄网拿在手里。这么大的鱼无法直接提到船内,只能用网。

鱼线绷紧,马丁收线,梭鱼一寸寸被拖向小船,乌黑的脊背在一米深处一闪,忽然用力向水底潜去。显然,看到船后它意识到了危险。按照俺的邻居美国鱼王姜白头的说法,这是最紧张的时候,鱼常常会把线拉断。

当然马丁不会犯这个错误,他早就调整好了转轮上控制松紧度的机关——卸力,线紧张到过了限度,就会从转轮上吱吱地放出去。梭鱼这一潜,直潜下十几米,转轮不停地吱吱做响,几乎把收回的线全部拉了出去。马丁再次把鱼从深水拉到水面时,鱼身翻了一下,金色的斑点斑驳闪烁,两个人不禁同时轻声惊呼:walleye!

这不是梭鱼,而是一条几近一米长的 walleye。罗杰眼睛里闪烁着兴奋的光,告诉俺 walleye 是一种神秘而珍贵的鱼,它眼睛大而凸出,聪明异常,他在这个湖里钓了多年鱼,只抓到过一条尺把长的,一米长的连听都没听说过。

罗杰紧张万分，伸网去抄那鱼，眼看已经进网，那鱼忽然一个滚翻，从网的边缘滑了出去，它目露凶光，半张的大嘴中露出锋利的牙。一个三尖鱼钩钩住了它嘴边的皮，另一个从外面挂在了抄网上。抄网是尼龙缆绳编织的，而三尖钩有倒刺，一旦挂在缆绳上，很难脱出。

网的外面挂住大鱼，这是一个危险的局面，这时不能直接把鱼拖出水，出水鱼必然拼命挣扎，八成会脱开或者扭断鱼钩逃生。马丁立即探出半个身子，伸手去抠那鱼的腮。腮是鱼的命门，被抠住再有劲也使不出来。马丁的手指伸进腮，企图把鱼提出水来。不料提到一半时，那鱼剧烈扳动，尾巴打起的大水花溅了马丁一脸。马丁被激出一个机灵，手指滑了出来，钩也被那鱼挣脱了。

鱼脱钩之后，半侧着身子，一时没有游开。马丁再次探身，二指如钩，直取鱼腮，却十分不幸地失去了平衡，栽进了水里。那条鱼摆了一下尾巴，便消失不见了。

这是教授一生中犯下的最大的一次物理学错误。

罗杰红着眼睛说了如下的话，“可怜的马丁，他太想抓一条大walleye了，如果是其他鱼，他绝不会落水的。”

回去后，俺在网上查到了下列记载：“凸眼鲈鱼，凶猛鱼类，因其美味为人追捕。眼睛大而凸，身体橄榄色，有金色斑点，背鳍带锐利的尖刺。可活16年，体重达15到17磅。成年的凸眼鲈鱼为捕食者，嘴前部有数对锋利的牙，类似狼的犬齿。”这就是凸眼鲈鱼：一头水中的猛兽，神秘而危险，抓之可能致死。

大 Ling 和小 Ling

我经常在太平洋抓到 lingcod。那里的钓鱼人习惯称之为 ling。一个留学日本的说叫鲮烤。我吃日本料理时,见到他们用一种瓷的酒具,上面写满了鱼名,其中就有这两个字。其实这只是发音,这种鱼不是鲮鱼罐头的那种鲮鱼。而是几尺长的大鱼。属于鳕鱼类。我姑且翻译成花鳕鱼。我们这里法律规定二十五英寸以上的,每人每天只许抓两条。

这种鱼每年春天都要到浅海产卵。这时最好抓。不用特别的渔具或者办法,只要照常钓海鲈鱼就行了。你把钓到的海鲈鱼往回拉时,ling 常常会来攻击,结果是你连鲈鱼带 ling 一起抓到。

有一次鱼上了钩,我感到非常沉重。知道很可能是 ling。正在往上拉,忽然觉得一股更大的力量把鱼拖走,我几乎拉不动了。我朋友和其他钓客都来帮忙,乱成了一团。最后终于拉上来了。是一大一小两条 ling,全是母的。先钓到小 ling 挣扎时,引起了大 ling 的注意,来吞那个小 ling。但那小 ling 也不小,所以吞不下去。吞了一半,牙齿挂住小 ling 无法脱离,被一起捕获了。

我量了一下,小 ling29 英寸长,大 ling39 英寸长。被抓后神态沮丧,好像在密苏里号上签字的日本人。有的人特别爱吃 ling。但我并不怎么喜欢。这种鱼的肉确实比鲈鱼有嚼头,但跟日本鬼子一样,不怎么容易进油盐。

衣锦还乡

经常会想衣锦还乡的事。古人说富贵不还乡如衣锦夜行么。还乡衣什么另说,但吃住应该不是问题。吃没有比中国更好的了。在王府井吃王八,一大盆热腾腾的炖王八,加上五个八寸盘,连喝酒,四人八百块,跟白送差不多。华灯初上时分,往窗外一看,哇靠,金钱豹,狗不理,澳洲肥牛,毛家菜,东来顺涮羊肉,一街筒子的美味都在荡笑,挑逗你的定力。

记得上学时到学生食堂打饭。大师傅和蔼可亲地挖一勺颜色类似猪食似的东西,往我饭盆里一扣。上次我回去还专程去学校重温那一勺子的温柔。可惜时过境迁,珍珠翡翠熬白菜没了。早餐现在是六七十个清淡小菜,一溜排开,自助风格。我走过十来个国家,这么质朴丰富,高雅随意的早餐,还是第一次见到。而这,仅仅是北京一所大学的学生早餐。难怪美女吃了之后,都学港台演艺界人士,把北京发成北 zing。

说住,还是得中国派。学开国将军或者鲁迅先生,在劈柴胡同或者砖塔胡同找个四合院。院子里有三到五家邻居。十几二十个街坊。白天必须有居委会大妈叉腰,挥着锅铲对骂。夜里谁家媳妇撒尿,各家必须都能听见。院子里得有几棵槐树,枣树,香椿,一架葡萄。葡萄架挂上一个鸟笼,中午时分,放送清幽的鸟鸣。人必须在架下,穿着对襟小褂,露二头肌,斜倚躺椅,看一本宋版书,以显学问。门口自然得放个蜂窝煤炉子。傍晚用沙锅炖上鸡,打开话匣子听侯宝林的相声,梅兰芳的京剧。跟街坊聊聊政局,上证股价,傻叉日本人什么的。有兴致时,再扇着烂蒲扇,泡壶香片,跟隔壁老李家二丫头杀一盘象棋。

繁华落尽,返璞归真。咱不住那个院那个房,咱住老北京和我的童年。

不过,要说回国一点问题没有,也不对,主要问题是玩。没玩的活什么劲啊。简单的玩比如野营。美国交通方便。从西雅图出发,开车上五号公路,可以说是“一马离了西凉界”,一路奔驰,了无窒碍。到了圣海伦火山国家公园。一下车,纯净清新的空气扑面而来,让你为之一振。满山红叶,湖光山色让你流连忘返。要搁北京就麻烦了。上次我坐火车回老家,从天通苑到北京站,一路堵车,心急火燎地开了三个钟头,到车站,嘴上先起了俩大泡。到长沙时,人都瘪得跟韩国辣菜差不多了。几十个亲戚在饭店请吃饭,话听不太懂,笑又要强挤。很好的一次探亲就这么毁了。

亲不是每天都恳。可鱼是经常要钓的。在美国家旁边就是湖,有船坞游艇。湖跟太湖差不多大。要钓鱼,把啤酒凉菜端上船,玩三天三夜都没问题。可是北京朋友说,他们要钓鱼得开车奔内蒙。来回光开车就得一天,这也太不方便了。

当然也可以在郊外买块地,挖一大坑灌上水。雇个庄客管起来。要钓鱼时,约二三好友,数名美女,携诗酒,踏春而去。钓上鱼来在窝棚里架火一烤,虽然乐也融融,可跟美国太浩湖比,还是小园香径,太精致了。

就算钓鱼对付了,赌钱也不好办啊。国内现在还没开发老虎机。在美国想糟践好办,满世界都是印第安人开的赌场,你造去吧。上个月见一个老太太打老虎机,一手四十美元。稍微打一个大点的组合,就赢一千二百以上,根据美国法律,得赌场来专人付款,交税,同时上报税局。那天正赶上那台老虎机旺,老太太每隔几分钟就能打中一个千把块的组合。最后赌场付款的干脆不走了,在旁边给她埋头数了一上午的钱。

可中国没赌场。要赌只能玩麻将。绞尽脑汁计算半天,博弈论,概率论都用上,脑细胞死一半,脸色灰败,最后才赢三块。这还是好的。赶上西斜街那孙老头也参战,打你一晚上不开壶,喝地沟油自尽的心都有。说出去吸点氧,清醒清醒吧。不行。P2.5,越吸越傻。

要糟践钱,还是得老虎机。钱塞进去,梆,敲一下键盘,要么没动静。要么哗啦钱下来,凯旋曲奏响,不管结果是什么,反正不用你费脑子。

所以,关于衣锦还乡,我现在还是没下定决心。

误中副车

（一）

一次跟一对中国夫妇在加拿大某小镇抓蟹。抓上来太小。我说不合法，扔了吧。那夫妇是第一次抓，说这还小啊？中国的连这的一半大都没有。留着！我说不可万万不可，抓到一个罚一百块的。但朋友执意要留。说不能浪费。要说那蟹的个头，确实比大闸蟹大多了。可按太平洋标准还是个 BABY。

最后我们把那个蟹装到一个小笼子，挂到码头下面，不仔细搜都搜不到的地方。刚藏好警察就来了。这些事往往跟墨非律吻合得非常好，越怕越来。那警察很有经验，三两下就搜出来了。我们说不是我们的。他说，那好，我先写罚票，有话你们跟法官去分辩吧。

我们谁都没跟法官打交道的嗜好，赶紧改口说好吧。我们认了。那警察警惕地打量我们一会，说，你们不是附近那家中餐馆的吧？我们说，哪里哪里，我们是教书的。拿出驾照，那警察拿回车里用电脑查了一番，回来说，看在你们说实话的面上，这次不罚，下次不可犯了。

又说，其实举发你们的，是附近的居民。那时候，香港人听信政治谣言，纷纷来到加拿大。来了之后用大笔现金买房，把房价炒得极高。引起当地居民愤恨。附近居民看到过中国饭店的职工来抓蟹，知道华人有违规的趋势，于是召警陷害。想不到，这次没打中始皇帝，却误中了副车。

（二）

半夜有人用桶给我送来五只张牙舞爪的大螃蟹。蟹季又到了，今年螃蟹大丰收。本地人有的上船去打螃蟹，有的到码头上卸螃蟹。

卸者卸两万五千磅蟹，两个人干五个钟头，得一百二十块。上船打螃蟹的，每次出海可以拿全船全部收入的百分之十。有一个大个的朋友拉森已经去了四次，每次三天，赚八千大洋。拉森跟的船也不大，只六十来尺长。

为什么有些一百二十尺的船都没他成功，他跟的小船却赚了这么多？有两个原因，第一，他中学时选修了一门打渔课。什么季节，什么地方，如何打海产，门儿清。第二，他的船准备充分。蟹汛之前，他跟的船主已经忙了一个多月，把船的窟窿都补上。螃蟹井抹上腻子，点水不漏，空气循环器装好。螃蟹网都上了油。买了足够的饵。这样，当机会到来的时候，财神就对着你笑了。

另一位朋友赫而米诺去的那艘一百二十尺，看去大得吓人。他的船乘风破浪出去，一会儿又回来了。那艘船的螃蟹井漏水，船没沉已经谢天谢地了。船主事先把修船的任务交给了他的儿子。儿子满身大汗，每天很晚才归。船主给了他一大笔修船的钱。直到船漏水，才发现儿子根本没修船，他拿修船的钱买了毒品，和哥们过了一个月的大烟瘾。儿子拿他爸卷烟抽。船漏的不是水，是白花花的大洋。

赫而米诺跟不了船，只好在码头上卸螃蟹了。他手上满是血印。几万磅螃蟹，必须一只只的用手卸。卸到最后手臂酸疼，动作一慢就会被螃蟹夹。

螃蟹季节到了，成千上万七八寸的大蟹，滚动着，形成一人多高的蟹团，乘着海潮和季风，张牙舞爪，气势汹汹地开进近海来产卵。海岸聚集着觅食的人，有的往怀里揣大洋，有的往手上添印子。

蚕，狗，兔子

（一）蚕

我养蚕是本院一老太太教的。先弄一点蚕子儿来。蚕子儿在纸上，一小块，上面有极小的黄色的蚕子，大概有四分之一个芝麻那么大。到春天自动变出一个黑点儿。

然后整个变色。忽然一天，黑点儿爬出来了，而且，基本上前后几个钟头内都爬出来，跟黑色的线头那么大，样子也像，就是会动。绝了。

我满心欢喜，赶紧拿早摘好的嫩桑叶来。那小蚕明白的很，自己就爬上去了。吃了很久之后，就看到那个嫩叶似乎受了一点损伤。太慢了，我很想替它们啃两口。

小黑蚕不久就变白了点。很可爱地蠕动着，努力地吃。这时已经可以看到它们把桑叶吃掉了一块。蚕也知道省牙，有叶肉它绝不吃梗。吃得桑叶就剩梗了，它也开始吃梗，完全按照最优化的顺序，先吃小梗，再吃粗梗，循序渐进。经过反复地吃，终于变得完全白了。赶紧搬家，找一鞋盒子放进去。这可不是蜗居了，宽敞！

蚕忽然扬起头，不动了。原来要蜕皮了。蚕蜕几次皮我记不清了，反正好几次。我每天必须上房摘小半书包的桑叶来。这时就能听见沙沙的吃叶子声，跟下小雨没什么区别。蚕边吃边拉，蚕屎叫蚕沙，晾干了可以装枕头，据说是特别凉爽。但我生产规模不大，不够装一枕头的。

蚕越来越胖，最后有小手指那么大。白白的，疯狂地吃，一口下去,跟啃烧饼似的下去一块。过一会就得上一次叶子。

终于蚕不吃了,这次不是蜕皮。它变得略有些透明,然后就吐丝。在鞋盒子的角落里吐,尾巴不动,从腰部以上不断地转圈吐,跟做柔软体操似的,直到做出一个茧。丝有两种颜色,一种是金黄的,一种是雪白的。看了一会它们作茧,我用硬纸铰一个五角星,放在杯子上,把要吐丝的蚕放在上面。蚕找不到角无法作茧自缚,只好往纸板上吐,最后吐出一个丝织的五角星,金光闪闪,漂亮极了。蚕自己则缩成一个蛹。又过几天,茧被咬破,从里面爬出了蛾子。这蛾子很肥,先交尾,然后在鞋盒子底部扑腾转圈儿下子儿。不久就能下一片。然后它就死了。

大幕缓缓落下,它优雅地鞠躬,带着幸福的微笑。我从它的微笑里,看到了对于黑线头的快乐的童年的美好记忆,对少年时期蜕变的痛苦思索,和对于羽化登仙的完美结局的心满意足。

(二)狗

一个网友说给猫看病花了巨金。想到另一个熟人养了一条狗,定期打针吃药,还是得了流感。老大一黄狗趴在地上,大眼睛泪汪汪地看着她,怪不落忍的。上医院去吧。医生说这狗七岁了,狗到中年也是个问题,需要住院观察。住几天吧,完了买单,一千五。

我不由想到,如果这狗偏瘫了怎么办。有可能的吧,因追逐邻家老太太的黑猫,误入白虎堂,被火钩子打成半身不遂,在病床上度过余生,整天追思往事之外只能流哈喇子。

西太后年薪是四千两白银,合万把美元,这条狗住三天医院顶她一个月薪水。叱咤风云一辈子,闹半天比一大黄狗还便宜,她老人家泉下有知,八成也得‘悲从中来,不可断绝’。我国官员就不提了,他们的工钱可是按人民币,不是按白银算的。

在中国“报怨”人病。在美国“报怨”狗病。无论哪儿,都有点什么可“报怨”,上帝是公平的。

我记得这报怨应该是抱怨，不知为什么南极星用报怨。当然也不是什么大事，不过既然已经抱怨了，索性再抱怨一下。

（三）兔子

我小时候，有人送了两只小兔子。有拳头那么大。一只公的白色，另一只是母的黑色。

小兔子毛茸茸，给它们菜叶便吃。吃的时候三瓣嘴很匆忙，大眼睛骨碌碌，耳朵雷达似地转。用手一摸就倒下去，贴后脑勺上。有时小尾巴一撅就拉，拉完了双脚一跳，干干净净。

我们院养活物的不多。西院一老头养了只麻雀。那麻雀听老头的招呼，手一伸，就从葡萄架上飞到他的肩膀上。老头捧一茶壶，在院子里悠然而行，不时喂麻雀几粒米。一开始他屁股后头总跟着几个好奇的孩子。后头大家腻了，就去寻找新的刺激。这时海明家弄了一只蝈蝈。他爸爸用一只蝈蝈笼子，挂在房檐下。那蝈蝈尽情地吟唱，把院子叫得充满了乡土味儿。

虽然天天听歌，但是谁也没见过歌唱家。笼子悬挂太高，而且太小。还有个看家的老太太，不让孩子靠近。因此，那蝈蝈给我们的全部视觉形象，就是笼子格中透出的那一点点逼人的翠绿，其余只能用想象补充。

越是看不到越是想看。我喜欢活物。蚂蚱、蛐蛐、几鸟、蜻蜓，瓜搭扁儿，都是我的抓捕对象。蚂蚱抓到手里，一不留神从手指头缝里钻出来蹦了，我满地扑它，抓到了就撅掉一腿，然后再放了，看它还能不能逃。瓜达扁浅绿透明的翅膀摘下来，夹书里当书签。蜻蜓用两只手指夹住翅膀，把手指送到它嘴边，让它咬。完了在尾巴上栓根线当风筝放。什么都玩了，唯独蝈蝈没玩过。这东西新鲜！光远看不够，怎么也得亲自折磨一下才能过瘾。

我跟海明打听蝈蝈的样子。海明嘴笨说不利落。他姐姐海黎是唱歌的，伶牙俐齿，可我们不愿意放下架子去问一个丫头片子。最终还是跟海明他爸搭上了话。他爸爸和蔼可亲，见了我还笑眯眯地。我从他那终于弄清了蝈蝈的样子和习性。这虫儿大抵像蚂蚱。但是个儿要大得多。它威风凛凛，通体翠绿，肚子很大。食物是南瓜花，高粱米，牙特别厉害。假如被咬，须不当要子。

“能飞吗？”我问。

“不能。”

“放出来让我们瞜瞜行么？”

“那怎么行？”他警惕地看了我一眼，我虐待小虫的劣迹八成已经传到他的耳朵里了。

蝈蝈研究不得不提前结束。但此时我得到了小兔子。在院子里引起的轰动就可想而知了。不但小孩，而且不少大人，甚至老太太们也来了。小孩赞叹着，羡慕着，忍不住想摸小兔。都被我赶走。大人则七嘴八舌地出主意。有的认为应该用木条搞一个笼子。有的则认为铁丝就行，里头垫上纸箱子底。第三个人反驳说这不是长久之计。铁丝笼的倡导者又发誓说他亲戚家就这么养了一对。

孩子们趁大人争论不休，从家里偷来了大量的白菜帮子，小水萝卜，西红柿，饼干，巧克力，油渣烙饼和猪肉大葱馅的包子来，央求我允许他们喂兔子。我慨允所有的孩子喂。只是不许用手摸。

“今后你负责喂兔子，”晚上我娘发令说。我高兴得跳了起来。

兔子最终养在了我家的厨房里。小屋有六七平方米。一面放炉子，一面放杂物。三分之一用铁丝网拦住就当了兔子的家。我用干草给兔子搭了一个床，养兔事业就开张了。

那时我几乎每天都接待来访的小孩。他们下课后，到西四菜市场捡菜叶子。到了家就跑来喂兔子。夏季蔬菜很丰富，兔子敞开了大吃，不久就变成了巴掌大，到了秋天，足有一斤多重了。那只红眼睛的小白兔眼睛不红了。它长得又肥又壮，我叫它大白兔。那只黑的略小，胆子也小，但是它的眼神十分温柔。我经常把大白兔推开，让小黑兔先吃。

冬天食物开始短缺。菜市场拣不到什么菜叶子。大白菜的季节也过了。秋天我还吃过一次野菜。市场的货架上只摆了点大葱土豆之类。街道上刮着嗖嗖的北风,树上光秃秃的没一片叶子。几只被风刮乱了毛的老鸦瑟缩着,哇地一声叫,温度陡然又降了几度。

兔子笼里干干净净。扔菜叶子、土豆皮进去,顷刻就被吃光。我家不存菜。兔子饿了几天,见到我就跳过来,睁着无辜的大眼睛看着我,我却没东西给它们吃。我想过偷招待所食堂菜窖里的大白菜。这菜窖是锁着的,钥匙在管理员张瑞手里。我爬房时,曾经不止一次地被他抓下来打屁股。而且,不久之前我们打雪仗他路过,我正好将一坨雪打到他的脖领子里。

我在万般无奈中,把一个白菜根扔进了兔子笼。谁知兔子立刻啃了起来,几下就啃光了。那东西冻得跟冰块一样,上面混有不少泥土。可兔子完全不吝。这个发现救了我和它们的命。从此我就成了食堂垃圾堆的常客。没事就去捡菜根。那个严冬,兔子就靠冻得梆硬的白菜根挺了过来。

冬去春来,一天我娘告诉我,黑兔子不见了。我仔细地看了铁丝网,没有任何漏洞。那个网有一米多高,兔子不可能蹦出去。即使蹦出去,如果没有撬锁的本事,也还是逃不掉。我也想到了猫,但是兔子比猫也不小,而且猫又怎么能进厨房?

最终还是我娘把案破了。她发现在兔子笼的角上有一些新土,土下有一个洞。那个厨房地下铺的是砖。黑兔子竟然有本事把砖搬开,并且挖了一个洞。我想这下完了,一冬天没给它什么好吃的,它八成一怒之下土遁了。

我娘把手伸进洞,掏出了八只耗子似的小动物。它们粉红色,没毛,闭着眼睛乱挤。最大的特别能要强,必须挤到中间才算完。原来黑兔生小兔子了。我找了一个小木头盒子,垫上烂棉花和旧衣服,把它们放进去。看它们好像舒服了不少,又把盒子放到了洞里。

到了第二天,把那盒子拿出来看,小兔子就剩五只了。邻居估计有两种可能。第一种是小兔子沾了生人味,被它们的娘处决了一些。第二种是当娘的生完小兔子之后口渴需要喝水,将小兔子吃了几个。

于是我们往笼子中放了一个水碗。这好像顶事,小兔子再也没被吃。

又在焦急和期待中过了一阵,黑兔出洞了。它身后跟着五只可爱至极的小兔子。四只黑,一只白,身上长满了绒毛。眼睛非常有神。放在家里,如一群小毛线团满地乱滚。我高兴得不知怎么好。满地爬着追它们。一玩就是一个钟头。最后小兔子钻到在大黑兔子的肚子下,好奇地看我。嘴仍然在动。好像说你丫到底是谁,老跟我们过不去?

第二年大黑兔子又生了两窝。兔子总数到了十好几只。兔子笼养不下,我们送了不少给人。我后来还发现兔子喜欢吃杨树叶子。到了秋天,我吸取去年冬天的教训,捡了大量的树叶堆起来。冬天大雪飘飘,兔子却安详地嚼树叶和菜根,吃得肥肥壮壮。

这之后,生活慢慢好转了。菜场开始卖副食品。先有豆制品,包括熏干和鸡腿。再往后连肉都能买了。有一次我家居然买了猪,牛,羊三种肉,炖了一大锅。揭开盖子,香气扑鼻,放酱油蘸着一吃,好像冬天的兔子啃到了菜根。

以后的某一天,我娘宣布要将兔子送人。我很伤心,从那之后,我就没再养过兔子了。今天回想起来,养兔子其实是一种教育。它教我什么是责任、关心和照护。也培养了我的同情心和解决问题的能力。时至今日,我仍然忘不掉大白和小黑受饿时那悲哀的眼神,和它们嘎嘣嘎嘣,极其香甜地啃冻菜根的声音。

美女特务

（一）格言

拉斯维加斯的赌场有一种吃角子老虎，是按中餐馆设计的。原理是这样，如果你打中三个开心果，就请你在3个开心果里选择一个，开心果裂开，显示你赢得的钱数，并且免费赠送“中国格言”一则。一次我得了一个格言，“不娶我前妻的人绝不会犯错”（A MAN WHO NEVER MAKES A MISTAKE IS A MAN WHO NEVER MARRIES MY EX－WIFE）。

这一看就是老美编的。老美爱说前夫或者前妻的玩笑，百无禁忌。中国人可不那么随便。出妻在旧社会这是很严重的事，现在风气开化，严重没了，但起码还剩点沉重，一般不会拿来开玩笑。奖金才30分，和这粗制滥造的“中国格言”倒很配。

如果我设计这机器，我要采用世界各国的名言，并且分成几等。比如“玄之又玄，众妙之门”，是大奖，给500分。“我有一个梦”，可以值到300，“人人生而平等”，虽然蒙人，毕竟比较鼓舞，可以给100分，要是打中“不说假话办不成大事”等政治学公理，800分伺候。能打中“钱不是万能的，但没有钱是万万不能的”，则无疑是天才，非奖他3万分不可。

设计角子机的人估计看出我会惹祸，至今还没来下聘书。

(二)翘脚记

美国赌客有各国人,各种文化。最常见的事件,是赌客在一台吃角子老虎上激战一晚,毫无所得。刚一起身来了一个新人。只按了两下,就得了大满贯。这时各人的涵养就体现出来了。有的人捶胸顿足,有的人脸色铁青。而老赌客从一个老虎机败走时,总是头也不回的。

既然“往事不堪回首”,还是“一切向前看”吧。

赌场华人基本都输,偶尔手气大盛。有一天我大小满贯接连的来,赢得兴起,把鞋脱了,脚翘上去,在赢钱的音乐中,玩得气势磅礴,一点也不困了。邻座一个衣冠楚楚的白人阴阴地问:你们中国人都爱把脚翘着吗?这朋友玩了半天,一壶没开。嫉妒了,但是他不直接说,只挑你点小刺。于是我道:那也不是。在中国只有赢家才有资格翘,输家是要被法办的,嘿嘿。

这哥们听了,脸跟霓虹灯似地变了好几次颜色,终是没发作出来。我看他也没话说了,就继续赌下去了。心说这家伙怎么跟美国政府一个样,看中国人赚了几个钱,就批评起人权纪录来了。

我提着钱袋走出去,心想这次经历最好能编造一个格言。想了半天没想出来。心说要是孔子七十六世孙孔庆东在就好了。他一次回答提问,用三句国骂震惊了互联网。

(三)后会有期

赌场有一种老虎机,在每次吐出的钱中,抽取百分之零点五,累积显示在机器上,并且随机地还给客人。一般这笔钱有一个上限,比如五百块,升高到此数目时,必须发放给正在玩的那一位客人。

我上礼拜二玩的那台,已经接近五百块。不过为了得那五百,我已经塞进去了六百。我玩的那一段,它没怎么吐钱。数字到了四百八十块,却不怎么上升了。我心说,这颗虎牙不好拔。准备离开。谁知最后打一下,老虎忽然给了一百多块,音乐声大作。再打几下,又连续吐出八十,三十六,六十八块。眼瞅着抽水数目上升了一块多。这么下去,不要多少时间那五百就得吐出来。

正在这时过来中国模样的两男一女。要让我帮他们去问问回城的免费班车几点出发。我说,你可以去问事处去问。那人说,我们听不懂,有劳你帮我们翻译一下。

我一愣,几位朋友假如错过了赌场的免费班车,麻烦可就大了。这里离城好几十公里呢。可如果去给他们翻译,老虎机状态变坏,五百就难说是谁的了。加上我投资的五百,等于损失千金。想解释吧,有解释的功夫这个忙早帮了。于是说好吧,你们哪位帮我守住机器,我跟你们去问。

我跟两位朋友一起来到前台,问明了时间。两位朋友说,谢谢。不会英文真不方便。我说,不客气。听两位说话,是四川人么?两位说,是的。大家就分手了。

我继续玩老虎机。一边玩一边琢磨那几位朋友。几位显然不是唐餐馆的台山人。那些人说英文,第三人称动词单数不加 S,精练但是不肉啃(broken)。

几位穿着中等偏下,岁数 40 多。身材偏瘦,有体力劳动痕迹。最突出的是面色黑黄,偏向印巴。生来这种脸色的人也有,但这无法解释三位朋友都这样。所以,我断定几位生活中日晒比较多。推测他们是四川农民,来美国游玩的。

是家里有子侄来美留学,毕业后有了工作。邀请他们来玩吧?我看也不像,邀请三位乡下亲戚来美国,机票加上其余招待,怎么也得一两万。这不是一个刚就业的孩子能负担的。更可能的是自费来玩美国。一万多美元合大约十万人民币。研究证明,人都愿意拿出财产的百分之五旅游。这么算,几位的身家大约在两百万人民币上下。这些年中国经济上升,像四川成都盆地这种膏腴之地,农民有百万资产不奇怪。

想到这凯旋的音乐又奏响了。机器一下吐了三百多块，累计抽水已经到了四百八十四块，在这三百块的冲击之下，也掉了下来。拔下这八百块的虎牙，我感觉超过武松。

一个多钟头后，我正在满头大汗地为另一只老虎拔牙。有人轻轻在我肩膀上一拍。回头看，又是那些四川朋友。一位朋友说谢谢，我们这就赶车去。接着一抱拳，我心中暗喝了一声彩。握手拥抱都是外国礼，显不出同胞情分来。中国人对中国人，只有抱拳最合适。所以他这一抱拳，包含了四川袍哥几百年的文化底蕴。

我也一抱拳，说，朋友四川哪里人？对方云淡风轻地一笑，说，成都。咱们后会有期。再一拱手，便消失在打老虎的人群里了。

（四）只输了六千五

一次玩老虎机。旁边坐着一亚裔女士，埋头按键，一声不吭。我看了一下，这位每一手打五块。一百块两三分钟就打没了。那机器也很有个性，甭管她怎么打，死活不吐钱。一般人一台不好就得换一台，可这位不。每次输光就从兜里掏出一卷百元票，抽一张继续打。我想，今儿晚上她是不破产不算完了。又想，佛云，放下。可人还是喜欢抱着。

第二天我又回到那个地方。看到那位女生连坐姿都没变，还在那里打着。还是每手五块。看来，这主一夜哪都没去，一直这么打。她很气愤地跟我说，输五千了。我说，没准你下一记能打到一个大奖。她让我看守一下机器。我看她直奔厕所而去，心说这位准是一晚上都没去厕所了。

她回来后轻松多了。打中了一个三四百块的。我说祝贺啊美女。哪国人啊。她说，朝鲜（韩国）。又补充说，现在我还输六千五。说完，梆地按将下去，五块又没了。我心说，这 TM 哪是女生啊，整个一倔驴么。今后要是非得罪谁一下，千万别找朝鲜人。

（五）美女特务

一天赌钱，玩一个奖项为440块的老虎机，2小时耗资100多块，440升到451，就颁发给我了。又去玩一个奖项421的老虎。这个老虎不下仔，耗资500，耗时4小时，420升到432，只得到一个小奖49块。我捶了她一记就跑了。

我曾见一个老外，壮若武松，因为生气，一拳击碎了老虎的屏幕。我们中国人输了不来这个。这叫输之不武。

喘喘气，进免费可乐一杯。撒泡尿，洗一下臭手。吃八费，继续侦察。看到一只小老虎，以中国古代四大美人为主题。研究发现，打中貂蝉得分最高，不用说，美国人喜欢女特务。王昭君是外嫁，照理洋人也应该欢迎。但很奇怪，只给中等分。仔细一琢磨也是，越容易到手的洋人越不珍惜。洋贵妃较胖，按照美国的审美观，给分最低可以理解。

我跟老美不同，凡美女我都喜欢。我放了五块钱，按了几下。每下耗资四毛。按到第五下，凯旋音乐忽然奏响，屏幕上展示天安门放礼花，广场欢呼雀跃，我打中了800块。

感恩节头一天，打虎打到手软，从美帝国主义的万恶赌场掏出了1300块钱。其中800块要感谢四大美女和天安门的礼花。

子玉罐儿

我小时候在院子里种过葫芦。葫芦刚摘下来是青色的。我吊起来晾干,变成褐色。一摇晃里面还哗啦哗啦响。把头锯掉,子倒出来。肚子里头还有些烂棉花絮子似的东西掏出来。败絮其中,指的就这东西。

掏过下水葫芦就能用了。我把老爹的酒倒进去,找个软木塞子一塞。再拴个小绳子,提着就找哥们去了。见面一人先来一口。几位都辣得挤眉弄眼的。把酒糟蹋完了我们就逮蛐蛐儿去。抓到后,对准葫芦口一拍,塞上。这时葫芦的肚子里才有了真货。

抓蛐蛐儿自然是去斗。不到三天,我们打败了胡同的所有对手。名声一夜之间就传了出去,西单,什刹海,德胜门玩蛐蛐儿的都来跟我们斗。结果仍然是我们胜得多。

第二个礼拜,来了一大人,要求看看我们的蛐蛐儿。看完了说他代表前门的金老先生来跟我们约斗。又塞给我们五块钱,说你这儿个蛐蛐儿看着都不错。可惜腿都太弯了点。你要是撅一下,弄直了就好了。我将信将疑。他又说,不想撅的话,掐一下也行。说着就要做示范。我拦住说别价,要掐也得我们掐。回头掐坏了不好算。他笑说那你就自己掐吧。甭顾虑,要是你的蛐蛐儿败了,我赔你一百块钱。说着还拿出钱来晃了一下。

第二天金老先生真来了。后面还跟了一大帮人。原来他是蛐蛐儿名家,好几年没动弹了。这次一跨门槛,震动了北京蛐蛐儿打斗界。

我们院那天比赶集还热闹。内圈除了金老头和他的徒弟们,我们院的孩子,本院最大玩家,四中语文钟老师,还有一个穿粗布褂子的秃老头,号称是中央警卫局的。后头站一伺候的,腰里明显别着枪,手捧一暖水瓶,时不时的给秃头续水。再往外的人就得站椅子上了。更远的只能站房顶上用望远镜看。一穿海魂衫的哥们被人一挤,从房顶下摔了下来。爬起来掸掸土,捡起望远镜,又登着梯子上去了。不少人带了马扎,小板凳什么的。也有带午饭的。有几个老头还带了象棋。用小紫砂壶沏上茶,一边杀棋一边喝着。

就在这一片闹哄哄的混乱当中,金老先生对我微笑着一拱手,说小兄弟请了。我一愣,心说怎么着,还没打就降了?老先生又说他请裁判李三儿先说说规矩。我这才明白,人家拱手是走程序,表示客气。

一看,这李三儿就是昨天来约架那主。

李三儿宣布,比赛是三局两胜。斗蛐蛐儿必须用专用的蛐蛐儿草。战斗在他提供的斗罐里进行。蛐蛐儿跳出去算输。逃跑算输。一旦战斗开始,人脑袋必须离开斗罐两尺以外,以防作弊。

宣布完了规矩,双方就张罗着往外拿蛐蛐儿。金老头那仨蛐蛐儿罐儿镇住了不少人。钟老师说两个是北盆儿,一个南盆儿。其中有一件是宣德年间的。警卫局那老头认出其中有清代的子玉罐,一个是瓜皮绿,一个是鳝鱼黄。我听不懂他们说什么。金老先生也不言语,仅仅略微颔首,捋着胡子微笑。

跟老先生比,我们那些个旧罐就太寒碜了。一个午餐肉罐头盒。一个是刘铁他爸从部队带下来的一个没把的大磁缸子。还一个是我家的咸菜坛子,屋顶漏时用来接水的。

大家欣赏蟋蟀盆的当,李裁判悄悄问我腿儿撅了没有。我说掐了一下。他说,别怕,万一输了还有那一百块垫底呢。我心里直乐,白痴啊你。掐不掐你那一百不都垫着吗。哪来的老塔儿,还给我们内城的下套,门儿也没有啊。我跟刘铁使了个眼色,刘铁会意,把我们那蛐蛐儿装葫芦里去了。

这是我们的两个绝招之一。一个是钟老师传授的,他有一本祖传的蛐蛐儿书。上头说大战的头天,可以喂蛐蛐儿一颗泡过山西汾酒的高粱米。另一招是刘铁的主意，斗前把蛐蛐儿在我那酒葫芦里闷上几分钟。这个创意来自他对他爸爸的观察。他爸爸爱喝酒，常说头天喝醉了，早上醒酒最好的办法就是再来口酒。

第一招让蛐蛐儿休息好。第二招让蛐蛐儿解了宿醉，精神百倍。而别人的蛐蛐儿，斗之前经常是抖着翅儿，傻了吧唧叫了一整晚上，锐气最多还剩六分。斗场上相遇，多半都不是我们蛐蛐儿的对手。

第一局金老先生放出一个小蛐蛐儿，俗称钢头。他说名叫罗成。这蛐蛐儿浑身闪亮，跟一小铁疙瘩似的。而且翅儿一点不乱。精神头和状态都好。我见过这样的，虽然小，凶得厉害。

我们这边出战的是胡司令，肚子大，作风霸道。放进斗盆，不用逗，扑上去就咬。我们猛喊加油。但那小东西闪避灵活，不容易咬到。有一次好不容易咬中了，被那小东西一蹦就逃脱了。十几圈斗下来，胡司令都没得逞。而且，在“罗成”不住挑逗下，反应开始迟缓。忽然“罗成”让胡司令一口咬住。胡司令好不容易得逞，咬着不放。罗成小蟋蟀后腿猛力一蹬，把胡司令蹬一跟头，大肚子暴露出来。反被那小蟋蟀一口咬住了。

形势转瞬间逆转。任司令怎么蹦哒，罗成小蟋蟀就是不松嘴。司令一个死窜，带着它窜出了斗盆。大家发一声惊呼，司令重重摔在地上，仰天躺着，肚皮被咬豁，黄儿都出来了。它哆嗦着想翻过来，但显然力不从心了。那小法西斯倒明白活干完了。松开嘴跳开，开始振翅叫赢。

这个结果谁也没料到。众人纷纷议论。金老头的徒弟送上一盏茶。老头喝了一口，仍然不动声色。裁判李三儿宣布第一局金老胜。又说，祝贺金老先生，真是老当益壮，老当益壮！

我瞪了他一眼，说，吹什么，下场子的又不是他！

金老头哈哈一笑，说，说得对。什么胜了负了的，玩虫就图个乐子么。又用一根草棍，轻轻拨愣胡司令的尸体，说，小兄弟，你这头青蟀，其实是不错的。

我说，不错还败了？您想吹牛就吹，别拿我们垫背。在众人的笑声中,钟老师拱手说,老先生可否就刚才这一场评点一二?

老先生拱手说,怎么敢在各位面前卖弄?您跟这位首长,眼睛一扫,把我这几个盆儿说得清清楚楚。两位才是真正的行家。警卫局秃瓢说,嘿嘿,你不要太谦虚。钟老师真心提问,推三阻四不好么。

老头子说,既然首长有指示,我就胡说两句。若有说错,请首长和各位治罪。以老朽的浅见,刚才这场其实是京城民间和皇族两派蟋蟀之斗。

钟老师道,我知道本城蟋蟀大致分两个品种,还请老先生指教。

金老头说,我这一头是圆明蟀。特点是个头小,脑袋乌黑,标准的铁头蟀。民间也叫钢头。

钟老师点头说,圆明钢头,也叫鬼蟀。听先父说过。

金老先生道,圆明园那块儿原本是一片荒地。虫儿小,性子野,但战力不够。一直是不登大雅之堂的。咸丰年间,满人把关外的虫带入了皇家。龚半伦带八国联军烧了圆明园之后不久,我祖父在那一带民间发现了一个很厉害的新品种。体形略大,有外国鬼子的野蛮和暴力,当地人以为是鬼子从外国带来的,都叫鬼蟀。其实是关外虫。由于八国联军破了园子,流出皇家,跟本地品种混交后形成了新品种。

钟老师说,我们院这头,应该是青花蟀了。

金老头用茶杯盖子刮两下茶,撮了一口说,钟老师好眼力。小朋友这头正是青花蟀。本来是明宣宗命杭州贡进来的品种。个头比较大,颜色比较浅。在一定的位置对着光看它的背,可以看到一朵隐约的青花,这叫龙井印。杭州山水秀丽,龙井茶闻名天下。蟋蟀多染上了江南秀色,故颜色稍浅带青。民间也叫杭蟀。小兄弟,你这蛐蛐儿,是不是在皇城根捉的?

我说,多新鲜哪。住皇城根儿可不跟皇城根抓嘛?

金老头点头说,这就是了。杭蟀在宫里头呆久了,染了贵气,山水之色褪去,而透出金色。虽然后来朝代更迭,散失在外,但基本的青,黄二色还在。分别代表了这个品种在江南和皇宫的经历。所以你这头，有些呈金黄色。

我说，赫操，赢一次不用说这么多吧？大家又笑了。钟老师说，听老先生说嘛。

金老头说，呵呵，老话儿说蟀如其人，这位小兄弟有锐气。难怪杀通了半个北京。这头青花蟀，身大力强，颜色青中透黄，龙井印明显。跟我这头铁头，本来应该势均力敌。

钟老师说，哦，那为什么败了？

金老头说，贪杯。我刚才闻着，这头青花有点酒气，好像是醉过了头了。说着，有意无意地看了一眼刘铁手里的葫芦。

闹了半天，我们的招数人家全明白。前头没说穿罢了。

老头又说，醉一下蛐蛐儿，比如头天喂点浸酒的粮食什么的，明代比较流行。当时因为皇上喜欢玩蟋蟀，大臣和民间都跟着玩。还有人著了本专门讲蛐蛐儿的书。前清工部侍郎赵晋有诗，“三秋有谱皆斗蟀，四下无童不翻砖”。说的就是这本书。

钟老师说，您说的是“三秋谱”。

金老头说，正是。斗蛐蛐儿叫所谓“三秋勇斗”，所以叫三秋谱。这三秋指白露，秋分，寒露这三个节气。白露时，蟋蟀血气方刚，最爱挑战。但是历练不够，不是最好的。到了秋分，多数蟋蟀已经斗过不少次，经验和精力最旺。到了寒露，经验丰富了，但也是秋后的蚂蚱，蹦跶不了几天了。这时喂一点酒，可以驱出体内的秋露，增加战力。头天喂一粒浸过酒的粮食，就是那时的办法。当时试过各种酒，发现黄酒力太软，庐州酒力太硬，以山西所产汾酒为最好，但是这么做，也有毛病。酒催的是前劲，后劲不行。遇到耐力好，还特聪明的对手，就不一定行了。

我说，给蛐蛐儿喝酒，我怎么没听说过？

钟老师呵呵一笑，说，这孩子，行家面前就不要藏着掖着了。真人面前不说假话，这三秋谱，就是我先祖著的。喂汾酒的办法也是谱上说的。

金老头一笑，说，果然是世家子弟。刚才小兄弟那虫一亮，我就闻出隐约的酒味。心说,这孩子必有高人指点啊。其实呢,这醉蛐蛐儿的法子,清末已经改了。现在圈子里头的都改用酒糟……

我站起来,说,吹得差不多了就开下一局吧。我这还憋着泡尿呢。

金老头说,正好。茅房在哪,我这也憋着一泡呢。大家哈哈笑起来。李三儿说,斗当然要斗。下一场半个小时后开始。大家有什么事赶紧办吧。人群这才散开了。

撒尿时我跟刘铁说,你丫怎么搞的,让老家伙闻出酒味来了?刘铁说,你还说我?你喊加油,一大吐沫星子喷司令脑袋上。这才被人家咬住!我给了他一拳。丫倒也不软,一脚差点儿把我踹尿池子里。

这时钟老师也来撒尿了。钟老师说,什么时候了还互相埋怨?高手胜不骄,败不馁。你看金老先生多淡定!又说,赶紧商量下一场用哪只。锻炼锻炼你们的思考,我就不插嘴了。

又说,我看啊,这局得用曹操。

原来,我们的蛐蛐儿都走霸道路子。名都是钟老师起。楚霸王,秦始皇,曹操……座山雕,胡司令,都是有名的混蛋。但要说赢的次数多,还数胡司令和楚霸王。下一场,我跟刘铁都想用楚霸王。刘铁说,钟叔,这场要是输了可就二比零了。

钟老师说,就知道你们会犯这错误。个儿大有用吗?金老先生不是说了吗,输在贪杯。所以光看个不行,得看酒量。这些蛐蛐儿数曹操酒量大。记得上次我让你们背的那诗吧,对酒当歌,人生几何。何以解忧,唯有杜康。

刘铁是蹲班生,一拽文就说不出话来了。我说,诗都是书上的,汾酒不也是书上说的吗?

钟老师说,哈哈,可这正是我启用曹操的原因。金老敢说破咱们用汾酒,就是因为他知道咱们昨天喂过了,现在改来也不及。但他没料到,蛐蛐儿还有酒量大小。我们还可以用酒量大的。我们的胜机,就在他这个大意上。我早就观察过,曹操酒量很大。连吃两粒汾酒高粱,若无其事。要么我给它起名曹操呢。

我心想输了还有李三儿那一百块垫底呢。就说,就曹操吧。海黎她奶奶说老戏里曹操是个大花脸,孙子着呢。刘铁说,爱谁谁吧,我妈骂过我爸,说爱喝的都不是好东西。

钟老师道,这就对了。又拿出钱包,掏出两毛钱给我们,说,去,门口买冰棍儿去吧。我和刘铁拿了钱往外跑,他在后头喊,给我留一根儿,要红果的!

吃着冰棍儿回院,刚过月亮门,听到影壁后面有两人在忽高忽低地说话。刘铁听出来有李三儿。就听一人说,三哥,我那点底子,可全照你说的砸下去了。李三儿说,小声点!又压低声音说,回头可别说我没提醒你,现在下注是十对一。你家又不远,赶紧回去,敛吧敛吧还来得及!那人说,可万一输了呢?李三儿说,废话。有我在,能万一么,快去!

我问刘铁他们在说什么。刘铁说肯定是做什么买卖。咱们跟着去看看?我说看个六,下一场马上就开始了。俩人跑回家,把曹操放到竹管里,就奔大院去了。

大院里头已经是各就各位。里圈的几尊神也都上了位了。一声开始,众人屏住呼吸。我们把曹操放进了斗罐。金老头子放的是一个中等个头的蛐蛐儿。身体发红,个头跟曹操差不多。也巧,名叫关公。钟老师说,得,这回我们又完了。关公是曹操的冤家啊。众人笑了起来。空气放松了一点。

头三个回合,曹操每次都是一触即退。我看曹操斗过很多次。甭管对手多厉害,从来没见它这么怯的。瞧那劲头,好像欠了关公多少吊钱似的。关公倒好像很得脸,一个劲往前扑。我心说曹操不会真碰上克星了吧。越看心里越燥。我们院几个孩子一起喊,咬它,咬它,上啊!恨不得自己蹦到罐里。

可越喊越不行。又斗几个回合,曹操忽然一个转身,逃跑认输了。关公倒也不追。径自振翅叫起赢来。金老头的徒弟们见胜负已决,都长出了一口气,轰然叫起好来。

这次输得实在太丢脸了。一般斗蛐蛐儿怎么也能弄个几十回合。可曹操根本没怎么斗。平常那坏劲不知道哪去了。我拿竹管收曹操。想不到刚拿到手里，那蛐蛐儿托地一声，自行蹦上我的手，钻进了竹管。不少人都噫地一声。我也一愣。斗了百十场蛐蛐儿。还没见过这样的！

李三儿很悲催地跟我说，兄弟，你这蛐蛐儿没选好啊。又说，三局两胜，不用斗下一场了。现在我宣布，这次比试，金瘦鹃老先生——

金老头举手说，等等！然后把那斗罐拿起来仔细看。用手摸摸，凑鼻子跟前闻闻。然后说，李三儿，这罐是怎么回事？李三儿说，什么怎么回事？老头儿端着斗盆，说，味儿不对啊。说着朝李三儿跨了一步。李三儿退了一下，在板凳上绊了一个趔趄。金老头从那斗盆中拈起一小点东西，举起一根手指说，各位，今天这场比赛有猫腻。

这话引起一阵骚动。外圈有一人喊，什么，猫腻？我拍进去八块呢。另一个接茬说，哪缺德带冒烟的孙子干的？揍丫挺的！不少人跟着吼起来。一片嘈杂中，钟老师问，老先生，作弊怎么算？

金老头说，怎么算咱听领导的。又对秃老头说，首长，有人往斗盆里抹了东西。坏了小兄弟的虫儿，您看该怎么办？

一直没言语的秃老头咳嗽一声站起来，对那警卫员说，小沈，待会儿给我往公安局送个人行么。警卫员微笑着说，没问题。老头和蔼地望住李三儿，说，我听说有人靠斗蛐蛐儿聚赌敛钱。这是犯法的。你看，咱们是在这把话说清楚喽，还是去趟公安局啊？

众人的目光一下聚到了李三儿身上。李三儿拿起斗罐，闻了一下，皱起眉头说，这盆儿是有味儿……金老先生说，还装！李三儿啊李三儿，你怎么能这么干？你是我推举的，按规矩这场得算我输。输赢倒无所谓，可我丢不起这老脸啊。

李三儿说，盆儿让人做了手脚，可这事不是我干的。

金老头说，到这份上了你还不认？警卫局说，看来这问题还是得到公安局解决。李三儿说，首长，您老别吓唬我。其实我正想去局子里掰扯掰扯呢。

小沈把李三儿带走了。

钟老师问,我们才疏学浅,作弊的详情,还请老先生指教。老头说,其实很简单,我发现你们那虫儿表现太反常了。特别是逃出斗盆,钻回竹筒。让人不得不怀疑斗盆。一检查,真有人抹过东西。有股子酒糟味儿。

钟老师说,明白了。您是用酒糟喂蛐蛐儿,还加了独家秘特的药料。有特别的味儿。金老头说,您说得对。蛐蛐儿这虫讲究地盘。每只在野外都有一块地和熟悉的气味。关老爷平常吃酒糟,闻到味儿认为进入了自己的地盘。立时就想保卫地盘,轰走外虫。斗志被激起来了。你的虫没闻过这种味儿,还没斗,心先虚了。

我说,老大爷,你也够傻的。不揭发,你不就赢了?钟老师说,呵呵,金老是名家,怎么能占这个便宜?老头说,我玩了这么些年的蛐蛐儿,总还知道点规矩。这场蛐蛐儿,李三儿没少下注。要是没被发现,能赚几百。

说着又拉着我的手说,小兄弟,李三儿是我推举的,错在我,这场,还是你赢了。

我苦着脸说,李三儿说要是我输了赔我一百块。现在我找谁要去?

老头呵呵一笑,拿起那瓜皮绿的子玉罐,说,小兄弟,咱爷儿俩一南城一北城,差好几十岁。能玩到一起也算有缘。这么着吧,这罐儿我送给你,当赔个不是,你看行不行?

我撇嘴说,这破玩艺能当钱花么?

钟老师连忙从老头手里抢过罐子。嘴里说着,这哪行?这么贵重的东西怎么能送孩子?还是还你。老头说,送出手的东西,断没有往回拿的道理。钟老师瞪我一眼,说,既然如此……小子,还不快谢谢老先生?

于是,我就有了平生第一个正经的蛐蛐儿罐子了。后来钟老师说,子玉罐是康熙年间的古董,现在能找到的,统共不到三百个。又说,你可得放好,别叫摔喽。

又过了半个来月。一天放学后，刘铁呼哧带喘地跑来，说法院在邮局门口贴了一告示，上头有金老先生的照片。我跑去看，果然有个告示。上写，诈骗犯金恭信，又名金瘦鹃，年龄六十七，民族满族。以斗蛐蛐儿为名聚赌，骗取现金。被我公安机关侦破，经核实罪证确凿，本人供认不讳，判劳动教养三年。

我们跑去告诉钟老师，他连说这怎么可能。那么有修养的老先生，怎么会是个骗子。于是，我们又去找在北京公安局工作刘铁他爸去问。

刘叔果然知道这事的底细。他说金老头做了一个局。他知道李三儿贪财，所以让他当裁判。李三儿果然到处找人下注。由于金老头是名家，这种买注起码都是五比一，十比一，甚至更高。金老头则暗中派人，用很少的注赌我赢。这样即使输了他也吃不了多大的亏。要是赢了可就赚大了。结果他凭多年的经验，当场破获了李三儿作弊，让赌局翻了个儿。虽然蛐蛐儿输了，可钱他也赚老了。

刘叔拍拍我，说，小子，没你还抓不到金老头。我咧着嘴笑。钟老师又问，你们是怎么发现这个局的？

刘叔笑说，只能说我们盯这个赌博团伙有日子了，而且有内线，再多的我就不能说了。钟老师叹口气，说，怪不得他能多少日子不出山呢。出来一次能捞一大笔。又说，知人知面不知心，连警卫局的张副局长也没看出来。

刘叔说，他不是警卫局的，实际是我们市局传达室看门的张大爷。我们安排他那天到场，是因为那天赌博的人多，我们怕出什么事，所以让他以警卫局的名义去压一下场子。

惊险小说里的情节居然发生在我们身边，我们院的孩子们都很兴奋。有好一阵子，我们一有机会就缠着刘铁他爸，让他尽快找个匪巢，把我们派进去卧底。

那个底部印着“古燕赵子玉造”蛐蛐儿罐儿，我一直保留着。后来还在灵镜胡同那碰见过一次李三儿，他说警察训了他一顿就把他释放了，又说金老头被送到天堂河敲石头去了。我听了，不知为什么有点闷闷不乐。金老头那和蔼可亲的脸老在眼前晃。心里想,不知道天堂河那边有没有蛐蛐儿,用什么罐儿养,喂不喂酒糟?也不知道他在那还斗不斗“虫儿”,或者跟人聊三秋谱,八国联军什么的?

思考篇

引言 狒狒难题

非洲沙漠和半沙漠地带的旱季，有水者活，无水者死。

当地人喝水一般都依靠狒狒。狒狒有秘密饮水处，但是如果它发现被跟踪，就绝不去喝水，以防泄露。所以，当地人找水，都要首先找到一个白蚁包，在上面打一个小洞，往里放上一些狒狒喜欢的坚果，如核桃之类。而且有意让狒狒看到藏坚果的过程。

人走之后，狒狒出于好奇去研究蚂蚁堆。它闻到小洞里有食物，把手伸进去拿。但是手握核桃就无法从洞中抽回。蚂蚁堆的土质硬度跟水泥差不多，必须放弃核桃才能抽出手。但狒狒不明白，徒然乱跳，无法脱身。这时隐藏在附近的人冲出来，将狒狒生擒。再利用狒狒喜欢吃盐，给它吃盐。等它渴到极处时把它释放。狒狒渴到极点，忘记了保密，飞奔到饮水处喝水，于是水的秘密就被发现了。

人会权衡，能逻辑推理，这是他的先进之处。假如手抽不出来，人会放弃核桃，但是狒狒不会。佛学上有一个名词叫执著，狒狒的错误，正在于对核桃的“执”著。

把某些理论，观点，名言当成天条，哪怕跟事实抵触也不肯放弃，这就跟狒狒抓住核桃抽不出手来一样。有人又鼓吹美国的民主，又无法解释美国富豪做主的现实。宁肯抓住核桃不放，而被生擒。

佛学有另一个名词叫“放下”。理论背离实际，跟事实抵触时，放弃理论，就是放下。研究外国制度，但根据中国的条件决定怎么办，这才能超出狒狒。

老鼠生儿打不打地洞

"文革"时北航附中的几个学生曾经写过一副对联：老子英雄儿好汉，老子反动儿混蛋。正方和反方学生为此辩论得天昏地暗。中央文革的江青、康生和关锋，先是支持这副对联，说这是党的阶级路线，"基本如此么"。在毛泽东表示反对之后，又一窝蜂地改变立场。陈伯达说这是"龙生龙凤生凤，老鼠生儿打地洞"封建血统论的翻版。于是对联又被批判。

文字上这副"对联"并不是对联。上下句重复用词，平仄也不对。但这副对联的意思值得深思。按照科学理性的标准，正反方学生和中央文革大员的观点都是错误的。

要判断龙生龙凤生凤，老鼠生儿打地洞对不对，得通过生物实验，找出老鼠儿子，由于变异丧失打洞能力的比例。假如该比例是万分之三，可以得出结论，万分之九千九百九十七正确，万分之三错。科学得有数量的概念。

反方说对联是错的，正方说它"基本正确"。什么叫基本正确？百分之五十是"基本"吗？百分之三十够不够"基本"？对联的正确性是一个事实问题，只能用证据和数字说话。如果对联是说经济状况有代际遗传性，那就应该看看在多大程度上遗传。根据社会学家统计，在美国，富贵的衰减率大概是每代45%。假设一个社会共100人，其中10人为富人，90人为不富。从这个数字，立刻可以推出，在这个社会里：

1. 富二代仍富（老子英雄儿好汉）的正确性为55%；
2. 穷二代仍穷（老鼠生儿打地洞）的正确性为95%。

推导很简单,由于富贵的衰减率是每代45%,富二代只有5.5个人仍然富。4.5个空出来的位置(假设富人的总数仍然是10),由其余人的后代填补。这90人的后代,4.5人成为富人,比例为5%,其余95%,仍然不富。这是一个假想的社会。对于真实的社会,分析办法完全一样。只要做一个调查,看看有多少富二代仍然富。他们占总人口和富人的比例,一切就很清楚了。

如果对联是说老子的身份和思想有代际的遗传性,也可以通过类似的办法,统计一下有多少儿子继承了老子的身份和思想,有多少没有。这就能相当精确地找出对联的正确和错误的比例,并不需要辩论。

当时反方的遇罗克写了一篇《出身论》来批判这个对联。说"这副对联不是真理,是绝对的错误"。该文后来曾经被奉为名篇,但他没有用科学的分析方法,也没有做任何统计工作。所以,他的结论跟正方的结论一样无效。

这副对联实际提出了一个社会的意识形态,身份和财富的继承问题。用科学方法分析,不但可以得出正确的结论,还可以指导公共政策的制定。比如,研究继承财富的问题直接关系到征收多少遗产税。如果不征遗产税,让第二代全盘继承上一代的财富,那么富二代仍然是富人的比例就会增大。社会的富裕层和贫困层的人员对流就会减少,这不利于推动社会进步。但如果不允许富二代继承遗产,也会引起社会动荡。同理,如果高层的官职可以世袭,则回到了封建社会。如果完全禁止官员的子女当官,也不公平。怎样的政策最好,是值得深入研究的问题。

遗憾的是,当时从中央大员到青年学生,都急于下结论。没一个人肯坐下来搞一点理性的统计和分析。结果,中国丧失了一个宝贵的思考机会。这说明从一九一九年"五四"运动提倡科学以来,经过这么多年,理性和科学的精神,还没有在人们心中扎根。

不是故事

我给资本家开发产品时，公司派给我的组一个写手江森。小伙子沉默寡言，人看着很精神。他毕业于美国西海岸的路易斯克拉克学院英文系。这是个不错的私立学院，由于为克林顿总统培养了一位情妇莫尼卡·鲁文斯基而出名。

小江的任务是写产品说明书。一开始我信心不足，觉得要的是科学应用文，不是一堆花里胡哨的形容词。所以我当时是准备将来把他写的推翻，然后自己重写的。后来发现，他的英文一点不啰嗦而且基本到位。唯一的问题是用词不够精准，但这也是个小问题。熟悉之后，大家就成了朋友了，组里同事喝酒他也参加。而且我发现，半杯就能使他变得健谈。

这天他说，在学院读书时上过一节课。老师先请大家设想一个局面：一个很倒霉的国家，对外战争失败，国内经济衰退，民不聊生，政治上则是党派林立，斗争激烈，总之是一片混乱。整个民族走在黑暗的隧道里，看不到尽头的亮光。这时，民众选举了一个新领袖上台。新领袖励精图治，实行了大刀阔斧的经济、政治和军事的改革。短期内就让各个党派同心协力进行建设，全国人心为之一振。又过两年，经济显著好转，民生大幅改进，国家从混乱走向了有序，民族又变得生机勃勃。故事讲到这就完了。

接下来的分组讨论很热烈。多数洋同学认为，这个寓言的主旨是民主制度拯救国家。一位中国同学则说，这不过是物极必反，否极泰来罢了。中国几百年前有个小说，第一句就是“话说天下大势，分久必合，合久必分”。天下大乱达到天下大治，跟制度没什么关系，所以你们的观点很肤浅。我们脑门子上有五千年的抬头纹，你们才长了几根儿啊。说完了看看老师,老师微笑,但不发一言。

一位美国同学说,朋友,这寓言的重点不是哲学,而是民主制度的优越性。别忘了这位新领袖是人民选举出来的。选举制度是谁发明的?是西方,希腊。说话口气,显然有几分傲慢。说完看看老师。老师还是不置可否。

中国同学笑了笑说,呵呵,边哨着去吧同学。中国的政治智慧早就超越了西方那些浅薄的政治理论了。刚才提到的中国小说,叫做《三国演义》。它的开篇词又说了:滚滚长江东逝水,浪花淘尽英雄。是非成败转头空。转头空,能理解么?

中国同学得到了不少亚洲和穷国同学的支持。但美国同学又得到了欧洲国家同学的支持。一时东方和西方文化扭打在一起,难分高下。直到老师说,同学们,我插一句。等大家安静下来,老师说:我说明一下,这个故事其实不是一个故事,而真实发生过。这个国家叫德国,而这位新领袖,叫希特勒。

后来我又跟小江喝过酒,听过他讲其他的故事,但这一个给我的印象比较深。

修齐治平连环画

（一）

费正清说“修身、齐家、治国、平天下”证明中国人没逻辑。到底有没有逻辑，可以分析一下。什么是修身？修身就是管理一个人，齐家就是管理几个人，治国平天下就是管理更多的人，使得天下太平，这逻辑层层递进，很清楚。

数学中有归纳法，先证明某论断对小数 1，2 等成立，然后假定它对 K 成立，再由此证明它对 K+1 成立。中国古人这句话，就是数学归纳法的思路，修身就是 N=1，齐家就是 N=K，治国平天下就是 N=K+1。

中国古人指出，凡事从小做起，不积跬步无以致千里。管理不了自己的人，当然管理不了全家，因为家包括了自己。管理不好一家几人者，自然就管理不好国家，因为国家包括了他的家。从逻辑上看，这意思周到严密，没有错误。

中国文化博大精深，欣赏不了是一个遗憾。

（二）

常看到一些指责中国如何不行，应该如何改造的文章，总觉得题目做得大了些。

过去有一幅政治招贴画。画一位农民怀抱一本小红书，背后是闪闪的金光，脚踏一个帝修反小丑，脑海里现出一幅全世界三分之二人民受罪图。如果把农民换成一个梳着偏分的假洋鬼子,小红书换成一本西方民主洋书,脖子上挂个银桃子,背后是洋人的金光,脚踩中国人,就成了民主教徒改造中国图了。

有伟大的理想不错,要改造社会也很好,但改造的起点,应该是首先改造自己的处境。古人提倡先修齐,再治平,有些道理。凡办事都是先易后难,循序渐进。学物理是先学三定律,杠杆原理,然后学热力学定律,最后才到了某种专门的研究。连自己的事情都管不好,却要指手划脚地指点如何管理世界第一大国,确实荒谬了一点。招贴上的农民兄弟胸怀伟大的理想当然是对的。但具体做起来的话,恐怕先要保证自己有足够的窝头吃。吃了之后,有了力气再去解救其他几亿人。

如果用连环画来表示修齐治平,第一幅画应该是个人吃窝头图,然后,是合家吃窝头图,再然后,才是搭粥棚散窝头图。以前看漫画,一个叫花子冬天没衣服穿,在自己身上画衣服。看来议论国家大事,最好别搞成叫花子画衣服,画半天除了色彩,一根纤维没有。冬天来到的时刻,人们需要的不是色彩,而是温暖。

女生巴巴拉·格拉特起诉密西根大学

1997 年,美国密西根大学法学院决定不收女生巴巴拉·格拉特。巴巴拉随后起诉该大学校长李伯陵(Lee Bollinger)。理由是她的成绩很好,但是,法学院却因为对黑人优惠,而收了成绩较差的申请人。

她起诉理由最重要的两条是,第一,1964 年美国民权法第六条规定不得种族歧视。第二,美国宪法第十四修正案规定公民享有同等的法律保护。校长则引用弱势群体优惠法(affirmative action)辩护说,密西根大学必须收取一定数量的少数民族学生。

此案先由地区法庭判大学败诉,大学上诉美国最高法院。最高法院以 5:4 的投票,裁定目前该大学优惠少数民族合法,使得巴巴拉败诉。最高法院认为,在入学上对黑人实行优惠符合宪法,但是技术上有度的问题。优惠没错,但是太优惠,把若干比例的黑人名额强行分配进大学也不行。

起码在字面上,这个裁决是违宪的。宪法说公民在法律面前平等。既然平等,在入学政策上,就应该一视同仁。入学给黑人以优待,就是逆向种族歧视。学校是教育机构,它唯一的目的就是为社会培养合用的人才。在资源有限的情况下,只能挑选最适合培养的人来培养,而标准只能是学习能力,肤色跟这些无关,不应该是选择标准之一。如果把宪法执行到每一个标点符号,录取就应该以学习成绩为唯一的依据。

但是坚持宪法这一原则,反会造成不平等。因为历史的原因,黑人群体的经济、教育、政治和其他方面与白人比仍然有一定的劣势。坚持入学在成绩上的人人平等,就会造成黑人在社会上层的人数衰减以至趋零,这最终和平等相冲突。美国的法官在这个问题上,找到一个妥协点:为了平权,推行不平权。通过低水平上的不平权达到高水平上的更平权。这里最重要的不是具体的决定,而是决定背后的思考方式。

美国和很多国家都有对弱势人群的优惠法律(affirmative action)。中国大学录取少数民族学生有优惠。北京地区的一些学校录取北京考生也用较低分数。但,这是一类矫枉过正的法律。由于历史的原因,一些群体处于弱势。为纠正这个错误,用不公正的优惠法律进行补救。所以从根本上,这是用不公平来制造公平。

这个情形,类似狐狸给熊和老虎分披萨。老虎说我这半少了,狐狸就咬熊那半一口,熊又说我的小了,狐狸又咬一口老虎的披萨。美国最高法院就是狐狸,各个种族就是熊和老虎。美国高法两边咬披萨制造公平。

把美国优惠法律用到高校入学的合宪性一直受到挑战。它违背了美国宪法第十四修正案。美国华盛顿州、加州、密西根州甚至通过了州宪法修正案,禁止在本州高校入学使用这个法律。所以,美国高校入学的歧视性种族优惠政策是合理但不合宪的。

最高法院的大法官们做出了牺牲局部挽救全局的决定。这是壮士断腕之举,是特殊情况下的特殊措施。判决书以25年为期,允诺将来黑人社会状况改善了,入学就不优待了。这提供了一个在决定公共政策时尊重历史,权衡利弊,全局思考的例子。

精英之路

现代社会通行精英治国。但精英如何产生？这就得研究精英之路。

（一）科举

自古要在中国当上精英，第一条道就是走宦途。在过去主要就是科考。科考有一个明显的好处，不讲出身，在试题面前一律平等。范进出身贫寒，老丈人是屠夫，一巴掌打下去，他女婿的脸上刮下了好几盎司的猪油。可他考上了举人，身份立刻一变。非世袭的贵族子弟，尽管出身豪门，可考不上就只能当平头百姓。草民只要中了进士，立马就可以放七品县令。学业出众者还可以点翰林，成为天子近臣。若状元及第，当皇帝的东床快婿也是可能的。

从草民到皇亲，只隔一场考试。

科考的另一个特点是只考才，不考德。考生上考场，不查档案，不考政治课，也不检查对皇帝的忠诚。这就实现了真正的“举贤无拘品行”。科考一般是三年一大比，加上恩科，特科。从古至今，由此通道进入贵族行列的平民有多少？以清朝为例，三百年间开科二百余次，每次取一百名，有两万名平民取得了县令或者更高的职位。

中国历来讲究一人得道，鸡犬升天。进士的全家，甚至九族，都进入了贵族。按照每户一百口算，仅科考一途，就为两百万人创造了高质量的就业机会。用“它为平民谋幸福，它是平民大救星”来形容科考，大概也不为过吧。世界各国路子固然野，哪国又有这么一条通往精英的高速公路？为此有人写了一首赞美诗：天子重英豪，文章教尔曹；万般皆下品，唯有读书高。

（二）革命

虽然平民可以通过科举进入精英集团，但受教育得有条件，并非每户人家都请得起太子太傅。无法受良好教育的这部分人，是也蕴藏着大量人才的矿藏，社会可以从中开采精英。而开采的办法就是革命。正如火山喷发可以造成钻石，革命可以锻造社会的精英。

中国平民由火山口喷出的精英自古不少。朱元璋就没啥文化。他颁布的不少法律都是粗线条的。有一条说，百姓发现贪官，得将其扭送北京，献给皇帝，领取路费和重赏。又一条说发现贪官，将其剥皮实草，挂在大堂之上。这些形而下的手段，文化不低到底层的程度，想都想不出来。

中国历史上每次造反都将大量的贫民带入精英集团。秦朝的起义将刘邦、韩信、樊哙、张良等市井人物推入了司马迁的列传和本纪。平民造反，即使不成功，也可能迅速进入精英集团。宋江原为郓城小吏，上梁山不几年，就被授朝廷高级军职。

康有为的路在科举和造反之间。靠科举他最好的结局是授七品县令，一公车上书，却授了五品，能直接给皇帝上书言事。谭嗣同等四人，未变法为白丁，变法后立授政治局秘书，可参与国家级的翻天覆地的大事。革命是精英的大学。人才在参加革命的过程中，锻炼自己，学习管理。革命不需要等待开科取士，在大泽乡，金田村，或者嘉兴南湖都可以举行。革命不受家庭限制，任何境况的人都可以参加。革命藐视现存秩序，取消身份的不平等，在革命队伍中，社会身份悬殊的李逵和卢俊义都是同志。

可以说，革命是暴力的科举，朱元璋和刘邦，则是革命的状元。

（三）淘汰

管理社会的精英集团的成员不能一成不变，否则就会陈旧退化，丧失其精英性。所以,必须按毛泽东所说,“吐故纳新”。科举和革命,都是纳新的高速公路。吐故最明显的途径是自然死亡。不过,领导人必须老死才换,对大家耐心的要求很高。因此,现在通常采用年龄淘汰制。

看不起年龄淘汰制是错误的。略微分析一下,就可以看出,年龄淘汰是一个强悍的更新策略。以封建社会为例,王朝的行政机构都是金字塔结构。假设,村长数目有百万,乡长十几万,县令几千,道台数百,巡抚数十,皇上一位。下级官员的数目,一般是直接上级数目的十几到几十倍。

规定村长三十五岁必须退出或者升迁,乡长四十,县令四十五,道台五十,抚台五十五,皇上六十,就意味着全国没有任何职位可以干五年以上。所有职位每五年必须重新选择新人担任。这种换血速度实在十分的惊人。一个人从村长做起,就算他能做到皇上,二十五年后也得退位。所以,国家的管理精英集团,在二十五年间就能实现从头到尾的更新。

这还意味着,每个职位选取新任,都有现成的十几个以至数十个已经有充分管理经验的下级候选人。从下级选拔候选人,能够保证政策有相当的连续性,维持社会和政府的稳定。

因此,设置年龄限制,是一个极富于创意的策略,它能保持社会管理层的活力和更新速度,还能省去选举的种种弊病。

科举这条精英之路,今天的规模也比旧时代大得多。全国正规大学就有几千所,容纳百来万学生。业大,夜大,电大,中专则不计其数。在校生的总人数在千万计,家属数亿,这还没算上大量的留学生。教育还在不断发展。现在很多大学都升级,师范专科升为师范大学,工学院升级为工科大学,综合大学吞并若干学院升级为超级大学,鲸吞平民,吐出精英。千军万马组成的大军向精英集团风烟滚滚地进发,意气风发,斗志昂扬,跟湖南农民运动一样,“其势如暴风骤雨,顺之者昌,逆之者亡”,构成了一幅壮观的画卷。

一个时代的精英,跟那个时代的教育程度相适应。多数精英总是当时文化程度较高的人群产生的。中国有相当一段时间是中专生的天下。许多人都没有精英的家庭背景，而进入了精英集团。而封建时代的皇帝，是由全国最优秀的老师给予专门的教育的。为了培养其社交能力，还选取一些陪读的孩子"陪太子读书"。这样教育出来的孩子，当然是文化修养很高的人士。以清朝皇帝论，康熙，乾隆都是风流潇洒的人物。

当代的基本教育程度就是大学，相当于几十年前的中学。硕士相当于秀才，博士相当于范进，优秀者相当于进士。在他们之中，将出现未来中国的管理层。一个平民，从上大学到毕业打工，成为准精英，只需要四年时间。可以算是高速。从投资的角度，也是产出最高的投资之一。

所以。精明的家长都投资教育孩子，有的甚至给孩子请钢琴和绘画教师。而很多农民家庭的家长，都把"再穷也要供孩子读书"当成最高信条。我国这种重视教育的传统，包含着深刻的商业头脑和政治智慧。

从猎枪瞄准镜中看到狼

有几个常见的思维误区。

一个是知识分子的独立性表现在他总反对政府，这不对，他的独立性应该表现在对真理的追求，理性思维，科学态度和尊重事实上。牛顿不反政府，爱因斯坦为美国政府做事，他们同样是知识分子。如果理性和事实告诉你，政府做对了事，就应当支持。如果众人都说某事对，你却认为不对，也应该虽千万人吾往矣，明确表示反对。总之，知识分子的独立性，表现在不以众人的看法取代自己的判断，而是根据事实和逻辑坚持真理。

另一个误区是同情弱者。虽然听起来有道德诱惑力，实际也是错误的。在美国的聪明导弹面前，本·拉登和他的同伴显然是弱者，难道说道德正确人士，应该去阿富汗随恐怖分子钻洞吗。在强大的国家机器面前，任何罪犯都是弱者。难道我们应该同情他们的犯罪行为不成？中国古人讲过东郭先生和狼的故事。在猎枪瞄准镜中，狼是弱者，在冬天面前，蛇是弱者。弱本身不构成正确，弱也并非天生无害。

第三个误区，是绝对权力导致绝对腐败。一个简单的反例就可以驳斥。军队大概是权力最绝对的组织，但是它腐败的程度，通常并不超过平民社会。不少家庭有一个主事的，其权力也够绝对，但是这样的家庭，也未必腐败。

对群众的认识，也有很大的误区。群众是历史的创造者，没有人哪来的人类文明。但如果把群众当英雄拥戴，说什么事多数群众都是对的，则是伟大的错话。有人组织数万棋迷用投票的方法和聂卫平 9 段下棋，结果人越多投票质量越差，80 手之内就没法继续下去了。即使一个初段,也不会败得如此糟糕。

人群中只有很少的一部分受到足够的教育。在受教育的人中,只有很少的一部分有足够独立思考能力。在独立思考者中,只有很少的一部分是问题的专家。在问题专家中,只有很少的一部分人有足够的真知灼见。在有真知灼见的人之中,只有个别有足够远大的目光,有比较全面和正确的看法。

事实是,修一个水库,提供设计的,只能是少数几个有经验,有设计能力的工程师。大多数群众只能主要担任提供肌肉力量的角色。要炼钢,就是得靠技术专才和现代化的设备,土高炉是炼不出来的。要改革,就是得总设计师指方向,定政策,群众是提不出什么办法的。这是群众的文化水平所决定的。

"文革"充分表现了群众落后的一面。打内战,造谣,污蔑,迫害当权派,没有群众的积极参与是不可能的。因此,群众的正面作用不能否定。但对于群众的盲目,落后和易于欺骗,易于被利用,也要实事求是地认识。在讨论问题时,以群众的代表自居,为了某种政治观点,拿群众当大帽子压人,把群众当成道具,以演出自己道德的完善,都是不足取的。

主流与活力

新中国成立后不久,美国国务卿杜勒斯预言,希望寄托在中国的第三第四代身上。毛泽东则对李鹏等留苏学生说,希望寄托在你们身上。按事实看,两人都没说错。一九四九年,中国的意识形态是以革命和战争为主的。毛泽东接见的留学生,基本保持了革命和斗争的意识形态。但今天,主流意识形态已经改为不折腾,和谐社会,不出头,环保和世界和平了。

家族史计算代数,用二十七年一代。从一九四九年到现在六十四年,隔了两代半。如果毛泽东等算第一代,中国现在出生的人是第四代,毛泽东等自然是革命的。留苏的算第一代半,也革命,毛泽东的希望没寄托错。

中国主流意识的大变革发生在改革开放的八零年前后,在第二代到第三代之间,比杜勒斯的预测早点。苏联大变是赫鲁晓夫搞修正主义,发生在二十世纪六十年代。距离十月革命是两代的时间,算第三代。二十世纪八十年代戈巴乔夫变更国家制度,则是第四代。杜勒斯说三四代会和平演变,差不离。

美国的主流意识,在三四代内也发生了巨变。尼克松二十世纪七十年代跟中国握手,在艾森豪威尔的二十世纪五十年代就不可想象。那时美国对中国和俄国的态度,跟对瘟疫差不多。从尼克松到奥巴马,时间又过了一代半。现在美国对中国的态度早已经大变。中国成了美国最大的债主。而私营经济也成了经济的主要成分。中国的大款,已经大批地到美国用现金买豪宅了。

社会主流意识的改变表现了社会的活力,不变就成了一潭死水。从中国、俄国和美国看,三四代之内,主流意识改变,是一种带有普遍性的现象。如果分析一下，不难看到这个现象的原因。

按照马克思的观点，一个社会占统治的意识，就是统治集团的意识，而统治集团是富豪和权力阶层。先研究社会经济的上层——富人的意识。中国有一个经验公式，叫富不过三代。假设这个公式正确，可以推知，第二代富豪中将有33%是平民。第三代45%，到第四代，就有59%的富豪是平民。这些平民不是靠继承家业致富的。富豪成分的变化，带来这个阶层主流意识的变化。他们的主流意识，已经不是贵族意识，而是平民意识了。

政治财富，或者权力，也是一种财富。假如它的继承和半衰期也是每代33%，那么在三代之后，掌权者的成分也会发生戏剧性的转折。中共领袖最早是清一色的革命者。但是随着时间的推移，他们的后代在领袖中占的比例越来越小。所以，政治财富的遗传也是逐代减少的。肯尼迪的爸爸是富豪，肯尼迪当了总统，但他儿子就只办个小杂志，孙子连公众人物都不是了。领袖层成分的改变会给整个社会的意识带来巨变。

社会主流意识以三到四代为一个周期变化。类似正弦波，每当统治阶层的成分发生大变时，社会就会发生主流意识的改变。杜勒斯没学过中国的经验公式，但是能意识到并且预言三四代内中国会变，也不是一个简单的人。

附录：〈富豪个数计算〉

假设有一个社会，全社会收入最高的100人定义为富豪。按照“富不过三代”的公式，现在的富豪，下一代有三分之二仍然是富豪。再下一代还有三分之一。第四代就没了。

为了分析方便，假设这个社会刚刚发生过革命，人的经济地位都经过重新洗牌。第一代有100位富豪。

根据经验公式，第二代有67位富豪的父亲是富豪。其余33个位置，必须从非富豪家庭产生。因此，富豪的构成是(67,33)。括号中，第一个数是富人后代个数，第二个数是平民富豪个数。可以看到，在第二代的富豪构成中，原成分为平民的富豪占少数。

第三代，66 位二代富豪儿子中，一半即 34 位还是富豪。加上 33 个出身平民者的富豪的后代，是三分之二，22 位。因此，第三代的富豪中，有 56 位仍然是富豪的后裔。富豪阶层的构成，是(56,44)。原成分为平民者比例上升了，但是还不占多数。

第一代富豪的孙子 33 个按规则不遗传财富。把他们去掉，还剩下 66 个富豪。其中 22 个的父亲是平民，有权按公式遗传 11 个。另外 44 个本人原来是平民，按公式可以遗传 30 个，总共是 41 个。第四代的富豪构成是(41,59)，曾经就是平民者终于占到了多数。

由此可见，富豪的成分，在第四代会由平民替代。

告别正义

把英文的 justice 翻译成“正义”是一个错误。justice 应该翻译为“公正”，公正的“公”，指客观，公认的标准。“公正”的含义是“根据客观标准达到公平”。排除主观成分。这更符合 justice 的意思。

美国的 justice，就是用一个女神代表的。该女神盲目，手持一盏天平。天平就是客观标准，排除主观成分。马丁路德金说，“Let justice flow like water”（让公正像水一样流淌）。他用水来比 justice，强调的就是客观的公正。水自动找平，不平则流，是客观的，让 justice 像水一样流淌，就是让它按照自然律实现公正。

黑人上公共汽车，有大量空位，可惜都在白人区，黑人只能站着。这就是不公正，是 injustice。按照重力原则，黑人之水应该流往空位，但是被制度的坝拦住了，故水不能平，而马丁路德金批评制度。

正义则和公正相反，在中文中“正义”的意思是“符合我的价值观的公平”，是主观的公平，跟 justice 的精神背道而驰。这个词来自荀子说的“不学问，无正义，以富利为隆，是俗人也”。认为“以富利为隆”不符合正义，就是一种主观的价值取向。换一个人，看法就可能不同。商人就“唯利是图”，俗不俗他不在乎。不少民众也赞成“一切向钱看”。我国搞小康社会，就是搞“以富利为隆”。邓小平认为是不是社会主义，就看经济上不上得去。荀子的正义就不同。可见正义是一个主观的词，并无天平那样的客观标准。

毛泽东说，“我们的事业是正义的”。但是这个事业，在蒋介石等国民党反动派人士看来，就是叛乱，完全没有正义可言。农民在湖南抄地主的家，就有“好得很”和“糟的很”两种截然相反的看法。可见，正义往往是基于社会集团利益的，农民和地主，各有各的正义。

一般而言，统一，公认和客观的正义标准，并不存在。

近代中国的问题，很多是由于追求主观的正义，而不追求客观的公正造成的。抗战胜利后，共产党占领了一部分国土，国民党占领一部分国土。双方可以按占领土地的比例来分配政治权力，达到公正。但是国民党不肯搞公正，给共产党与其实力相称的政治权力和军事编制。他认为他是政府，他代表正义，他必须点全部的菜。共产党一百多万正规军和地方武装，一亿人口的根据地，他只肯给十几个师的编制，几块小地盘。甚至将共产党驱逐出已经占领的中原地区，导致中原突围，皮旅血战。这么大的不公平，或者 injustice，如何让人服气？于是大规模内战爆发。

到共产党横扫千军，占领了长江以北。国民党才想到了公正，建议按照地盘大小，划江而治。这次轮到共产党讲正义了。毛泽东发表宣言，称“将革命进行到底”，农夫不跟蛇讲怜悯。结果一直把国民党打到了台湾。国民党种下不公正，收获不公正，这其实是更高阶的公正。

改革开放以来，中国首先给右派和地富平反，然后讲社会和谐。社会和谐也有客观标准。要社会和谐，起码生活必须改进，医疗必须保险，银行必须存款，碗里必须有肉。

可惜一些人至今仍然在顽强地讲正义。他们觉得为了自己的正义，怎么干都有理。犯的是讲正义而不讲公正的错误。所以，我主张把 justice 翻成公正。并且主张大家一起努力，用公正取代正义。

几何课代表老赛

在网上看到一个观点:“真实的价值超越意识形态”,说得相当好。只要略做一点修改,改成“事实的价值超越意识形态”就跟科学的立场吻合了。理性思维或者科学思维的特征,是中立、公正。它只看事实和逻辑,不考虑意识形态,政治和道德。

几何学不带有政治和道德立场,也不讲良心。例如,在韩寒是否用人代笔的问题上,几何课代表赛先生的立场是首先弄清楚事实,即韩寒是否有代笔。弄清之后的评价,则是法律和舆论的事,不是赛先生的任务。韩寒代笔问题,只要搞一次作文,看看韩寒的实际水平就可以搞清楚。首先看事实,这就是几何学的立场。

又例如,一些网友因家庭的经历而否定毛泽东,这是个人和家庭的立场,是有偏思维,不是几何思维。几何思维不仅看个别事实,并且看全部事实。毛泽东贯彻的某些政策,给一些家庭带来了苦难。但他领导了民族独立,在近代首次为中国创造了没有内战的内部环境,和外敌无法入侵的外部环境。给今天中国的大发展创造了最根本的条件。

你要愿意,可以把馒头叫馍,长凳叫条凳,点叫线,线叫点。但这都是命名问题,事实并不因为你如何命名它而改变。在这个问题上,几何学课代表赛先生关心的是把全部事实搞清楚。

理性思维和政治思维,以及道德思维的立场和目的是完全不同的。理性思维追求的是真理,政治和道德思维追求的是利益。马克思说,如果几何学触犯了人们的利益,也会被推翻。可见,科学思维和利益思维会有经常性的冲突。在这样的冲突发生时,科学思维站在事实的一边,而不站在利益一边。

聊聊"我爸是李刚"

沸沸扬扬的李启铭撞死人一案尘埃落定。李以交通肇事判决六年。网传该犯在出事后,扬言"我爸是李刚,有本事你们告去"。这句话被谱了曲广泛传播。一时间"床前明月光,我爸是李刚"成了流行歌曲。与此同时,网上爆料说李有两部汽车,经营地下赌博城,有五处房产,岳父是副省长。

经过调查(见河北法制报 马竞、曹天健"媒体公布调查结果:李刚没有5处房产 岳父不是副省长"),爆料全部是捏造。第一位造谣者说李下车后扬言"我爸是李刚"。第二造谣者接过这个谣言,放大为"我爸是李刚。有本事你们告去"。其余爆料则为另外的造谣者之功。

事实上,李出事后没对人扬言什么。仅仅在警察将他带走,在讯问他家庭情况时才交代了父母的情况。他的父亲是一般的公务人员,并无贪污致富,也没有商业或者政治背景。

网上不少人以为是不必为言论负责的,特别是起哄的言论。他们的利益所在,是将事件歪曲,放大,达到消遣娱乐,或者出气的目的。在百无聊赖的生活中,社会新闻和别人的痛苦,正可以当这种生活的佐料。最能显示这种心理的是一个人要跳楼自杀,一围观者说,要跳快点,我还要买菜去。如此看来,"人之初,性本善"的说法值得怀疑。所谓善,简单点就是同情心。人要跳楼,或者出了车祸,无论对社会,对肇事者,还是受害人都是悲剧。性善就应该设法援助,可网上基本没听到这种声音。相反,倒听见了恶搞的网络大合唱。

也许有人说,网上鼓噪是出于对受害者的同情。可问题是,如果那样同情,为什么又没见任何人为交通事故的受害人募捐,或者提供免费法律咨询？个别人的恶意不足为奇。问题是这种恶意得到了更多的网络群体响应，演变成墙倒众人推的局面。

“文革”中少年男女以折磨师长取乐，暴露的是人心中的恶意。不少事实证明人性中其实有一种“原恶”，一到时机就会发泄出来。众人的选择，是对孟子性善论的致命质疑。如果说“文革”中的群众暴力是被人引导的，网络上造‘我爸是李刚’的谣则没有任何人指导，完全自发。要求主持公道的声音得不到响应。常言说“公道自在人心”，从李刚的事看，未必。

事实证明，民众非常容易被误导和利用。一个例子是袁崇焕忠心报国，在西四处死时，其肉被群众分食。“文革”和历次政治运动中，民众扮演的角色，往最好说，也是被利用。指望民众给公道，无异于缘木求鱼。

爱因斯坦在给五千年后人类的信中写到：“与那些真正为社会做出贡献的人相比，普通大众的智力水平和道德品格都要低得多。”他所说的确是事实。群众常常被打扮成皇帝，但群众有其丑陋的一面。群体往往是盲目和是非不分的。它不但有常人的一切缺陷，而且还常常会在行动中，利用法不责众的庇护，把这些缺陷放大。

但“文化大革命”激发了很多民众的仇富、仇官、仇知识分子心理。他们用造谣、侮蔑、监禁和批斗等方法，相当彻底地料理了社会的中上层，却给国民经济带来了很大的损失。

很多自发的民众运动，常常不过是将弱势群体的落后和仇恨心理放大，并且付诸行动。贫苦农民平日希望到地主小姐的牙床上滚一滚，运动了，这个看来遥不可及的理想就实现了。大众平日被“走资派”管理，学生被老师和校长管理，到了文化革命，不少人就以民众运动的名义报复了。现在的社会，也有不少人暗暗希望运动到来，以革命的名义推倒中上层，瓜分富人的财产并且到他家小姐的床上打滚。

世界历史上历次农民运动，都是到牙床上打滚的运动，都带有很大的盲目和破坏性。被认为是历史动力的历次中国农民运动，也只有在被道德和文化水平相对高的人士篡夺了领导权，在理性引导下，才起到一定的进步作用。缺乏这种引导，群众的暴力就导致李自成和张献忠，终不能成大事。

马克思指出，由于低下的文化教育水平，革命的理论不可能在无产阶级中产生。

二零零四年，一场暴风将墨西哥湾的海水灌入美国新奥良市。值此危难之际，一些民众自发的组织了抢劫运动。电视上，该运动的一位黑人成员在商场门口，费力抱着一个抢来的四十寸大电视，对着镜头开心地笑。那时，当地已经没有电力供应，吃饭也成问题。但他在大难之中不找吃的，却饿着肚子去搬一个沉重而且毫无用处的电视。显然，这位群众基本是没什么理性可言的。他是一位智力、文化和道德水平的多重低下者。这种人在“文化革命”和其余各类自发的民众运动中，十分常见。

观察大量的民众运动，可以得到一个结论。凡遇民众运动，无论是自发的，还是被指使的，都得检查一下其错误之处。一件事如果多数人说错或者对，就值得反思，多数的意见往往是错的。如果国人能够用这种态度，审视历史上的历次民众运动，很多运动就搞不起来。

历史上，民众常常处于被利用的地位。他们是阿斗，但不仅仅是阿斗。据历史记载，阿斗是一个傻呵呵的人。被软禁之后，他说此间乐，不思蜀，民众就没这么愚了。“文革”中学生折磨人的手段，估计阿斗做梦都想不到。民众人多能量大。刘邦、张良等默默无闻的小知识分子，一旦学会了利用群众，就完成了一番功业，成了赫赫有名的历史人物。

政治人物利用民众，民众成就政治人物。历史上常见民众被利用完了再被抛弃的情形，这不是偶然的。被利用→运动→被抛弃→再被利用，是常见的现象。政治家用群众达到目的，他们之间的比拼，归根结底是对民众这种社会资源的争夺。在通常情形之下，民众没有组织，进行的是布朗运动。他们的负能量在相互碰撞中抵消。一旦某个事件发生，民众被挑拨之后，这一盘散沙就可能组织起来，做某种一致的运动。在很多情形下，这种运动激发的是负能量。

民众被愚弄的最佳例子也许在美国。美国选举的候选人，是大资本家利益集团用金钱决定的。美国政治家们编出了一套民主的谎言，但大量美国和其他国家的群众，都相信美国真是个民有、民治、民享的国家。两百多年，群众仍然无法识破这个骗局。以至不少其他国家的政治家，都羡慕该谎言的高明，纷而群起效法他们。

李启铭撞死人一案证明，"群众是英雄"，"群众的眼睛是雪亮的"，"公道在人心"，这类说法都需要重新审视。

在李刚儿子事件的背后，实际是造谣者要挑起阶级斗争。他们不明白，在和平的社会中，制造社会公平的正确办法是给穷人机会，改进他们的处境。而不是打击，消灭，折磨富人，或者用卑鄙的手法把他们变穷。孔子曰，邦有道，贫且穷焉，耻也。如果社会进步，政治廉明。有人仅仅因为努力不够，而没有过上好些的生活，那么第一个要责备的应该是自己，而不是李启铭或者他的爸爸。一曲"床前明月光，我爸是李刚"，既不能推进社会进步，也不能改变自己的处境。

略论学生应专心于K书

祖宗留给学生一副好对联，一副坏对联。好对联说，“两耳不闻窗外事；一心只读圣贤书。”坏对联说，“风声雨声读书声，声声入耳；家事国事天下事，事事关心。”按照好对联办事的，容易中进士，或者当上钻石王老五。按照坏对联办事的，预后经常不良。坏对联的作者是东林书院，该院杨涟、左光斗强行关心国家大事，都遭非命。

“文革”提倡学生关心国家大事。更早的康有为不走科举的金光大道，也要关心国家大事，闹戊戌变法，结果法没变先搞死了六君子。造成太后和皇帝不和，导致向帝国主义宣战，八国联军进京，中国赔了四亿五千万两银子。这些银子，本该康前辈付的。改革开放，不少学生不到街上去关心国家了，但国家的事并没办坏，国民经济反而突飞猛进。我看外敌入侵时需要学生关心国家大事，但主要是以服兵役的方式。

俗话说“不熟不做”。学生的本行买卖是K书，不是玩政治。当今之世，物欲横流，学成文武艺，贷与企业家才是正经。上学时间到网上恶搞，耽误了正经修炼，害人害己，一点好处没有。

俗话又说隔行如隔山，学比较文学的都知道不能跟搞核物理的呛行。同理可证，当学生的不宜去玩政治。即使是学政治的学生，也只学了点书本知识。在校生失去的只是无知，得到的却是本事。

贫和富的衰变

（一）

有学者研究富人，发现富二代继续富的有 45%，第三代 15%，以下无足论。这是一个很有趣的结果，跟中国俗话说的“富不过三代”一致。

第三代的 15% 差不多是第二代这 45% 的 45%。这说明，富贵的半衰期大概是一代。

按此规律推导，第四代的 45% 残留 6% 的富贵，第五代则是 3%，正是“君子之泽，五世而斩”。

例外应该是有的，比如皇帝。爱新觉罗家族从顺治到宣统，共富了 10 代。按照衰减律，富贵荣华早就该完了。问题是大清皇帝有庞大的朝廷，大量的军队，官员和税吏，他的富贵是庞大的国家机器保证的，一般的富贵家族不能比。

辛亥年清朝失去了国家机器，满人的富贵不到一代就衰减为零了。清朝时，北京的富人多为满人。今天中国的富豪里满人已经不多了。当年俄国革命，罗曼诺夫遭到满门抄斩的命运，其富贵也是戛然而止的。

洛克菲勒家族的荣华富贵传了四代，现在的洛克菲勒是灰孙子，他的声名，远不如他的曾祖显赫。蒋委员长三世而斩，基本可以肯定。肯尼迪的父亲是贵族，至肯尼迪二世，出了爱得华肯尼迪，是个大议员，不过三世看来没什么出息，前几年飞机摔死的那位三世，据说除了办八卦杂志之外，已经没任何本事了。布什家族目前是第二世,而且是二世同堂,小布什是个很纯粹的衰人,显然这个家族离“而斩”也不远了。

对于整个社会而言,有意义的是整个统治阶层的半衰期。美洲国家频繁政变,衰的太快社会不稳定。清朝那样则嫌太稳定。上层铁板一块,永远不衰,下层向上的力量老突不破,能量聚集起来会大爆发。

这几个学者的研究表明,富人集团的新陈代谢大概是以55%一代的恒速进行的,跟中国俗话所指出的情况一致。显然,富贵半衰期不是偶然的。这应该是古今中外多代选择达到的某种最优结果。

一方面,隔代45%的人仍然富,可以保持政策的持续性。另一方面,集团55%得到更新,速度够快,可以在相当程度上保持社会必需的活力。

(二)

跟富贵的衰减不同,贫困的衰减是好事,那是“脱贫”。1986年诺贝尔奖得主贝克说“穷、富都不会超过三代”,“贫穷不会变成一种代代相传的文化”。他这个结论比中国俗话“富不过三代”大了一半,把穷的一半也讨论了。如果穷人三代就能脱贫。那贫困至少是每代半衰的。因此,贫困的半衰跟富贵的半衰期基本一样。

最底层的那些人太穷,稍做努力就能改善。我国过去把农民分成贫农和雇农。贫农是有点财产,但太少,经常饥寒交迫。雇农则等于今天海外留学生,自己没什么财产,只能出售一点技术或者劳力。一到裁员时刻,就念叨起这样的话,老板你剥削有功,千万别不让我当雇农。

雇农和留学生只要勤勤恳恳地劳作,就有一半机会脱贫。典型的移民第一代只能摘豆角,端盘子,或者当博士后,第二代就开始当老板,做律师,甚至当州长了,这背后就是贫困衰减律在工作。

连雇农和留学生都当不上的,要么很快死,要么上梁山。如果死,后代没人抚养也活不长。而死亡不算贫困,这就实现了自然脱贫。如上梁山,立时大秤分金,那得算快速脱贫了。彭德怀的奶奶曾经带着他去要饭,可见他家贫至少是三代,但他就上升到了元帅。二战美军上将布莱德利将军的爸爸,也穷到必须在严寒中走六英哩去谋生,结果死于肺炎。到他这一代也脱了贫。他的女儿在电视上回忆父亲,已经有贵族气质了。

把贫困衰减律和富贵衰减律综合应用一下,可以得出,一个平均家族的兴衰,如同一条正弦波。周期是四代。用一代时间发财,两代时间跌落到贫困,再用一代时间回升到起点。

贫困和富贵,都是周期性的。太阳和地球都做周期运动,因此周期现象成为自然界最常见的现象之一。有人发现,所有连续曲线都可以表现为周期曲线的迭加。家族的贫富呈现周期是很自然的。孟子说五百年必有王者兴。对于贫困之家,可以加上一句,百年常有富者兴。

规律在混沌下运行,无数家族按照贫富衰减律交换着兴衰,构成了千姿百态的悲欢离合,这些悲欢离合的总和,就构成了社会的运动。

生于王侯之家

中国的姓氏来源较多。有地名,有官名或者爵号,还有外族人姓的谐音。其中以官名为姓的有司马、司徒等。今天这两个姓人丁都不兴旺。这两个官都是高级职务,一般是天子近臣,容易得罪皇上,或者涉及政争,故死亡率很高。东汉时的蔡涉,南朝时的王僧辩,三国时的王允,都是当司马被杀的例子。

直接姓"官"或者"上官"怎么样?唐朝有诗人上官仪,明朝有总兵官惟贤,国民党有将军上官云相,新中国有上官云珠。不幸这些姓后代人丁也不兴旺。官在中国姓氏中才占到二百七十多位。上官在中国姓氏中还没有进入前三百位。官员是高级打工仔,食少事繁,出事就得扛雷。满清杨乃武和小白菜一案,斩杀数十人,全都是官。我国镇反,镇压的也是旧官。总之,当官有危险性。

当领袖更有危险,毛泽东、周恩来、邓小平等都是多次被暗杀的对象。美国总统也是官,其职业伤亡率远高于警察。中国封建时代皇帝的职业伤亡率比美国总统低。但两者不是对等的概念。皇帝是总经理兼董事长,身份是老板。美国总统则仅仅是总经理,身份是打工的,也就是官。官长年办事,出了事要顶雷,过去经常被诛灭全族。但要诛皇帝通常得等起义,很多年才有一次机会。

姓官糟糕,姓"百姓"也未必好,生活条件太艰苦,对养育后代不利。1949 年前,中国人平均寿命才三十来岁。从多年博弈的结果看,最好还是姓爵位。据统计,中国姓"王"的人最多。王不是官名,而是封号,地位仅次于皇帝。老婆多,孩子多。王不是官,故不用干活。有封地,可自行收税,好吃好喝的还不用干活,天下没有比这更好的事了。地方出事一般王不用顶雷,有官呢。故历史上,王的存活率很高。王氏基因得到最广的传播,相信与此相关。即使在今天,如果调查财富按姓氏的分布,王姓名下的平均财富很可能超过其他姓氏。

王以下的爵位就差很多了。侯就大不如王。以前信陵君用过一个叫侯嬴的,李白诗“侠客行”说“闲过信陵饮,脱剑膝前横。将炙啖朱亥,持觞劝侯嬴。三杯吐然诺,五岳倒为轻。眼花耳热后,一起素霓生。”从这首诗看,侯嬴显然是个粗人,几杯酒过后就没判断能力了。到了民国,国军中出了一位姓侯的兵团司令侯镜如,在东北他的部队让姓林的消灭,本人解放后坐了数十年大狱。还有名人侯宝林,在天桥说段子时,已失去了祖上的辉煌。

某些姓的人多,有深刻的原因。社会上层之所以能进入社会上层,多数是因为能力强,基因相对好。从后天看,上层提供给子女的条件和教育也比较好。成长的社会、文化和人文环境都比较优越,这些都使得他们存活更容易。

社会上层在孩子走上社会后继续帮助孩子。有的是用金钱,有的用地位,有的用知识。身份是一种财富,官甚至可以利用地位直接把后代安排在好的社会位置上。中国的走后门,就是利用身份,直接提升孩子的生存条件。中学老师给孩子找辅导资料考大学,富豪给孩子本钱做生意,都有助于传播他们的基因。

学者统计证明,在美国,律师的儿子进入社会上层的机会是同等智力的清洁工儿子的二十七倍。美国富人占统治地位,机会不公平,结果自然也不公平。其道理,跟中国王姓后代昌盛一样。

王侯将相,宁有种乎?答案是,一定比例的人有,剩下的没有。如果统计一下,王侯将相的子女当王侯将相的比例肯定大于其他出身的人。

龙生龙,凤生凤太绝对。但说王侯将相家庭的孩子,机遇和教育跟其他孩子一样,也不符合事实。马克思出身律师家庭,恩格斯是资本家,正确的结论是,家庭出身不能决定造就,但能影响造就。

革命的对比

辛亥革命后，在国民党第一次全国代表大会上，有人给中国画了一幅画："自辛亥革命以后，以迄于今，中国之情况，不但无进步可言，且有江河日下之势……一切政治上民权主义之建设，皆无可言……所谓民国政府，已为军阀所控制，军阀即利用之，结欢于列强，以求自固。而列强亦即利用之，资以借款，充其军费，使中国内乱纠纷不已，以攫取利权，各占势力范围……中产阶级频经激变，尤为困苦；小企业家渐趋破产；小手工业家渐致失业，沦为游氓，流为兵匪；农民无力以营本业，以其土地廉价售人，生活日益昂，租税日益重。如是惨状，触目皆是，犹得不谓已濒绝境乎？"

看来，画图者对辛亥革命的评价不高。它的作者是孙中山，画于1924年。

自古成功的造反称为革命，不成功的造反称为叛乱。革命是否带来了进步，应该有两条标准。对国家，是革命是否减少了内忧外患。对人民，是革命是否有效地改进了民生。为什么不用政治进步作为一条标准？因为，政治进步得落实到民生上。没有民生进步的政治进步是空的。

现在，可以从内忧、外患和民生方面，把辛亥革命跟1949年革命对比一下。

1. 内忧

辛亥革命时中国没有内战，辛亥革命后开始了38年的内战。这也包括抗日时期的摩擦。1928年国民党实现了名义上的统一，但内战一直在继续。1949 年革命统一大陆，从此六十多年无主要内战。

2. 外患

满清时东北属于中国，辛亥革命孙中山许诺日本，“满蒙可任日本取之”。造成后来日本占领东三省，而国民政府实行不抵抗，造成中国多年糜烂。1949 年革命没收了外国资产，废除了一切不平等条约，驱赶了一切外国驻军。对越南、苏联和印度的侵略，都立刻回击。六十多年没有外国侵略和压迫。

3. 民生

由于辛亥革命带给国民更多内忧外患，建设无法正常进行。从 1913 到 1933 年，GDP 从 480 亿到了 620 亿。20 年增长了四分之一倍。每年 1% 左右的增长速度，在没有内战的满清也是可以期待的。但是民国时工矿业外国资本比例从 1895 年的 60% 增长到了 78%。1890 年到 1948 年中国境内共生产了 750 万吨钢，其中 600 万吨是日本生产的。中国自己平均每年生产不到 3 万吨。

1949 年革命清除了内忧外患，为民生进步提供了条件。到 1978 年，经济总量增长了 13.5 倍。从 1978 年到 2011 年，GDP 又在 1978 年基础上增长了 67 倍。中国人均寿命从 36 岁增长到了 74 岁。今天，中国钢产量是美国的八倍。自 1978 年来，三十余年无经济危机。与此同时，西方各国都经历了 5 次左右的经济危机。对比这两个革命的三个方面，相信读者能自行得出结论。

社会力学二则

（一）不满力

社会现状是社会各种力相互作用的结果。所以研究社会，首先要研究社会中各种力。我研究的第一种力是不满力。也就是社会中的个体或者阶层发现现状缺陷，并且对其不满意的能力。鲁迅在日本看到电影中日本人杀害中国人，围观的其他中国人没什么表示。批评中国人麻木，就是指不满力不足。

以前有人写过一本小说，叫《二十年目睹之怪现状》。就是发泄对现状不满的。还有一本《官场现形记》，也对现状连讽刺带挖苦。这类小说总称谴责小说，表达的是当时社会的不满力。美国也有不小的不满力，特别对其能源的保障程度不满，因此有侵略伊拉克之举。

不少国家斥巨资研究宇宙，说明人类对在地球上生存的现状也有着不满。大量的科学家和工程师，没日没夜地从事科学研究和发明创造。这是对科学技术的现状，以及人类目前的科学手段不满。

不满力超强的个体例子，有伟人毛泽东。他早期对中国外有强权，内有军阀，半封建半殖民地的现状不满。中期对"走资派"走私营经济的老路不满。对美国攻占朝鲜和越南不满，对苏联当老大不满，对国内的经济、政治和社会不满。

主席不但自己的不满力很强，而且研究社会不满力的能力也很强。他最著名的研究论文，《中国社会各阶级的分析》，指出贫困农民阶层和产业工人阶层蕴藏了中国社会最大量的不满力。而富人阶级和小生产者是不满的贫矿。他们总的政治倾向是保持现状，兼之稳步发财，而不是急风暴雨式的暴动。

跟地球存储着大量矿藏一样，社会储存着大量的不满，等待探测和发掘。能正确探测出来的人，就发现了一座宝藏。三十一岁的毛泽东就发现了这样一座宝藏。在一个偶然的夜，经过彻夜的计算，核对了最后一个数字，把笔一掷就沉沉入睡了。随后，那发现便焕发出宝藏般的光芒，照彻了中国的漫漫长夜。

再随后，屋里便响起了踢踢踏踏的木鞋声。那是杨开慧像往常一样起床，上街给孩子他爹买大饼油条去了。

（二）改造力

第二种社会力是改造社会的能力，简称改造力。

不满是一种能量，不过不满本身不做功。发现了金矿，但不知道如何开采和利用，发不发现又有什么区别？毛泽东发现中国的贫苦阶层蕴藏着极度的不满。如果他不开掘这种不满，并且正确地使用，不过等于发现了一枚水中的月亮。

很多人都具有不满的能力，在网上最常见的就是对现状的埋怨和叫骂。这些人的不满细胞的个数和活性都不亚于毛泽东。但是他们没有把不满转换为变革的能力。《二十年目睹之怪现状》和《官场现形记》的作者，把不满写成小说，怪现状仍然怪，官场仍然现形，一切照旧。这种不满并没有转换成第二种力，社会改造力。这是不满能量转换率为零的例子。

一些人把对中国的不满，转换成了批判文字，但是，中国越骂越火，GDP 不断上升，不但进入了太平盛世，而且举办了奥运。这些不满，好像都转换成了对中国的助力，做了反向功。康有为的例子比较复杂，他首先成功地把不满转化成公车上书和戊戌变法，在一百天左右发表了一百多部新法。然后，又使光绪被囚于瀛台，老佛爷重新主政，帝国主义攻陷北京。这是转换率先为正，后变负的例子。

变革一个社会有两个条件,第一,社会存在足以变革社会的不满力;第二,存在一个精英集团,有能力开发和引导这种不满力,达成社会变革。

管理一个社会有两个条件,第一,发现社会存在什么样的不满力。第二,存在一个精英集团,有能力成功地消解这种不满,防止对社会不利的不满力爆发。

社会不满如同水,管理者的目标是令其载舟,造反者的目标是令其覆舟。治水的主要办法有堵和泄两种。美国以泄为主,每隔四年,将社会的不满能量集中起来,搞一次称为选举的泄。

中国堵和泄并举。控制扰乱社会人士,禁止颠覆言论是堵。建立法院和信访部门,在报纸上批评腐败现象是泄。两国的水利工程师手段各有千秋,但都成功地控制和利用了水,达到了除弊和兴利的双重目的。在这个过程中,两国都积累了大量的治水经验,聚集了足够的精英和自己的大禹。

撒豆成兵

（一）毛泽东的相对论和微积分

抗战伊始，毛泽东在延安的窑洞里连续写了三天三夜，其间被火盆烧穿了鞋，烫了脚。这篇文章的题目，是《论持久战》。

文章引起了巨大的轰动。当时日军兵锋正盛，势如破竹，把国民党打得裤子都提不起来。中国打不打得赢是民众心中第一大问题。而毛泽东运用数学、物理和逻辑，严密证明了中国能赢。他还提出了打赢的具体办法。故他这篇文章好比是一盏明灯照亮了黑夜，立即被争相传颂。连赵庄的农民，也知道念叨“持久战，三阶段”了。

毛泽东论证的前提只有一条，而且简单到惊人：战争为资源之间的比拼。日本之所以会输，是因为日本小国寡民，资源有限，长期战争只能消耗他。而中国地大物博，有抗战的历史、文化、政治和经济资源，可以支持长期战争，并且在战争中壮大。

这个分析很简明扼要。任何人都可以计算双方国家的大小，资源的多少，政治、经济和军事的力量，人口的数量。因此文章很有说服力。

毛泽东首先证明，中国的落后和日本的先进，决定了中国不能速胜。然后证明日本和中国尺寸、军事、政治、经济、文化的对比，决定了日本不能速胜。既然双方都不能速胜，结果只能是持久战。在中学常常需要证明 A，B 两个量相等。这时往往先证明 A 不小于 B，然后证明 B 不小于 A。有了这两个论证之后，就可以推出 A 等于 B。毛泽东证明持久战，用的正是这个方法。

数学家推出了重大的核心定理之后,必定会继续深入,把该定理应用到极限。毛泽东在证明了持久战成立之后,进一步推导出这个持久战必然有三个阶段。第一阶段中国撤退,第二阶段战略相持,第三阶段中国反攻。

第一阶段之所以是日本进攻,是因为他武器和训练都比较先进,可以把兵力集中在几个点上,发挥其优势。第二阶段双方相持,是因为中国的广大国土会稀释日本的优势。造成强弩之末,势不能穿鲁缟的局面。而中国人口众多,土地广大的优势开始发挥出来。双方力量到达平衡点就会相持。

但是,日本有着运输的限制,他的资源经不起长期消耗,他的力量会逐步减弱,而中国本土作战,就地成长,会逐步增强,相持的结果,只能是中国力量超过日本力量,最终把日本打败。对此论文最精彩的总结,是白崇禧上将做出的:"以空间换时间,积小胜为大胜"。这包含了相对论和微积分的思想。

运用"毛氏持久定理"研究抗战。立刻看出,撤退和相持这两个阶段基本是双方国家大小和资源决定的,在战争的开始阶段,无论怎么打,也不能阻止日军占领大片的空间。但是,日军占领了足够多的空间之后,进攻就会力不从心,双方就会进入相持。

假设一百名日本兵可以控制一平方公里,那么,就是不打他们,让他们占领100平方公里的地面,每平方公里也只能有一个兵。其控制力自动失去。中国的人口密度是每平方公里几百人。这个兵四面是敌,有死而已。因此,正确的抗战策略不是死拼。而是放敌人进来,让他们在中国广大的战略纵深中自己稀释自己,然后用中国的软实力,爱国主义,发动民众,让民众把他打死。用毛泽东的话,这就叫人民战争的汪洋大海。

日本人最希望中国人自动把军队集中起来跟他们打。这样有利于他充分发挥技术、训练和武器的优势,迅速消灭中国的军事力量。他最不希望出现的局面,就是把军队分成小股,在几百万平方公里内,跟多股优势的中国军队对打。

在电影中经常看到日本人想尽一切办法，找我军主力决战。百分之九十九的情况下都找不着。我军的指导思想是积小胜为大胜，不跟日本大打，只用小打长期消耗他。而且，我军的主力也许根本就不存在，早分成了小股游击队了。不存在的东西你怎么找得到？如果我军学国民党，把游击队集合起来，到长沙或者上海，武汉去跟日军会战，岂不正中日军的下怀？

而国民党，恰恰采取了日本人最希望的战略。他把数十万兵集合起来，排着队去会日军，美其名曰会战。这些会战给日军提供了消灭抗日有生力量的绝好机会，让日本的有限优势得到了最大的发挥。同时，为日本人提供了大量伪军，增加了将来反攻的难度。日军攻打到了中国的大西南，战线被拉长，优势被足够稀释，国民党部队和日军的对抗才达到了平衡点。进入了相持。

定理明明说要积小胜为大胜。国民党却偏偏想大胜。定理明明说要用空间换时间，国民党却企图死守住几个点的空间。

国民党有个历史传统，喜欢做对手喜欢的事情。抗日已经犯了这么大的错，到了内战他仍然不改，还是把兵力集中起来，让共产党歼灭。仅仅淮海一带，他就集合了八十万有生力量，送入了共产党的虎口，跟抗日时期他以会战的名义，把数百万国军送给日军完全一样。

好在共产党那里，还有一支照定理办事的军队。他避开跟日军的大战，只分散到各地去建立敌后抗日根据地。然后在这些地盘上征兵征粮，建立政权。结果，迅速地从三万来人扩充到几百万。别说这几百万人是对日军的严重威胁，他们就是一枪不放，光坐在那吃八年也是一个伟大的胜利。

抗日根据地本来是日本占领区，粮不吃日本人就会征走，兵不征日本人征了就是民夫或者伪军，都起到资敌的作用。我军今天埋两个地雷，明天端一个炮楼，后天钻一下地道。日军来了坚壁清野，然后颠路。耐下性子打小胜仗，打持久战。日军对此毫无办法，只能眼瞅着自己一天天弱下去，我军一天天强起来。

粟裕是我军的一员虎将。打起大仗来,气吞万里如虎。但他说,当你很弱的时候,对敌人不应该追求消灭,而应该追求消磨。这正是我军在抗日时期的基本战略。抗战的过程证明了毛泽东的正确性。在日军占领了三百多万平方公里之后,就进入了长达八年的相持。三百万空间,换到了八年时间,八年间中国基本没得到任何大胜。但最终,日本人对中国却也没什么办法。

八年间,中国打出了一支懂得科学用兵的部队。四年之后,这支部队扭着秧歌进了北京。在大炮坦克和人组成的洪流中,还有一辆美式吉普,上面坐着一个五十上下,有点发胖,正在沉思的人。认识的人指点着,悄悄地说,他,就是写《论持久战》的毛泽东。

(二)青纱帐

平原上能不能建根据地?似乎很简单的一个问题,但抗战初期,这个问题却让大战略家毛泽东颇费思索。

看过电影《平原游击队》的人,大多会认为能。李向阳的数十土老帽就全歼了皇军松井中队么。可演个电影容易,消灭几十鬼子就难了。在平型关,林彪的百战精英打得呼哧带喘,也只杀了千把个日本后勤兵么。日本部队不是吃素的,在日本部队洗澡,地位高的不洗谁都甭沾水。为此日本驻华北总司令岗村宁次大将特别下达军令,各级长官行军到达驻地之后,必须尽快洗澡,以便下面的各级可以早些洗。上级洗澡时,下级必须烧水,添水,搓背,倒脏水,自己不能洗,否则礼数就乱了。礼数一乱,等级就不复存在,军队就会瓦解。

平型关一役,日军无一人投降。道理跟洗澡一样,得讲顺序。中队长不投降,下等兵自然不能。故在二战中,在天皇投降之前,各战场的日军基本上没投降的。天皇一投降,日军刷地一片基本都投降了。可是,经常洗澡的这一支军队,竟然让李向阳给歼灭了。聂荣臻建立了几十个县的政权,轰轰烈烈地开征抗日公粮。日军打地盘,我军坐收,吃胖了之后,再去袭击日军,这实在太合算了。

不过要坐吃，必须有本事建立根据地。平原建根据地的基本条件，首先是日本没有足够的力量占领广大的面积。小国寡民，资源有限。纵然是块铁，能打几个兵？一百万军队攻几个城堡是可能的。但攻下华北平原就完全是另一回事了。

撒一把盐不可能把湖变成海。面积也是一种战力。小国打大国，最大的痛苦就是被面积稀释战力。法国打俄国，德国打苏军都是这样的例子。德军大量杀伤苏联军队，伤亡比例达到1:15。但是，打到了斯大林格勒就成了强弩之末，终于不能穿透鲁缟，就是因为德军这把盐被俄国面积的湖水稀释了。

为了克服小国寡民的弱点，日军在东北修路。打开地图，立刻注意到东北铁路密集。这都是日本人搞的。他先确保交通线，建立足够的机动能力，然后消灭抗联。抗联司令杨靖宇身高一米九，双手使枪，在雪地上行走如飞。日军无人能敌。最后是以一支500人的讨伐队，以500:1的绝对优势兵力抓住了他。这里最重要的原因，就是日军能迅速运送和集中兵力，造成局部的战斗优势。

在河北日军采用的策略，也是建立纵横交错的公路网，用强大的机动能力弥补兵员的不足。百团大战的大破路，目的就在取消日军的机动能力。此计由彭德怀首先提出，刘伯承、聂荣臻、邓小平负责组织和实施，在数百万平方公里的范围内，同时破路，把日本人的交通线切成了无数段。有能力看到、抓住、并且戳中对方的死穴，这才是一流的人才，一流的眼光，一流的民众和军队组织能力。

我军在平原上建根据地的成功，更重要的因素是文化。这个因素是祖宗的遗产。有人说中国的文化是软弱的文化，中国被外族占领过好几次，汉奸比比皆是。这不错，但是中国人最终每次都把外族给打跑了也不错。在中国，爱国的文化是取胜的文化。根据自然选择原理，必然在长期的竞争中，淘汰不爱国的文化。在这种文化的熏陶之下，中国人有很强烈的反侵略情绪。这造成了人民战争汪洋大海的最深厚的条件。

华北自古就出侠客和壮士，几千年爱国文化浸润的民众和土地，形成了悠长而强悍的潜在战力。这种战力仍然只是一种潜力，需要第三个因素，组织。这就看共产党了。而共产党确实有这个本事。他搞了一个组织，叫武工队。顾名思义，其主要任务是“工作”，而不是打仗。什么工作？就是宣传，组织，武装民众。几个乡下佬往地里一站是乡下佬，排成一列，就成了县大队了。这就叫组织。

共产党在几百万人口撒几千粒豆，迅速发展出几十万军队，这是本事。

毛泽东在二几年曾经撰写湖南农民运动考察报告。详细讲解发动农民的办法。然后他又办了几期农民运动讲习班，对于组织和宣传民众，特别是农民，有过极为深入的研究和实践。而刘少奇有组织矿工的经验。故抗战时，他们制定的策略，叫“放手发动群众，壮大人民力量”。

有本事组织工人农民就很不得了，因为这是中国最广大的人口。而共产党还有组织知识分子的本事，这件事由周恩来办。抗战时，共产党麾下的大知识分子有鲁迅、田汉、冼星海、郁达夫、沈雁冰、郭沫若等。当时苏北的陈毅，带了几条烂枪出山。很快就发展了数千兵。再过几日，已经发展到数万，当初的兵都成了带兵官，连警卫员派出去都是个支队长。

再厉害的将军打仗，只能越打人越少。可我军却有本事越打越大。这里的诀窍，制定正确的政策，加上组织和宣传。所谓政策，就是有足够的辅助措施，让组织起来的人死心塌地地干。共产党的减租减息，军属代工，都解决这个问题。于是华北出现了一幅奇特的画面。地主和乡绅出钱出枪，农民出力，共产党领着，在日本人眼皮底下扭抗日秧歌，日本人在炮楼子里瞪着大眼看，不敢出动。

这就叫群众和基层政权工作。有人说陈毅聂荣臻没打什么大仗。凭什么地位在名将粟裕之上？这是因为从某种意义上说，建根据地和政权工作甚至比打仗还重要。而陈毅和聂荣臻，都是这方面的大专家。陈毅指挥大战不如粟裕，但他的一手棋却收服了江苏的大地主，让他自愿把钱拿出来。聂荣臻虽然不是战将，却成功地建立了大片的冀中根据地。而抗战时期是发展时期，不是打大仗时期。陈毅、聂荣臻建立根据地的本事，比打仗要重要的多。

这就是为什么粟裕宁把司令让给陈毅的原因。打仗只是共产党取天下多种专业技能中的一种。

抗战开始时我军有三万来人。抗战结束时，已经有几十万正规军，一百万等待升级的土八路，一个个都吃得又胖又壮，撂胳膊挽袖子，要跟蒋委员长叫真。陈毅、罗荣桓、聂荣臻们的作用是极其重要的。

毛泽东在抗战初期认为平原是不可能建立根据地的，或者是很困难的。为此他给我军制定的方针是山地游击战。如果按照这个策略，其结果不会好。因为，我军最大的问题是军粮，而军粮只产于平原。山不过是个比较大的掩体，只能用于藏身。靠掩体是无法得天下的。故自古争天下者，必须逐鹿中原。中原有可再生的，最重要的战争资源，粮食。中共抗战期间，仅仅华北就给山里的八路运送了一千九百万吨粮食。

毛泽东提出"山地游击战"方针，过于谨慎。这在井冈山等山区是正确的。那时的主要任务是保存红军，谈不到在平原立足。当时红军的战斗模式，可以称为"下山劫掠"模式。平时在山上吃红米饭南瓜汤，吃光之后即须下山夺粮。为此奔袭了井冈山周围的大量县份。朱德的扁担挑军粮都挑出了名。

但是抗日时期是大发展时期，前面有日本人挡着国军，再采用这种策略就太消极了。毛泽东之所以过于谨慎，很可能跟他是南方人，对北方庄稼缺乏了解有关。南方稻子藏不住人。但是北方的高梁和玉米完全可以隐蔽大部队。夏天一到，风吹得哗哗响，部队行动很凉快，渴了有甜瓜可吃，累了打瞌睡还有庄稼遮阴，这就叫青纱帐。

在这个青纱帐之上，还有一层更大的青纱帐，就是人民。我军在这青纱帐之中，如鱼得水地成长，壮大，撒豆成兵，终于夺取了全国的政权。

井岗山公式

在井冈山，中国共产党人设计和实验成功了对于夺取政权来说最重要的公式，井冈山公式。其要点是把暴力剥夺的利益分给农民，并且发动农民，对富人行使暴力。这就用利益把农民和革命捆绑在一起了。

其结果是农民自愿提供粮草、情报、庇护所和兵员。这使得共产党成了希腊神话中的英雄安泰。即使被打倒，只要一沾农民这个大地，就立刻可以吸取力量，重新站起来。这是一个中国其他政治力量都不具备的，巨大的优势。

到了一地，把破产农民组织起来。带着他们用暴力剥夺农村的富人，将他们的土地和财产瓜分。之后再组织他们成立武装，同时建立政权，巩固新秩序。表面上看，这做法跟中国古代的劫富济贫差不多。不过，过去一般只抢劫和瓜分现金、粮食等浮财，不瓜分土地和不动产。民众知道抢劫是违法行为，官方迟早会回来执法。只有夺取政权，瓜分不动产才有意义。新政府可以立法保障新经济秩序。而这就是马列主义和古代造反的不同。

国民党立足城市。反对以激烈的手段实行土地改革，剥夺富人。并且不去争取群众，特别是农民群众。这个弱点足以要它的命。

有了井冈山公式的共产党迅速成长，到了抗日战争，毛泽东写《论持久战》。分析中日战争的各种因素。认为中国必胜。毛泽东看出日本是一个资源贫乏的现代化小国，中国是一个领土广大，但经济落后的大国。战争之始，小国必定攻势凌厉，迫使大国撤退。但是大国领土广大，人力有限的小国军队势必被他攻占的领土稀释。稀释的结果，是从强势转变到弱势，被长期战争消耗，在经济上会破产，在军事上会被各个击破。日本占领中国，实际上是一个作茧自缚的过程。国民党的白崇禧把毛泽东这篇文章的主要思想总结为“积小胜为大胜，用空间换时间。”

这篇文章显示，共产党虽弱，却拥有超过国民党的智力资源。暂时缺乏的不过是经济、政治和军事资源。这就是毛泽东多年后总结的：路线正确，要人有人，要枪有枪，最终能拥有一切。

共产党智力上的强大，不仅仅限于写出《论持久战》。而在于制定了一个策略：在敌后迅速建立政权，用利益发动农民抗拒日本人。这其实就是继续使用井冈山公式。不过是把其中的敌人，从国民党换成日本人。

到抗战胜利那年，中共已经拥有了数百万武装力量，控制了一亿多人口，而且，这数百万人马都掌握了井冈山公式，完全具备了跟蒋介石逐鹿中原的实力。他们把井冈山公式中的日本人换回国民党，拎起缴获的三八大盖，激情投入了解放战争。

这场战争的胜负没打就已经确定了。由于有农民支持，共产党永远不会被真正打败，而国民党一旦败了，就很难再爬起来。长期博弈结果当然不言而喻。到一九四八年，任何人都看得出共产党势必取得天下。

一九四九年，共产党基本将国民党从中国大陆上清除干净，建立了中华人民共和国。共产党之所以能取得胜利，首先归功于一个冷静并且富于理性的，由知识分子主导的领导班子。它有能力推出井冈山公式。多年之后，毛泽东仍然在一首词里赞扬井冈山，说：可上九天揽月，可下五洋捉鳖，谈笑凯歌还。

在开国大典上，毛泽东用湖南口音简短而生动地说：中国人民从此站起来了。

说中国人民站起来了，有两个意思。第一指在大陆消灭了一切内战，完成了真正意义上的统一。第二层指废除一切不平等条约，没收列强的在华产业，摆脱了列强的压迫和控制，实现了真正的民族独立。民族独立为中国经济的高速发展提供了最根本的条件。毛泽东领导的中国共产党，用时二十八年，流血牺牲，完成了这项巨大的工程，对国家和民族的发展，有着深远的正面影响。

进京赶考

一九四九年三月的一天，毛泽东乘车前往后来的国都北平。他对周恩来说："进京赶考去"。周恩来笑着回答："我们应当都能考试及格。"毛泽东说："退回来就失败了。我们决不当李自成，我们都希望考个好成绩！"要考个好成绩，当然得有公式。当时毛泽东手里的公式是群众加马克思主义的社会主义建设理论。这个理论提倡公有制和计划经济。

公有制的基本设想是采用集体化和国有化的手段，实现大规模生产。基本假设是，当家作主，有高度觉悟的群众，在属于自己的企业中，一定会焕发极大的生产积极性，而导致生产力高速发展。计划经济的基本设想是通过全社会有计划的生产，消灭资本主义生产的无计划性，避免生产过剩和经济危机。从而使得经济高速增长。

这套理论近一百年在很多国家实践，差不多都失败了。与此同时，实行私有经济的地区经济进步很大。在亚洲有南韩、新加坡、台湾和香港。实践证明，集体化和国有化的确是大规模生产，但它常常是低效和劣质的大规模生产。有时生产比不生产还糟糕。大炼钢铁就是一个例子。

事实证明，仅仅在理论上声称群众是国家和企业的主人也没什么用。给人一个小买卖，哪怕是到街上卖大碗茶，每碗只赚蝇头小利，他的热情、力气和智慧都会发挥到极致。可一旦把他放到集体和公有制的企业中，偷懒和磨洋工就开始抬头，人性中的自私自利暴露无遗。

那时，不少农村地区，可以看到一个奇特的现象：自留地上的庄稼生机勃勃，长势旺盛。生产队上的庄稼没精打采，奄奄一息。刘少奇和邓小平看到了这两块地，在经济几乎崩溃的二十世纪六十年代，用分田到户，包产到户，四大自由等办法，变相恢复私营经济，结果经济迅速恢复，全国人民都尝到了甜头。毛泽东也在停止吃肉之后恢复了吃肉。

计划经济在中国沦为拍脑袋定指标。钢产量和粮产量的计划，不是测算出来，而是根据头脑有多热而定下来的。报上来的不少产量，根本就不存在，甚至一些农民上缴了粮食之后被饿死。

用整整一代人的实验得出的结果，足以指导中国应该怎么走。1979 年，邓小平将私营经济再次引入了中国，其结果是创造了举世瞩目的经济奇迹。从 1949 到 1978 这三十年，中国在公有制之下，经济总量只提高了 5 倍。但从 1979 到 2010，经济总量提高了 101 倍。成了世界第二大经济体。目前中国私营经济，已经占到了 70%，而且还在迅速发展。中国建立了低保和健康保险，自孔夫子时代就交的农业税也被免去。

几十年前，中国还在忍受蕞尔小国日本的欺凌，几千日本小矮人就能横行北京，今天除非不要命了，没有哪个国家敢打进北京。仅仅歼 10 战机和反舰弹道导弹两项，就终结了美国在太平洋的百年优势。今天中国已经有够硬的核牙，完全可以应对所有战略对手的核捆绑。美国空军副参谋长卡莱尔中将在美国国会上说，“只需看一眼太平洋的对岸，看看中国在做什么，不仅仅是他们的空军，还有地对空导弹、弹道导弹、反舰弹道导弹，以及能够击中美国关岛和日本基地的新型导弹……所有这些能力都令我们非常焦虑。”

香港谈判时，邓小平对铁娘子撒切尔首相说，香港我们肯定是要收的，当然，希望用和平方式。听了这话，撒切尔出门就摔了一个跟头。香港如期收回，了无波折。而当同样的事情发生在英国和阿根廷之间的时候，撒切尔毫不犹豫地派出了舰队，扫蚂蚁似地清扫了阿根廷驻在马岛上的一切部队。

共产党夺取政权前中国就实行了私有制，为什么那时候中国经济没有起飞？答案是当时中国私企所处的环境不好。政府弱势，内战频频，列强压迫，在这种条件下，私营经济的威力没法足够地发挥。共产党驱逐了列强，而且以其强势的领导，为中国私企提供了一个可以幸福成长的幼儿园。这时私营经济才能健康成长。

共产党在井冈山用了七年时间，找到了井冈山公式。但为了找经济起飞的公式，却用了从1949到1979这三十年。

六十年的曲折告诉中国人，发展才是硬道理。什么办法能有效发展经济，就应该毫不犹豫地用什么办法。邓小平在南巡讲话中，把这个道理总结成：

“姓资还是姓社的问题。判断的标准，应该主要看是否有利于发展社会主义社会的生产力，是否有利于增强社会主义国家的综合国力，是否有利于提高人民的生活水平。”

这一段话，总结了六十多年的经验教训，积聚了一代人的痛苦，代表了当代中国的最高智慧。

回顾历史，中国人应该感谢毛泽东找到了第一个公式，井冈山公式，带领民族披荆斩棘，消灭内战，摆脱列强压迫。也应该感谢邓小平发展了马克思和毛泽东的思想，找到了第二个公式，引进私营经济，放飞中国经济。

闹市枪声

1916 年 11 月 5 日下午。美国华盛顿州斯拿郡政府所在地艾城(Everett)的公共码头忽然响起了密集的枪声。枪声持续十分钟,造成五十四人伤亡。史称这一事件"艾城屠杀"(Everett Massacre)。

事件的起因,是艾城的木瓦制造业工人要举行一次和平集会,要求增加工资。二百余名西雅图工人乘两艘船来参加。第一艘船要在艾城公共码头停靠,遭到艾城麦克瑞警察长率领的二百多名警察和民兵阻止。麦警察长问,你们谁是头儿？工人哄堂大笑,说我们都是。警察长拔枪说,我是警察长,在此执法。船不得在此靠岸,船上安静片刻,然后一人大声喊,谁他妈说不能？(The hell we can't)。然后枪声就响起了。

交火持续了 10 分钟。船上有少数枪支,但警方火力显然占尽了优势。驾驶室被打中 175 枪,船长要不是蹲在保险箱之后就没命了。工人逃到船的另一侧,造成船身严重倾斜。幸亏栏杆被挤垮,导致数人落水,否则船会翻掉,工人就变成警察和民兵射击训练的水上活靶了。一名机警的机工操船猛退,多数工人才得以逃生。

事后清点,工人死五,伤二十七。警方和民兵死二,伤二十。弹道分析证明,警方不少死伤都出于己方子弹。艾城的工人按时举行了集会,但被警察和民团包围,全部逮捕入狱。船上幸存的七十五名工人虽然逃回了西雅图,也全体被捕入狱,并且以袭警和谋杀罪被起诉。州长紧急调动数百名国民警备队开往艾城弹压。局势逐步稳定。

美国平民举行和平但违法的集会,美国警察长只给一句警告,就用子弹说话了。

艾城屠杀使得不少美国知识分子走向左倾。一位受到影响的女生后来进了芝加哥大学读书,当了记者,并且到延安采访了毛泽东。毛泽东对她说,一切反动派都是纸老虎。翻译余光生翻成稻草人(scarecrow)。毛泽东说不行,我的意思是纸糊的老虎,是 Paper - Tiger。女记者把这个词带回了美国,一个崭新的英文单字呱呱落地了。这位女生,就是安娜. 路易斯. 斯特朗。而纸老虎这个词也正式进入了英文字典。下面的条目,抄自 Collins English Dictionary - Complete and Unabridged:

paper tiger

n. a nation, institution, etc., that appears powerful but is in fact weak or insignificant [translation of a Chinese phrase first applied to the US]

字典说首先用于美国(first applied to the US)并不准确。当时斯特朗问:"如果美国使用原子炸弹呢? 如果美国从冰岛、冲绳岛以及中国的基地轰炸苏联呢?"毛泽东回答:"原子弹是美国反动派用来吓人的一只纸老虎,看样子可怕,实际上并不可怕。当然,原子弹是一种大规模屠杀的武器,但是决定战争胜败的是人民,而不是一两件新式武器。一切反动派都是纸老虎。"

毛泽东并不笼统地反对美国。这里,纸老虎指"美国反动派"(reactionaries),而不是美国。

蓝图上少画的细节

我国 1956 年 – 1976 年间粮产增长缓慢。有人说办人民公社损害了生产力,但为什么办人民公社会损害生产力?集体化的好处是明显的,田块变大,易于耕种。集资可以购买大农具,人多了还能兴修水利。

问题出在如何实现集体化。在自由经济的情况下,集体化一种是通过私人合股,双方看到合作可以双赢,于是合股。还有一种是通过股市投资,公众通过买股票自由选择入股。但是这些集体化都是建立在你情我愿,不带有强迫性质,能造成产值极大化。

1956 年以前的合作化,就是采用农民自愿成立叫做合作社的小公司进行的。其方式类似传统的入股,根据实力和贡献计算股份。这大大鼓励了生产积极性,所以粮产节节上升。

但到了 1956 年之后,这种很好的入股方式被放弃了。入社采用强制的办法,股权一律平均。入股之后,也不论入股时的资本和贡献,入股后的实际贡献,一律按照劳动量计酬,这大大压抑了生产积极性。特别,导致了三年困难期间产量下降,农业一蹶不振。下面是新中国历年人均拥有粮食量,请注意人均粮食的公斤数,可以看到 1956 年前大增长,其后的徘徊或者减少,包括三年困难期间大减少,和改革开放之后产量的增加。

年度	粮食产量(万吨)	人口(万人)	人均粮食(公斤/人)
1949	11318	54167	208.9464065
1950	13213	55196	239.3832886
1951	14369	56300	255.2220249

年度	粮食产量(万吨)	人口(万人)	人均粮食(公斤/人)
1952	16392	57482	285.1675307
1953	16683	58796	283.7437921
1954	16952	60266	281.2862974
1955	18394	61465	299.2597413
1956	19275	62828	306.7899663

* 平均股权入社

年度	粮食产量(万吨)	人口(万人)	人均粮食(公斤/人)
1957	19505	64653	301.68747
1958	19765	65994	299.496924
1959	16968	67207	252.4737007

* 三年困难时期

年度	粮食产量(万吨)	人口(万人)	人均粮食(公斤/人)
1960	14385	66207	217.273098
1961	13650	65859	207.2609666
1962	15441	67295	229.452411
1963	17000	69172	245.764182
1964	18750	70499	265.9612193
1965	19453	72538	268.1766798
1966	21400	74542	287.0864747
1967	21782	76368	285.2241777
1968	20906	78534	266.2031731
1969	21097	80671	261.5190093
1970	23996	82992	289.1363023
1971	25014	85229	293.4916519
1972	24048	87177	275.8525758
1973	26494	89211	296.981314

年度	粮食产量(万吨)	人口(万人)	人均粮食(公斤/人)
1974	27527	90859	302.9639331
1975	28452	92420	307.8554425
1976	28631	93717	305.504871
1977	28273	94974	297.6919999

*改革开放

年度	粮食产量(万吨)	人口(万人)	人均粮食(公斤/人)
1978	30477	96259	316.6145503
1979	33212	97542	340.4892252
1980	32056	98705	324.765716
1981	32502	100072	324.786154
1982	35450	101654	348.7319732
1983	38728	103008	375.9707984
1984	40731	104357	390.3044357

平均股权,同酬不同工,都摧残积极性。我有三头大骡子,村民直脖只有脖子和肌肉。我们商量合股,他肯定会同意我当大股东。我虽然骡子多,但也需要个赶车的。直脖整天无所事事,干这个正好。我给他百分之四十的股份,他也乐意。这样我们的互助组就成功了。过了两天,扭乐和葫芦看着眼红,也要参加。我看人多,干脆在村里贴个告示,欢迎村民加入农业公司。但是入股别空手,或者现金,或者土地,或者牲口,我折算成股份。否则无法做到公平。村民认为这个办法好,纷纷来投。不久,我们村的集体化就公平实现了。人人服气,个个积极。从此生产节节上升,共同富裕。

如果强迫我把财产跟扭乐、葫芦、直脖三个穷人合并,每人股份四分之一。我能想的通吗?我技术最高,所以我富。我要是不积极了,他们几个出了名的坐吃山空的懒人也干不出什么好来,入股更助长了他们的懒惰。我看他们睡懒觉,也睡觉去了,结果三个和尚没水吃,公社逐步破产。

与此同时，资本主义国家通过合并、合股、并吞、发行股票等合理的集体化办法，已成功地形成了世界上最大的企业，完成了科技和生产上的巨大进步。等中国意识到如何正确地搞集体化时，已经是30年后。赶紧恢复私营经济，重新开始。再用30多年，才开始赶上来。

说起来简直令人难以置信，我国的集体化，竟然失败在一个细节，也就是强制性地平均股权上。如果当年成立公社，采用自觉自愿和股份制，生产早上去了。追究根源，还是不懂经济，不虚心学习资本主义成功的经验。总之，还是知识不够。建国大业的设计蓝图上，少画了一个细节，耽误了国家经济发展几十年。真是可叹，可叹！

私家车和暴力革命

在北京坐地铁比养私家车便宜，而且更快。因此私家车是奢侈品。有趣的是，很多购买者都不是雇主，而是雇员。由此想到暴力革命。

马克思认为，劳动力是商品。劳动力的价值就是维持工人继续劳动，并且繁殖足够的后代劳动力所必须的最低费用。但实际并不是这样。在世界范围内，现代劳工的工资一般都超过维持生命所需的最低费用。不是少量地偶然地超过，是大量，成倍地超过。北京市的大量雇员都有足够的钱购买私家汽车。私家汽车是维持基本生活，繁殖后代必须的吗？

更糟糕的是，随着经济发展，现在的雇工手里钱多，买车都嫌不够，要买房，甚至买股票，劳动力并不按照维持它的最低费用出售。而是以远高于这个费用的价位出售。

马克思说雇主使用劳动力产生新价值，就是剩余价值。但由于劳动力只能按维持劳动力必须的最低费用出售，剩余价值雇工拿不到，都得给雇主。这就构成剥削。马克思由此出发，证明了暴力革命的合理。毛泽东说，马克思主义的道理就是一句话，造反有理。

上面已经证明，雇工出售劳动力收到的报酬远超过维持劳动力的最低费用，也就是说雇工参与瓜分了剩余价值。要不他绝不可能有十几万块闲钱去买私家车。这么说，劳资双方既矛盾，又共生，未必总是不可调解的对立关系。所以，造反未必有理，无产阶级革命也不是必然的。随着生产力的发展，劳工不断分到剩余价值，无产阶级会被“消灭”。大家的银行存款数额后面都会有足够的零。那时一觉醒来，会发现外头已经是共产主义了。

而这不是通过流血牺牲实现的，而是通过开工厂和做买卖实现的。

第一艘航母

中国拥有了一艘航母，汉奸们讽刺谩骂，一通抖机灵，好像生怕咱们国粹相声失传。看国际新闻才知道，原来是美国海军有人说中国这航母没什么用。汉奸们不过是在玩“一犬吠，群犬吠”而已。这正说明中国的航母还有点用。否则美国评论个蛋啊，嗤之以鼻，不加理会就行了么。

实际美国对于近年来中国军事力量的快速成长是很忌惮的。一款歼X战斗机都能掀起轩然大波，评论半年之久，航母自然不能幸免于难了。航母的厉害，绝不仅仅在远洋干预能力。它表明了中国远洋的战略雄心。如果仅仅为了守住自己的领海，研发几颗导弹就够了，有全球战略才会考虑航母。这艘航母说明，随着中国的崛起和它战略影响的世界化，他开始打造与此相适应的威慑力量了。

大国玩的是视野。第一艘航母战力当然不可能达到核动力航母罗纳德里根号的水平，但这是一个零的突破，有第一艘就有更多。首要问题是战略眼光，技术都是次一级的问题。有了平台，你才可以研发相关的各项技术么。从这个意义上，第一艘航母，对于中国相当重要。而美国的贬低和汉奸的狂吠，可以看成是对中国这一步骤的正面肯定。

小错二则

（一）

一天我到超市买菜，职员算完之后，我告诉她算错了。我那天买的东西价钱的尾数都是整的。她算出来最后一位是8分，这怎么可能？后来我从电视上看，知道超市把钱算错的比例竟然达到20%。奇怪的是只多算不少算，老错在对顾客不利的方向上。

一般人比较马虎，明知很可能有点小错，但觉得大数差不多就行了。谁知这个小错，往往是要命的。美国的航天飞机，就是因为有块泡沫海绵在机翼上擦了一下而完蛋的。这个事情，很多地面站的朋友都看见了，但是觉得这是个小错，由他去吧，结果，是丢了好几条性命。

一般的电脑软件，平均1000行有5个小错(bug)。这要用在宇航飞机上，恐怕比海绵更糟糕。幸亏美国宇航局说他们10000行才有两个小错，故暂时还没要宇航员的命。商业和工程如此，政治上也是一样的。美国穷人在政治超市上不得烟抽，很大程度上，是被超市的所有者——大阔佬们用小错律治的。

小错律既然称律，当然也得适用于其他一切领域。一位网友说美国法律面前一律平等，粗看似乎是那么回事，但是他在推理上出了个小错：他只注意到王子犯法跟庶民同罪，但没注意到法律本身就可能规定不平等。很多法律只针对庶民，而不针对王子。比如，种族隔离法只针对有色人。不得在桥洞中过夜的法律只限制穷到必须在桥洞过夜的人。政治献金法只为富人设立。这样的法律，即使在执行时对所有阶层的人平等,其执行的结果,仍然会是不平等。因为,它本身就制造和保证了不平等。更进一步,法律都是维护现存的社会秩序的,而现存社会秩序却是不公平的。因此,法律维护公正,但更维护不公正。

最近呼吁维权,人道关注是个好东西,特别如果能落实到钱,而不局限于赠送画饼的话。但我看有人写呼吁书,说“宪法规定中华人民共和国公民的人身自由不受侵犯”,这就是一个小错。错在对宪法断章取义。

宪法第三十七条规定:“中华人民共和国公民的人身自由不受侵犯。任何公民,非经人民检察院批准或者决定或者人民法院决定,并由公安机关执行,不受逮捕。禁止非法拘禁和以其他方法非法剥夺或者限制公民的人身自由,禁止非法搜查公民的身体。”

所以,正确的说法,是“中华人民共和国公民的人身自由在一定条件下不受侵犯”。警方可以依法拘留公民中的犯罪嫌疑犯。公民的人身自由当然是可以侵犯的。否则还谈什么法治?又有人说“人类文明史已经证明:给思想治罪和以言治罪是根本错误的”。这又是一个小错。因言治罪,特别对煽动颠覆的言论治罪,是完全合理和必要的。也是现代各国的普遍实践。在戏院谎称失火,飞机上说 hi jack,都是违法的。美国的斯密斯法明确规定对于煽动颠覆的言论,可判高至 20 年的徒刑。这小错看起来并不起眼,可却足以推翻整个呼吁的立论。

作者以人道主义为号召,以为大方向没错,小错何必追究。这种想法和美国宇航飞机地面人员对待机翼海绵的态度一样,可能搞出人命来。

(二)模糊小错律

为什么号称反映多数公民意愿的美国民主,多年实行的结果,却造成了对多数人不利的结果?不少人尝试回答,但遗憾的是,都没有令人满意的答案。

现代决策理论发现一个有趣的现象:人决策会违背自己的利益。从人群中随意抽取一个人,给他两个选择。一个是白送他一块钱。另一个送他一张彩票,该彩票有十万亿分之一的概率中奖。中奖之后,他得 1 亿块钱,立刻成为富翁。数学上,按第一选择,他的平均所得是1 美元。第二选择,他的平均所得接近零。按数学当然选头一个方案,但是现实生活中,很多人会选第二方案,丧失白得的一块去买彩票。这就证明了很多人会呛着自己的利益投票。

现在把他这个例子扩张一下。让他在三百万美元,和三百万张彩票中选择。他会选择哪个方案呢?不用说,他会选择美元。而不会选择去买彩票。扩张的游戏不过是把原来游戏重复三百万遍,有关概率一点没变,但决定却恰恰相反。这说明什么?这说明人们不容易犯明显的,大的错误,但是却会不假思索地犯微小的错误。大赌博把错误放大,使其变得明显。而微小的赌博的吃亏之处则往往模糊,似是而非,灰色,不容易确切分析,甚至让人犯了之后还觉得做得正确。

这是我继点菜律之后总结的第二个规律,暂时命名为模糊小错律。模糊小错律反映了人类思维的模糊性和马虎性。

如果今天美国举行公民投票,在今后的三年,通过调整税收和社会扶植等温和的和平过渡,把最穷 40% 人口的财产翻一番,让他们占有美国财富的1% 而不是0.5%。这40% 的人会投赞成票,其余的中间阶层可能支持反对各半,因此很可能通过。这 40% 的穷人之所以会投这个票,是因为利益足够明显。

如果换一个法案,要修改税制,把收入 25 万元 ~100 万元收入部分税率从现在的 17% 调低到 16%,再把 100 万以上的部分税率从23% 调高到 23.5%。再让穷人投票,那他们怎么投可就很难说了。因为这个法案的后果远不如前面一个法律明显,这个投票的结果,在穷人中很可能是一半支持一半反对,结果互相抵消,等于没投。别说穷人,就是受过不错教育,甚至经济专业的人士中,多半也是这个结果，不信大家可以投一投。

现在再把这次投票进一步复杂化，我们不让群众直接投票，而让能通过宣传骗取了穷人信任的一些人，按他们自己的想法投票，再让富人用金钱影响他们的想法，这投票又会有什么结果？只能进一步增加投票结果的不确定性。而这正是美国使用的代议制。

美国社会的法案，往往十分复杂，其中对穷人的不利并不是明显的，一般都有正反两面的辩护词。法案对穷人常常是表面有利，实质不利；近期有利，长期不利；对一部分人民有利，对其他人民不利；明目张胆地对富人有利，对穷人不利的法案，一般情况下很少有。

美国大森林中有一种近乎绝迹的猫头鹰，还有一种寇喉鳟鱼。有法律规定，为了保护它们，必须限制砍伐。这个政策长远来说也许对多数人有利，可是短期就使一些穷人丧失工作。美伊战争花费美国纳税人的金钱，把穷人交纳的税款转交给军火和能源工业的大公司，对美国多数穷人长远和近期都不利。可是在军火和能源工业就业的穷人，在老板得到了大量军火订单之后，便可以得到稳定工作，养家糊口，因此这个政策，对这部分穷人短期有利。

民主制度的基本假设，是投票人明白什么对自己有利，这不可能。若要使每个人明白各法案对自己的有利和不利之处，花费将极其昂贵，穷人没有智力和经济资源负担这个费用。面对眼花缭乱的各种有利和不利交织的法案及模糊小错律，利益最容易受损的就是穷人，这个在知识和文化上的弱势群体。

相反，富人由于掌握了智力和经济资源，既可以确切地分析每个法案的利弊，又可以把法案写得适合模糊小错律，他们可以直接通过在国会和政府的代理人提出法案。这里资源的优势起到了决定性的作用。这就是点菜律："谁花钱，谁点菜"。

今天美国的巨大贫富不均，并非一次大投票的结果，而是通过成千上万次小规模博弈实现的。今天倾斜一点，明天倾斜一点，日积月累的结果，就是 1% 身家在 230 万美元以上的人占有 40% 的美国财富。

在点菜律的控制下，制度出现向着富人的大规模倾斜，这是非战乱社会的常态，也是一种稳态。这主要是两种考虑相抗衡的结果，一种考虑是倾斜的底线是不能把穷人逼得走投无路，发生革命和社会动荡。革命的成本太大，从会计学角度不合算。不如花一些小钱，用民主欺骗消解大量潜在的不稳定因素。另一种力量是资本主义经济下的自由竞争。富人必须减少对于工人的报酬，把生产成本尽可能降低，以避免在竞争中被对手颠覆。

两种考虑抗衡的结果，是出现了一个广大的贫困阶层，这个阶层基本没财富，靠打工谋生，但也没穷到要饿死。富人从体力和心理上维持他们，保证一个随用随取的劳动力储备库。体力维持，通过最低工资，美国农业部的粮票系统，社会救济和慈善事业实现。心理维持通过鼓吹民主制度的公平，搞花花绿绿的竞选活动，在媒体鼓吹“机会均等”、“美国梦”、“美国价值观”完成。

在美国，贫困阶层又分两层，一层在最低，占人口40%，他们占有的社会财富几乎可以忽略不计，这类人是美国的雇农。还有40%略有薄产（15%的财富），他们是美国的贫农。这两类人，就构成了美国社会的底层和基础。他们为美国做出的贡献，不亚于上层的1%。他们应该得到高于0.5%的财富。但是，美国制度决定了他们不可能得到比这个比例多太多的财富。富人需要保持他们的贫困。

很多中国学生到了美国，因为有特殊技能，从雇农晋升到了贫农。吃了残羹冷炙，不少处于感恩戴德，甚至沾沾自喜的小市民心理状态。他们盲目歌颂美国制度，但并不了解美国巨大的贫富不均的原因。

苏格拉底之死

苏格拉底反对民主制度，被雅典公民美莱斯特等三人以不信神和提倡异端，腐化青年的罪名起诉。第一轮投票决定是否有罪，他以280票对220票被判有罪。第二轮是定刑罚，以360票对140票判决死刑。苏格拉底以70高龄，从容饮鸩而亡。最后一句话是“我还欠了某人一只雄鸡，请替我还他”。

杀苏格拉底的决策过程如下：

1. 投票人由公民自愿报名，从中随机抽取6000人，审案时再从其中临时抽取500名陪审员。多数人的意志可以得到体现；

2. 基本杜绝了作弊；

3. 投票事项重大，结果明确，利弊投票人不难分析；

4. 每人一票，对结果影响力平等。

这个过程金钱无法介入。苏格拉底的徒弟参加了推翻民主政府，“学不教，师之惰”，多数人认为该杀，这个过程是相当纯粹的民主。首先样本为500人，足够大，其次，它符合公平和直接广泛参与两大原则，真正体现了多数意志，虽然，多数做出了一个错误的决定。

把美国投票和选举过程跟杀苏格拉底的决策过程对比：

1. 投票人(elector)由选举产生，竞选起码需要50万美元，这一项马上就把很多穷人打出圈子之外；远不如在公民中随机抽取投票人公平；

2. 作弊公开。通过献金法和游说法，金钱直接介入选举和决策。富豪虽然只占人口1%，却可以施加极大影响，使立法向他们倾斜，多数人的意志不能得到正确体现；

3. 立法经常复杂微妙，利弊普通人很难分析。民众只能借助媒

体得到信息,而媒体是富人和政府控制的。这给模糊小错律充分发挥作用提供极好的条件;

4. 仅余的真正民主成分,是一位议员一票。

我用这个分析,只是想说明,美式民主偏离了民主原则,不能反映多数的意见了。因此,实际上并不是真正的民主。

公平的民意表达在美国制度下不可能兑现,因为在商业社会里表达民意并非免费。最简单的表达比如上街游行也有误工代价。游说,上电视,成立专业工会,发表广告,筹集竞选资金,更无一不涉及费用。拥有 40% 的财富的 1% 的人口,其表达力远超过 40% 几乎不拥有任何财富的人。

机会平等也无法兑现。马克吐温的小说《百万英镑》描写一个在街上捡梨核吃的流浪汉,因为偶然机缘得到一张百万英镑的钞票,出其不意地成了社会的宠儿。这一百万他一个子没花,各种机会已经接踵而至。结论显示:因为机会是爱钱的,所以穷人机会比富人少。

常常见到人不假思索地大吹西方民主,这经不起分析。媒体和金钱的介入添加了很多杂质,美国民主不但不如古代纯粹,而且已经不算是民主了。

美国国庆谈美国

(一)体制设计的失误

一七八七年,五十五个精英在费城用将近半年的时间,设计了美国宪法。宪法吸收了当时国体设计的最先进理论。由于没有民众的参加和干扰,这个纯精英设计的宪法有相当的正确性和实用性,维持了美国二百年的稳定。一般认为这是一个比较成功的设计。

但是,多年来只听到对于这个设计的赞扬,从来没一个人出来指出它的毛病。以致今天这个宪法在民主教徒的心目中,取得了或者取代了圣经的地位,这是不能容忍的。搞工程的都知道,任何设计都有不足,不存在没有缺陷的设计,美国国体设计也一样。

美国制度设计的毛病之一,在于它没有规定国家必须控制经济命脉。其后果则是导致美国在二百多年间,私人经济和市场经济比例过高,生产不断失去平衡,发生周期性的经济衰退。这折磨着美国社会和每一个美国人,可称之是一个人为设计的慢性病。

这个设计上的毛病,来自于理论不够。当时马克思对资本主义自由经济周期性衰退的杰出分析,还没有出笼。五十五个精英,谁也不知道为什么会发生经济衰退。当然谈不到在国体设计中加入适当手段,来防止衰退。

正确的设计,是规定若干命脉经济如银行,必须国有。这样,就可以像中国那样,用强大的金融控制来抑制生产过剩,使经济连续三十多年不发生衰退。

（二）商业社会的平等

马丁路德金说：Let justice flow like water（让公正像水一样流淌）。这个话得到了美国下层人民的强烈共鸣，以致自从他讲了这个话之后，美国许多地方的纪念碑，都造成了复式水池的样式。水象征公正，从底部喷出象征人们内心深处对平等的渴望，水池满了之后，水均匀地沿着四周边缘流淌，象征公平的流淌应该像水要找平一样自然。

金先生是一个理想主义者。他没有看到在一个商品社会，政治、文化，甚至执法都不可避免地商品化。在这样的社会中，最强大的规律是“谁出钱，谁点菜”，平等只是梦想。

O. J. 辛普森假如没钱雇律师，恐怕早就进了监狱吧。伊拉克战争前夕，几名记者就因为发表了不赞同美国政府政策的评论被解雇。一个电视晚间节目的主持人说了几句“政治不正确”的讽刺美军的话，富人立刻威胁撤销他节目中的广告。他只能撤回他的言论，当众道歉，否则失业的下场就等着他。

以前有人吹捧美国言论自由。我请他做个实验，到电视台去发表一篇讲话。不用 ABC，CBS，只要地方台就行。从此我没听到他的下文，他心里肯定是不服的，但是他兜里也是没这笔钞票的，他没法改变这个现实。他不明白，在美国自由得用钱买。

被封口的美国记者其实也跟这个家伙处于同样的地位，如果他有足够的钱，他可以开一个电视公司，天天批评美国的政策，问题是他没有，所以他只能仰承富人的鼻息，说些他们认可的段子。他的自由是什么？他是一头穿了鼻绳的牛，只享有耕田自由。

美国国庆前夕的七月三日，NBC 的 DATELINE 节目采访了几户美国的贫困人群，这几户都是或者失去了工作，或者工资过分微薄，无法付得起住房，而被警察驱赶到街上去的。其中一家三口住到了慈善机构办的房子。记者问他里头情况怎样，他连用四个最恶劣的形容词,说那里的条件是“肮脏,非人,可憎”,以及“超过以上这几个词的总和”。他一个10来岁的儿子得了个病,需要昂贵的治疗,这是连房子都住不起的他根本无法支付的。他儿子虽然小但明白这一点,为了不连累全家,小小年纪竟然自杀了。

说美国没钱扶助这些穷人是不对的,美国是世界上最富裕的国家之一。如果让这些穷人投票,他们第一票一定投责成政府拿出一些钱,开几所贫困者住所,救济一下那些诚实工作,努力向上,但没法支付住房的人。既然平等,为什么会出现一方面政府成万亿地花钱打仗,一方面这些人在街头啼饥号寒?

如果美国是一个真正的,按照多数意见投票决策的民主社会,那么美国贫困线以下的人民数目大大多于大富人的人数,美国的民主制度,就应该让他们改进处境的意见占上风。但是,这并没有发生。

用老美的话说,“There must be something wrong”(什么地方肯定出了问题)。

其实什么也没错,这里起作用的是点菜律。谁付的钱多,谁点的菜好。富人占有美国80%以上的财富,是主要的纳税人。美国政策的宴席上,他们就可以点大菜,吆三喝四,驱使政府有如驱策仆役。贫困户贡献极小,就只能缩在角落里,吃三毛钱的热狗和汉堡包,仆役大人来了,他们还要躲快一点,否则难免挨踢。

“谁出钱谁点菜,出多少钱,点多少菜”,商业社会的平等是点菜律意义之下的平等。富人的意志通过各种途径表现出来,什么也挡不住。乔治·欧文说,“人人平等,但一部分人比另一部分人更平等”,正是美国社会的真实写照。

(三)美国用法律保证公民的机会不平等

有人说:“In this country(U. S), freedom, social justice and equality mean each and every individual has an equal right to PURSUE wealth.”(在美国,自由、公平和社会公正意味着每个人都有平等的追求财富

的机会)。

这不符合事实。美国法律规定,穷人和富人追逐财富的机会不平等。假如穷人跟一位富豪在街上打架而入狱。富豪有足够的钱立刻保释出狱,继续 pursue wealth (追求财富)。穷人就不行,官方为穷人指定的律师也不会为穷人做认真和有效的辩护。富豪却能请到最好的律师,轻易为他打赢这次官司。穷人将坐牢而失去所有 pursue wealth 的机会。而富人却能继续 pursue wealth。

在雇员苦哈哈地打工的时候,美国却有不少人,优闲地钓着鱼,在赌场一掷千金,在世界各地旅游着。因为,企业能为企业主赚到足够的利润,支撑他们的生活方式。这种法律保障的,利用企业的,企业主专有的 pursue and enjoy wealth 的机会,一般人也不享有。只要法律保护私有制,社会就必然不平等。

1979 年,美国学者德隆的研究(Small futures: children, inequality, and the limits of liberal reform) 发现,一个美国孩子的一生的机会,在极大程度上由社会地位,而不是智力决定。一个成功律师的孩子和一个办公室垃圾工的儿子,尽管智商相当,但在 40 岁后,前者进入美国富人阶层(前 10%)的机会比后者要大 27 倍。后者只有 1/8 的机会得到中等收入的工作。

美国还用选举献金法和国会游说法保障富人享有更大的政治权利,保证立法权和财富分配权掌握在富人阶层手中。联邦竞选委员会提供的数字,说明 1990 年以来献金最多的 100 个捐助人(组织)总共献了 10 亿以上的美金。这 100 匹头马中,有 68 个大公司,27 个特殊利益集团。大公司包括 AT&T(一千七百万美金),南方贝尔(一千零八十万美金),著名制药公司 PFIZER(六百九十万美金),艾克森石油公司(八百三十万美金)。三大著名骗钱公司,世通,安荣,和阿瑟安得森都上了光荣榜,分别献了七百四十万美金,六百五十万美金和九百五十万美金。这些公司都在立法上需要总统和国会的帮助。1990 年 - 2002 年,这 100 名顾客一共为 4266 个候选人献金,美国国会所有的议员都收到了他们的钱。为首的是 2004 年民主党总统候选人热门,国会民主党领袖 DICK GEPHARDT。

2000 年的大选破了历来总统竞选献金的记录。布什一共得到一亿九千三百万献金,雄踞美国历史上得献金第一的宝座。戈尔紧追于后,得到了一亿三千三百万美金。这些献金主要都是大公司的 CEO 和董事给的。布什是财雄势大的能源工业的宠儿,这个工业从他担任德可萨斯州长时就开始给他塞钱,骗子公司恩荣的总裁肯尼雷就是布什最大的捐钱阔佬之一。

阔佬出钱点菜,布什当然就得上菜。作为回报布什已经提出和通过了大量有利于石油业和天然气业的立法和政策,为了安荣的利益,在他当州长时,阻挠和推迟了环境法的实施。当选总统后,继续上菜。大菜包括批准开采阿拉斯加石油,允许自由排放一氧化碳和大量拨款军工业。美国在布什的领导下,已经退出京都条约,把阿拉斯加开采提上了日程,至于花钱打仗,给军火工业输血,那可是主菜。一场伊拉克战争就花费一万多亿,这些钱的多数都流入了美国军火工业和石油工业,这些工业的企业主是主要的受益人。

政府和法律都保护大企业。2008 年经济危机,政府大量借钱,为大汽车制造商和银行输血,使得他们实际处于永远不破产的地位。但借钱的风险,却由全体纳税人承担。如果你破产,政府可不会帮你度难关。富人在美国有法律保护的特权。

不公平才是社会前进的基本动力。美国之所以富裕,就是因为用法律保障政治和经济机会不平等。中国曾经用强硬的方式,让农村和城市的居民基本平均了收入,结果大大减慢了经济发展速度。邓小平“让一部分人先富起来”,结果创造了经济起飞的世界奇迹。

通过这个讨论,达到简单的认识:

说美国公民享有平等的政治权利以及平等的追逐财富的机会,不符合事实。美国用法律保证追逐财富的机会和财富占有不平等,而不是相反。人生来不平等,法律本身也不平等。

田纳西打野鸭子之旅

美国的三权分立模式，一直被奉为权力制衡的经典设计。现在我根据美国最高法院的判例，对该设计做了一个实例分析。

布什上台不久，副总统切尼就邀请了若干能源工业的资本家，包括诈骗贪污嫌犯，前安荣公司总裁肯尼雷，组织了一个制订政府能源政策的顾问组（TASK FORCE），该顾问组在多次秘密会议之后，推荐了对能源资本家们有利的政策。

民间环保组织 Sierra Club 和法律监督组织 Judicial Watch，根据 1972 年通过的政府顾问委员会法（Federal Advisory Committee Act）。要求政府公布这些秘密会议的讨论记录。该法规定，如果这类顾问会议有非政府人员参加，就必须向公众开放会议记录。

布什政府拒绝公布这些秘密记录，理由是“如果公布，就不能保证这些被邀请的人坦诚讲出他们的意见。”于是这两个民间组织起诉布什政府，官司打到联邦法院，美国法官 Sullivan 判决政府必须公开这些秘密记录。政府方面不服上诉，案子到了联邦最高法院。当年六月二十三日，最高法院以七对二，判决下级法庭应该“再花些时间”研究政府的“隐私诉求”。

判决正在大选前夕，该案以其潜在的政治杀伤力引人注目。布什政府已经散布了“伊拉克有大规模杀伤武器”和“萨达姆参与九一一”等两项谎言，如果秘密会议记录公布，证明他的政府再次欺骗公众，他的连任将受到重击。要求下级法院重新考虑此案，就拖延了公布真相，而在政治上助了布什一臂之力。

最高法院宣布审理此案之后，参与判决此案的最高法院的司各利大法官跟副总统切尼一起到田纳西州去打野鸭被人发现。起诉的两个民间组织据此要求司各利大法官回避此案。司大法官的回答是，这是正常的社交活动，没必要回避。而在司大法官之上，没有谁能限制他。结果他不但不回避，而且还投下了对切尼有利的一票。

从这个案子可以看到，如果最高法院的法官们与某届政府或者某个政党相勾结，一起去打野鸭，美国的系统无法制止他们。所谓制衡，在这里失效。

法官跟涉案者"社交"，然后作出对其有利的判决，这违背了司法人员的职业道德。但是却没什么条例能制止大法官这么做。最高法院做出过好几个政治倾向甚为明显的判决。一个是布什对高尔的判决，实际上是强行指定布什当总统。第二个是"宣誓效忠案"，判决通过对 under god 的事实批准，支持了国家的宗教性。第三个则是此案通过拖延为布什政权续气。

切尼本人曾经是能源工业巨头，布什上台得到了能源工业的大量资助，法律明文规定切尼的秘密记录必须向公众公开，但是公众却无法见到这些记录。提起诉讼的 Sierra Club 和 Judicial Watch，都是著名和强大的民间组织。如果他们都没办法从政府那得到法律明文规定必须公布的信息，一般民众当然更不用提。

控制信息是美国政府操纵民意的强大手段，美国政府利用这个手段欺骗公众，发动对伊拉克的战争。此案提供了一个美国系统通过隐瞒信息保护富人的例子。正如美国的制度保护了司大法官和他的野鸭之旅，政府和法院保护美国的工业巨头，而公众对此完全无能为力。

透过公平和制衡的表象，谁花钱，谁点菜这条铁律，常常会披露出它冰冷的真面目。

以毒攻毒

（一）从印度谈起

中国相较印度大小和国情都差不多，印度采用了西方民主制。六十多年后，印度的腐败远比中国糟糕，俄国也同样。台湾搞了西式民主之后，国民经济增长率大大下降，社会腐败程度急剧增加。美国治理腐败时，黑人和妇女都不能投票，也说不上是民主。而且直到今天，美国最严重的腐败也没得到治理。金钱选举，国会游说等腐败，不过是被合法化了。而香港、台湾、新加坡、韩国治理腐败，用的都不是民主。

毛泽东早在延安就把郭沫若的《甲申三百年祭》列为整风文件，要全党学习。那文章是讲当权后腐败的教训的。全国解放前夕，他又开了一个省以上官员预备班，叫做七届二中全会。在班上亲自讲课，反对糖衣炮弹。警告大家要有反腐的准备。把这一切都办好了，他才进了北京城。

猪崽刚买回来，还没养大，毛泽东就已经在琢磨将来怎么分猪肉，怎么防止多吃多占了。当时有一位学者到了延安，问毛泽东如何防止历朝都无法避免的治乱循环？他的回答是两个字，民主。

但是事实证明，反腐败不能在民主的轨道上进行，只能在法治的轨道上进行。新加坡给官员高薪，但是一旦发现贪污，惩罚非常苛刻。美国政府用的信封上，都印有“私事使用本信封，罚款三百美元”字样。检举逃税，可以得到10%的奖励。韩国独裁者朴正熙治住了腐败，他为官十分清廉。当政时官员听日本音乐被视为腐败。香港腐败一度十分猖獗,统治者港督成立类似明朝东厂那样的特务组织,叫做廉政公署。用法律赋于它超越其他政府组织,直接对总督负责的权力。结果,这些地方治理腐败,都获得了不错的成绩。

各国实践证明,要治理腐败,得用高薪、高奖和高罚。建立规则,并且执行规则。西方式或者"文革"式的民主,只能把事情搞乱,而且会滋生更大的腐败。

(二)让子弹飞

从各国经验看,反腐得用高薪、高奖、重罚。下面分别解释。

(1) 高薪

高薪养廉的道理是不言而喻的。您雇一个厨师,让他每天给人做燕翅席。但同时给他的待遇,只够他一家天天吃糠咽菜。现在你发现他借职务之便,多尝了几口好菜,或者留了一些好菜往家带。就把他抓起来枪毙。这合适吗?这等于雇主创造条件让大师傅犯罪。因此,给国家公务员的薪水,必须让其家庭过上在中国基本满意的生活。这时对贪腐进行惩罚,才合乎逻辑。

高薪政策在中国遇到的阻力绝对不会小。首先因为中国近代官员的薪水极其可怜,大家习惯了。清朝的县令年薪是四十五两白银。一品文官如李鸿章,年薪为一百八十两白银。给他这么几个钱,却要他谈判四亿多银子的马关条约。一品武官(大学士领兵部尚书衔)年薪为六百零二两。这么少的年薪是清朝腐败的温床,因为它迫使官员犯罪。于是,冰敬、炭敬、节敬、火耗各种名义下的贪污就开始盛行,终于不可控制。到了最后,朝廷也冠冕堂皇地用捐官的名义开始腐败了。社会的流行说法是"三年清知府,十万雪花银"。知府的年薪是一百两左右,三年十万银子,是正工资的三百三十倍。咸丰皇帝曾经把一条裤子拿去打补丁。经过层层贪污,等裤子补好了,花费的银子总额为数百两。可见贪污甚至渗入了皇宫。

中国不但有着这种抠门传统,人们还长期,认为官员是人民的公仆。所以要给官员高薪，一定阻力重重。但是，为了反腐，这道坎是一定要迈的。官员有独立的人格，也是追求个人利益极大化的理想经济人。他们向政府和公众出售他们的技能，应该得到相应的补偿。为了防止制度性的腐败，必须支付给官员合理的薪水。

一些人会指着毛泽东时代说，那时工资低，怎么没那么多贪污啊。他们没认识到公有制社会贪污的机会比私营经济占优的社会少。没有竞地投标没有地产开发，没有股市没有国企私有化。总之，那时权力是有卖家，没买家。这就基本杜绝了大宗的贪腐。况且，当时全社会普遍贫困。这把当时的腐败，限制在提两瓶二锅头，送一盒大前门的级别。但是小规模的腐化仍然是存在的而且是严重的。

现在的情况是，最低的二十七级官员，级别工资月薪四百二十块，低于北京市的低保水平。最高的一级官员，级别月薪三千八百块，相当于民工或者小保姆的工资。在一个市场经济的社会，这么低的工资在鼓励什么，应该是很清楚的吧。

即使在物质极端缺乏的战争年代，我军官兵待遇也不平等。排长以上配手枪，连长以上配通讯员，团级娶媳妇，骑马，师级配吉普。这是因为责任不同，责任大风险就大，待遇就应该好。美国总统是世界上死亡率最高的职业之一。他就应该拿四十万美元的年薪。

这些都是定性讨论。我国官员的薪水，到底定在多少比较合适？我主张国家领导人的工资定在二十八万人民币左右。而二十七级干部的年薪，定在两万八千左右。

理由是美国人均收入是中国的十倍。为了表示跟人民同甘共苦，国家级领导的收入定在美国总统的十分之一。也就是四万美元，合二十八万人民币。最低官员的工资，不能低于国民的平均收入。中国目前平均收入，是四千美元左右。合人民币两万八千。

（2）钱从哪来

经过加薪，低薪制度鼓励的腐败就不存在了。唯一的问题是八百万公务员，平均年薪四万，一年三千二百亿，可能比现在要多支出一千六百亿，钱从哪来？第一个来源是公款吃喝。这项费用是每年三千亿，仅仅把大吃大喝遏制一半，就够这一千六百亿了。如果不够，其他来源正多。执法系统惩治腐败费用降低，国有财产贪污流失减少，官员贪污数额减少，都能节约大量现款。

给官员高薪，不能平均分配，不能干好干坏都一样，这会造成新的财富流失。官员薪水要浮动，底薪定为当地人民的平均收入。若官员能提高效率，节约下来的行政费用给他们提成。要是当地私企发展了，也给他们提成。哪个官员能干三个人的工作，让他拿双倍的薪水，让能干的官员首先富起来。公务员总数就会从八百万减少到四百万、五百万。出现都拿高薪，反而给国家省钱的情况。

现在的电视剧，清官都穿得破破烂烂，贪官倒穿得衣冠楚楚，去赴商人的宴会。治理腐败之后，这种镜头就不会出现了。电视剧会出现清官半夜在办公室加班，一边吃着鱼子酱三明治。这时到澳洲旅游的老婆孩子打电话要他早些休息。他看了看表，说才凌晨三点睡觉还早，同时签署一份文件，把一位跟商人吃了顿便餐的下属官员送进大牢。

(3) 高奖和重罚

反腐另一半是重罚和侦破。两者都可以参照其他国家经验。美国官员用公家信封发私信，每个信封罚款三百美元，是贪污金额的三千倍。新加坡官员的退休金可达数十万新元(大约是一百多万人民币)。一旦发现贪污，退休金全部取消，罚金可达贪污额的一百万倍，这实际上是对贪污的零容忍。

新、美那样的严刑峻法，只有在给官员高薪之后才能立。因此，和国际接轨得在高薪和重罚两方面接。为了防止社会动荡，接轨可以分两步走。第一步先给官员加薪，让他们闷声发财，等局面趋于稳定，再公布“零容忍法”，回过头来修理官员。

为稳妥起见，中国的“零容忍法”罚金倍数可以暂定为比较少的三千倍。为了树立法律权威，可以参考毛泽东赞扬过的商鞅徙木立信，找人到政府部门去查报销的发票，看谁搞了公款吃喝，数额多少，然后按发票处三千倍罚款。假如某人用了一百块公款请客，甭送监狱,直接把他家抄了就行了。然后开动所有的宣传机器,在各类媒体宣传,做到尽人皆知。

这种媒体秀迎合一般群众喜欢看人倒霉的心理。他们见官员倒此大霉,必定狂欢。这时公布"检举提成法"的时机就成熟了。这条法律规定,任何人检举官员贪污,使得政府回收一定款项,都可以得到该款项的百分之十。

它利用人们的贪婪和嫉妒他人发财的心理,把治理腐败变成了一种政府跟群众合股做的全国性生意。那时市面上会迅速出现一批私人的侦破腐败公司。四处调查官员贪污的线索,以谋求百分之十的奖金。到了这一步,治理贪腐的子弹才真正飞了起来,贪腐的末日就到来了。"有适当的利润,资本家就会大胆起来。有百分之五十的利润,它就铤而走险。"治理贪腐的专业公司为了侦破贪腐,必定能让贪官无所遁形。

那时贪官拿着公款走进饭店,很可能马上就被侦破公司的便衣侦探盯上了。饭桌下面安着饭店老板(他也想赚钱)的秘密录音机,天花板上安着侦探的秘密摄像头,阴谋还在襁褓中就被侦破,而群众的仇官仇富心理能量,也将像子弹那样,击中贪腐的心脏。

(4) 让子弹飞

英国生物学家理查德·道金斯在《自私的基因》一书中说,"凡是经过自然选择进化而产生的任何东西都会是自私的"。"成功的基因的一个最突出的特性就是它的无情的自私。""我们的本性生来就是自私的。"腐败源于自私和贪婪。深种在基因中的自私,不可能用唱红歌和斗私批修来改变。否则请几个道德教授,办几次学习班就能治理贪腐了。要治理腐败,只能以毒攻毒。高薪、高罚和高奖,说白了就是用贪婪制约贪婪,用自私限制自私。

图书在版编目(CIP)数据

天方鱼话:图雅文集·美国篇/图雅著.—北京:中国广播电视出版社,2014.1
ISBN 978-7-5043-7114-0

Ⅰ.①天… Ⅱ.①图… Ⅲ.①随笔-作品集-中国-当代 Ⅳ.①I267.1

中国版本图书馆 CIP 数据核字(2014)第 017903 号

天方鱼话——图雅文集·美国篇
图雅　著

责任编辑　任逸超
特约编辑　许　念　汪　芳
出版策划　祥云文化

出版发行　中国广播电视出版社
电　　话　010-86093580　010-86093583
社　　址　北京市西城区真武庙二条9号
邮　　编　100045
网　　址　www.crtp.com.cn
电子邮箱　crtp8@sina.com

经　　销　全国各地新华书店
印　　刷　北京市全海印刷厂

开　　本　787毫米×1092毫米　1/16
字　　数　260(千)字
印　　张　22
版　　次　2014年1月第1版　2014年1月第1次印刷
印　　数　5000册

书　　号　ISBN 978-7-5043-7114-0
定　　价　31.50元
